EL FOTÓGRAFO INGLÉS

Mónica Corcuera

Books

Editors: F. P. Sanfiel and Priscilla Colón
Managing Editor: Manuel Alemán
Designer: Ricardo Potes

Published in the United States by CBH Books.
CBH Books is a division of Cambridge BrickHouse, Inc.

Cambridge BrickHouse, Inc.
60 Island Street
Lawrence, MA 01840
U.S.A.

Library of Congress Control Number: 2010936566
ISBN 978-1-58018-001-6
First Edition
Printed in Canada

Dedico este libro con todo mi amor a:
Javier, Paulina y Mónica

———∞———

Agradezco a mi madre, por haberme inculcado la magia y el respeto por los animales.

A mi padre, que me trasmitió el valor y la determinación para nunca darme por vencida.

Y a Nenito, mi abuela, por haberme hecho sentir muy especial, al permitirme ocupar un lugar de honor en su vida.

———∞———

Índice

———✦———

*"Amar la vida nos impulsa
a valorarla y protegerla,
pero, sobre todo,
nos engrandece".*

———✦———

Prólogo

Alcé la copa y apuré un trago de aquel líquido ámbar. Traté de organizar mis ideas para decidir por dónde comenzaría aquella historia que me disponía a contarles a Catherine y Vince, mis mejores amigos de la adolescencia, que, atentos, permanecían sentados como dos estatuas frente a mí, mientras yo sacaba un álbum repleto de fotografías y apuntes que tomé durante aquel viaje que había marcado mi vida para siempre. Por unos momentos guardé silencio, repasé con la mirada las primeras fotografías que enmarcaban el principio de aquel camino ya recorrido, exhalé una bocanada de aire y traté de controlar mi respiración, que se había desbordado al hacer contacto con los recuerdos del pasado, a la vez que los latidos de mi corazón iban desacelerándose dentro de mi pecho, volviendo a aterrizar en el presente.

Tras recorrer Tanzania, al este de África —donde la imponente sabana, que se engrandece entre cielos y llanuras colmadas de vida salvaje, paisajes de riqueza natural y árboles de copa horizontal, da una sensación de vida e inagotable extensión— en aquel pedazo de paraíso, en consonancia con los bellísimos amaneceres y los atardeceres más espectaculares descubriría su lado oscuro, la otra cara del mundo. En el norte de aquel vasto territorio africano, al que hago alusión, viví la expedición fotográfica y las experiencias más fuertes e intensas imaginables. Allí me establecí por algún tiempo para lograr sobrevivir a un dolor que jamás pensé podría llegar a existir.

Hago un recuento de mi vida, tomando como referencia al Jonathan Carmichael que fui durante tantos años, el hombre que renació dentro de mí. Y digo que renació porque nunca conocí anteriormente al que soy ahora. O por lo menos, eso supuse en mi precaria percepción de la vida y de mí mismo. Ahora sé que desperdicié momentos preciados, por mi egoísmo, por un egocentrismo mal entendido, que solo me hizo ensimismarme y poner mi visión de la vida en mi desarrollo profesional, en el reconocimiento y en el éxito que anhelaba alcanzar desde niño, ya que mi padre nos había abandonado a mi madre, a mi hermana Gwyneth y a mí, justo antes de haber cumplido los seis años.

Por lo poco que aún recuerdo, Gwyn y yo vivíamos aterrados, escuchando aquellas interminables y angustiosas noches de guerra que se llevaban a cabo dentro de la habitación de mis padres, y en las que mi madre le imploraba a mi padre, sollozando, que nos marcháramos a vivir a Vale of Glamorgan, en Gales, donde ella había heredado de la tía Felicia, hermana de mi abuelo, una casita cercana a uno de los riscos más fantásticos de la costa del mar celta. Pero contrario a todos los ruegos de mi madre y a pesar de verla destrozada, rezando noche tras noche frente a un crucifijo que colgaba sobre su vieja máquina de coser, sobre la cual eternamente se hallaba una veladora encendida, mi padre continuaba en su atormentada e incomprensible lucha por alejarnos de nuestra familia materna, manteniéndonos recluidos en un apartamento en las afueras de Londres.

Por años enteros, nunca supe cuál fue el verdadero motivo de mi padre para hacer sufrir a mi madre de esa manera. Al parecer, disfrutaba ofenderla, verla llorar y rebajarse frente a sus ojos, haciendo caso omiso de sus ruegos por dejarlo todo y huir. Lo único que comprendí entonces era que ella deseaba darnos una vida mejor, lejos de todo aquello que interfiriera con nuestro bienestar, pero sobre todo, quería protegernos de los tratos sucios que él tenía con gente extraña que lo visitaba en casa. Al pasar los años, me enteré que mi padre estaba inmiscuido en un turbio asunto del gobierno que ponía en constante riesgo a la familia. Y dentro de su exasperada batalla interna —la cual ahogaba periódicamente con alguna botella de alcohol— descargaba su ira en contra de mi madre o azotaba con su cinturón mi frágil cuerpo de niño, gritando con furia que solo éramos un estorbo en su vida.

Después de una de las tantas riñas, justo un día antes de la Navidad, mientras Gwyn y yo envolvíamos los regalos que mi madre le había comprado a escondidas a mi padre con el arduo trabajo de su máquina de coser, súbitamente escuchamos tres gritos que retumbaron con inquietante eco por toda la casa, y segundos después, lo vimos tomar su maleta y, sin mirar atrás, salir con paso decidido por la puerta trasera de la casa, ante nuestros rostros desencajados y lágrimas de impotencia. Así recuerdo a mi padre por última vez, de espaldas a mí, arrancando su lustroso Peugeot azafranado y rechinando las llantas sobre el pavimento cubierto de hielo, perdiéndose para siempre entre la neblina de la noche.

Con el transcurso del tiempo y a pesar de las profundas cicatrices físicas y emocionales que nos había dejado el miserable de mi padre, mi madre empacó nuestras maletas y al fin nos llevó a vivir a la casa de la tía Felicia, donde tuve que aprender a ganarme la vida desde temprana edad, repartiendo los diarios matutinos del pueblo, para así poder ayudar a llevar el pan a la mesa. Me había olvidado por completo de vivir cada etapa de mi vida. De esa manera, terminé por imponerme la etiqueta del hombre responsable de la casa, aunque por dentro era solo un niño escondido que se moría de miedo, de tristeza y de rabia, pero que aparentaba a toda costa, ser fuerte, audaz y seguro de mí mismo. Fue la máscara de autosuficiencia que me abrió caminos insospechados a casi todos los niveles, menos al mundo emocional, que estaba completamente bloqueado para mí.

Por alguna razón que aún no comprendo, mi madre amó incondicionalmente a mi padre, a pesar de que él se encargó de herirla cruelmente durante todos los años de los que aún tengo conciencia. En aquel entonces y después de establecernos en Gales, mi madre no hacía otra cosa que rezar y trabajar en el viejo cobertizo trasero de la casa, en el que había acondicionado un taller, donde confeccionaba interminables pedidos de ropa que le dejaban solo unas cuantas libras para apenas sostenernos. Lo que más recuerdo de ella era su infinita fe y su lucha desesperada por ser escuchada. Parecía ser que su relación con aquel ser supremo que le robaba una que otra lágrima, era mucho mayor que cualquier sufrimiento propio o ajeno. Pero en cambio, yo —luego de ver que sus ruegos fueron en vano— de la noche a la mañana me alejé con rabia de ese Dios y su afamada benevolencia, culpándolo constantemente por no haberme dado una familia como la que mis amigos decían tener. No me cansé de maldecirlo y culparlo por no apiadarse del enorme sufrimiento de mi madre, que sin haber superado la pérdida de mi padre, dejó de hablar casi por completo y tres años más tarde, un cáncer de páncreas le arrebataría la vida, cuando yo apenas había cumplido nueve años.

Luego de haberme quedado huérfano y de haber sorteado las adversidades en mi aún corta vida, Gwyn —que tenía entonces doce años— y yo nos trasladamos a Kent a vivir con mi abuela materna, Manny, apodo que significaba mamá y abuelita en inglés, la cual fungió como una verdadera madre para ambos. Allí descubriría en realidad lo que significaba tener la familia con la que tanto había soñado tener algún día.

Aunque era solo tres años mayor que yo, Gwyn me dedicaba casi todos sus ratos libres. Además, tenía toda la paciencia para enseñarme juegos de mesa que mi padre le había enseñado de pequeña y nos volvimos en verdaderos contrincantes en ajedrez, nuestro pasatiempo favorito.

Manny, por otro lado, era una mujer excepcional, de carácter alegre, dulce y siempre positivo, fueran cuales fuesen las circunstancias de su vida. Por las noches, antes de irnos a la cama, prendía el viejo aparato de música y sacaba algún disco de su gigantesca colección de *rock and roll*, de Glenn Miller, Dean Martin y las grandes bandas, entre otros, y en especial, el tan sonado "The Golddiggers", su preferido y un verdadero clásico del *swing*, que nos transportaba entre giros a los elegantes años de la década del cuarenta, mientras nosotros cantábamos y bailábamos, haciendo piruetas sobre el ruidoso piso de madera, hasta que al final, entre risas y gotas de sudor, caíamos uno a uno, agotados, sobre algún viejo sillón de la sala.

Por otra parte, Manny adoraba los caballos desde niña, ya que su padre había sido caballerizo en la finca de una renombrada familia de la realeza, donde tuvo la fortuna de que su padre la enseñara a montar en un fino caballo de pura sangre, con el cual en su temprana adolescencia, se convertiría en una campeona nacional de salto en su época. A pesar de su avanzada edad nunca dejó de asistir los jueves y sábados al club hípico, donde se reunía con los pocos amigos que aún sobrevivían, en especial, con su eterno pretendiente, Mark, el viejo entrenador del club, el cual estoy seguro de que le echaba uno que otro piropo que le despertaba el ego, pues infaliblemente llegaba a casa cantando animada y con una sonrisa de oreja a oreja. Aquella pasión por los caballos nos la transmitió tanto a Gwyn como a mí, que solíamos montarlos desde niños, ya que desde que teníamos uso de razón, durante las pocas vacaciones que mi padre accedía a que la visitáramos, nos trepaba en ancas y nos llevaba a galopar, junto a ella, por las colinas siempre verdes de Kent.

En mi cumpleaños número diez, mi amadísima viejita me hizo un delicioso pastel, el cual comí hasta indigestarme por completo —lo que me hizo aborrecer el chocolate durante años. En realidad, recuerdo ese día porque el regalo que recibí de ella sería el instrumento que me abriría las puertas al éxito profesional, además de recibir con él, las mayores satisfacciones de mi vida.

Ese día, Gwyn hizo que me tapara los ojos, haciendo aquello más emocionante, en tanto escuchaba como las dos no paraban de reír divertidas. Manny, emocionada, me alentaba a que tocara la caja aún envuelta para adivinar su contenido. Recuerdo haber dicho todo lo que pude imaginar, menos lo que era en realidad, hasta que, impaciente, abrí los ojos y me dispuse a arrancar el papel azul con estrellitas blancas que lo cubría. Al ver su contenido y la imagen en la caja, exclamé casi sin aliento: ¡Wow! ¡Wow! ¡Wow!, y salí saltando y dando vueltas alrededor de la mesa. Mi abuela y mi hermana no dejaron de aplaudir y reír, al ver cómo se me llenaban los ojos con lágrimas de felicidad.

—¡Gracias, Manny, gracias! Te quiero… —repetí, entusiasmado, mientras la besaba, ante aquello que había soñado tener durante mi corta vida. Era una pequeña cámara fotográfica que a partir de entonces, sería mi mayor pasión y mi medio de vida. La tomé entre mis manos. Mi abuela se sentó en su mecedora y con toda la paciencia del mundo, me enseñó a introducir y a sacar el rollo de la cámara, leyendo cuidadosamente las instrucciones que se quedaron grabadas en mi mente.

Aprendí a usarla. Obsesivamente ahorraba centavo a centavo para comprar y revelar cientos de rollos que todavía almaceno celosamente en el desván de mi departamento. Vivía fotografiando a mi abuela, bailando, cocinando, planchando; a Gwyn, a mis amigos, mis muñecos y por supuesto, a Sam, mi adorable perro labrador. Al hacer esto, pensaba inocentemente que si preservaba sus imágenes, los retendría para siempre a mi lado. Sin embargo, con el paso de los años y muy a mi pesar, me fui dando cuenta de que esto era solo una ilusión, aunque de alguna manera, su esencia permanecería conmigo por el resto de mi vida. Así fue cómo pude mantener a mi viejita Manny en lo más profundo de mi ser. Hasta que cierto día, a principios de la primavera del '82, dejó de ver y oler los nuevos brotes de sus apreciadas rosas, que se convertían año tras año en un bellísimo vergel. Había dejado de existir en esta tierra, luego de una larga y plena vida. Pero esta vez, contrario a aquella tristeza y ese enorme vacío que sentí por la muerte de mi madre, quedó lleno mi corazón, dejándome una gran fortaleza de espíritu. Fue por eso que, con resignada y silenciosa tristeza, viví aquel duelo que fue apaciguándose con el tiempo, hasta que su recuerdo terminó por convertirse en el cimiento y la fuerza de mi vida.

Cuando era un muchacho de diecinueve años ingresé en la Universidad de Artes Creativas en Kent, Inglaterra. Había decidido estudiar diseño y fotografía y al poco tiempo, logré reconocimiento por mis trabajos fotográficos. Asimismo, me había ganado el empleo de fotógrafo exclusivo de los eventos anuales, además de editar la revista de la Universidad, que fue mi trampolín al éxito profesional.

A pesar de tantos triunfos a tan corta edad, en el fondo seguí abrigando eternamente sentimientos de rabia y abandono contra mi padre, lo que me empujó, una y otra vez, a evitar relaciones sentimentales que me alejaran de la vida que me había propuesto llevar y que por mis miedos, había sido el método infalible de defensa para no cederle a nadie el poder sobre mí y mucho menos, permitirle a ninguna mujer acceder a mi corazón, siempre suponiendo que el "amor" —del que todo mundo hablaba y se jactaba de haber vivido intensamente, varias veces en su vida— era simplemente un deseo del ser humano, una simple fantasía física y mental que controlaba y manipulaba el hombre para descargar su lujuria y bajos instintos, aprovechándose invariablemente de la mujer para lograr sus objetivos carnales.

Ese tema me confundía profundamente y prefería no darle la menor importancia. Era la mejor manera de vivir sin enfrentar ni sufrir. No obstante, debo confesar que jugué hasta el cansancio a ser el picaflor empedernido. Incluso, tenía el placer de saberme irresistible para las mujeres, que invariablemente caían postradas ante mí y luego, yo desaparecía sin dejar huella, evitando cualquier tipo de compromiso. En aquel entonces, y aún con vergüenza, confieso que mantuve una relación meramente física y de pasiones desenfrenadas con Jackie Guirmand, que por cierto, me regaló a mi viejo Morris la Navidad del '86, un año después de que muriera Sam, mi perro. Morris era un encantador gato birmano, un cruce de persa blanco con siamés, que, pese a mi poca afición por los felinos, desde el momento que tuve entre mis brazos a aquella bola de pelos blancos y suaves como el algodón, sus ojos azules me robaron el corazón, convirtiéndose en mi amigo inseparable.

En aquel entonces, Jackie era una chica pasante de medicina, que tenía los ojos verdes más bellos que había visto y el cuerpo perfecto, que logró enloquecer mi desbordada testosterona. Hasta que uno de esos días inesperados, me avisó que las técnicas anticonceptivas que habíamos empleado no habían funcionado y que esperaba un hijo mío. Fue algo que me tomó por sorpresa y, por temor, egoísmo o quizás por inmadurez, traté de convencerla, por todos los medios, para que se deshiciera de la criatura o la diera en adopción, ya que no estaba dispuesto a responsabilizarme de ningún niño a esas alturas de mi vida. Y luego de varias discusiones y lágrimas de desesperación, ella mantuvo con orgullo y valor sus principios y optó por tener aquel niño, a pesar de las circunstancias. Tras aquel enfrentamiento, como una llamarada fugaz desapareció de mi vida sin dejar rastro. En aquellos momentos sentí que me liberaba de una pesada carga y traté de borrar esa historia de mi vida a toda costa, llenándome cada vez más de un insoportable vacío.

Con el tiempo, sentí que mi vida no era la misma. Comencé a tener noches de insomnio, pesadillas y una mente obsesiva que me apuñalaba, volviéndome loco por completo. Sabía que había sido un cobarde, además de que veía la cara de esa criatura que aparecía en mis sueños, noche tras noche, como una larga tortura. Veía a una niña que me perseguía llorando y recriminando mi brutal cobardía. Entonces constaté que al infierno no solo se llegaba al morir, sino en esta vida, que me perseguía con una culpa avasalladora.

La historia se volvía a repetir, pues era entonces yo quien los había abandonado de la misma forma que un día me habían abandonado a mí. Y ante aquella culpa, que me aguijoneaba la conciencia, traté de encontrarla por todos los medios posibles, pero desafortunadamente mi arrepentimiento había llegado demasiado tarde. Jackie se había mudado de casa, no había dejado rastro alguno en la Universidad y nuestros mutuos conocidos habían decidido —si es que algunos sabían sobre su paradero real— guardarle el secreto. Quizá su objetivo era apoyarla y protegerla de mí, y debo admitir con pena, que tenían toda la razón. Tras varios años de búsqueda incansable, sin siquiera haber hallado ninguna pista que me llevara a la madre de mi hijo, decidí dedicar la mayor parte de mi tiempo al trabajo, a viajar y ahogar mis culpas en reuniones sociales. Pero a pesar de tanto individualismo, materialismo y ambición que me arrastraron a oscuras pasiones, llegué a conservar amigos entrañables como Catherine Porter, quien fue y seguirá siendo mi cómplice, una segunda hermana que llegó a compartir y comprender, sin enjuiciar, mi vida. Más tarde se casó con el buen Vince Turman, quien había pertenecido también a mi grupo de amigos de la preparatoria y que yo mismo los introduje en alguna de las fiestas en la Ratcliff High School, para luego ambos convertirse en una parte medular de mi reducida familia.

Con las siguientes mujeres que se atravesaron en mi vida, nunca pude dar el siguiente paso por miedo al compromiso y a cometer el mismo error que con Jackie, pero más que nada, por miedo al amor. Pensaba que este dolía tarde o temprano, por lo que opté por desprenderme de esos sentimientos y no depender de nadie, ni que nadie dependiera de mí. Pensaba que esa era la mejor manera de evitar que alguien fuera lastimado. Me había convertido en un don Juan en el arte de hablar, convencer y halagar a cuanta mujer bella se cruzara en mi camino. Pero confieso que gran parte de aquellas palabras era simple y sencillamente un mecanismo de defensa para ocultar el dolor y las heridas que me laceraban.

Mi vida estaba llena de contrastes y matices. Por otro lado, creo haber sido profundamente sensible y espiritual en cuanto al arte, al aspecto visual y con aquello que atrapara el lente de mi cámara. Una rara excitación me invadía en aquel cuarto oscuro, donde las imágenes comenzaban a aparecer lenta y seductoramente, plasmándose en silencio en el papel blanco que flotaba entre líquidos ácidos para revelar la imagen latente.

Capítulo 1

Una de esas tardes en las que uno se levanta con el pie derecho, al regresar a mi departamento después de una larga jornada de trabajo, recibí la llamada de Peter Jones, colega y amigo durante años, quien me propuso la más tentadora oferta que jamás hubiera imaginado recibir y que sería para cualquier fotógrafo apasionado, hambriento de aventura, para un trotamundos como yo, un regalo de por vida. Peter me invitaba a irme con él y Mike, otro amigo fotógrafo, a un safari fotográfico al este de África, patrocinado por *Geo World*, una de las revistas y de las empresas creadoras de documentales televisivos más reconocidas a nivel internacional, enfocada primordialmente hacia la preservación de la fauna. Mi amigo me animaba a aceptar, argumentando que sería la oportunidad para dar el gran salto a nivel mundial que necesitaba en mi carrera como fotógrafo, el cual yo venía buscando desde hacía mucho tiempo, sin obtener ningún resultado.

De momento no supe qué responder, me quedé mudo y respirando nerviosamente. Finalmente pregunté, aún incrédulo: —¿Es una broma verdad, Pete?

—No, Carmichael, no es ninguna broma —me aseguró, llamándome como siempre por mi apellido—.

Varios colegas han visto tu trabajo y están interesados en que pruebes tus habilidades. Al principio no ganarás mucho, pero si les demuestras lo que vales, no dudarán en pagarte lo que pidas. Y con respecto al viaje a África, será en un par de semanas. Piénsalo y avísame cuanto antes para hacer los preparativos —insistió—. Si yo fuera tú, John, no desperdiciaría esta oportunidad. Toma en cuenta que no se reciben propuestas así todos los días.

Agradecí aquella invitación y colgué el teléfono, recuperándome un poco de mi sorpresa. Los días siguientes fueron estresantes. Sabía que esa era "la oportunidad", aunque en el fondo, la enorme responsabilidad que implicaba ese compromiso hizo que me asaltaran miles de dudas sobre aceptar o no aquella propuesta, ya que por otra parte, tampoco sería fácil ausentarme de mi trabajo por tanto tiempo. Mi cabeza estaba cada vez más confundida. Odiaba la idea de llegar a equivocarme y primordialmente, me aterraba el fracaso.

Después de haberle dado muchas vueltas al asunto, por fin decidí adentrarme en la aventura y dejarme llevar por la intuición, a la cual por primera vez hacía caso. Incluso, desde mi adolescencia, había anhelado escalar y llegar al techo de África, a la cima del imponente Kilimanjaro, donde —según aquellos que habían viajado por esos enigmáticos rincones del mundo— era como estar en la antesala del paraíso. Sin embargo, suponía que por el momento aquella fantasía quedaría pendiente, ya que nuestro rumbo sería exactamente el extremo oeste de la sabana negra.

Hablé con Maurice, mi jefe directo en Stratosphere, una agencia independiente dedicada a la fotografía publicitaria, y luego de plantearle mis planes de viaje, me pidió que regresara cuanto antes para la semana del lanzamiento de la revista anual de "FotographikA", donde yo formaba parte de un reducido grupo de fotógrafos que habían intervenido activamente en el proyecto. Le pedí que únicamente me diera tres semanas para ausentarme, explicándole con lujo de detalles la razón de mi viaje. Y, evidentemente poco entusiasmado ante mi petición, hizo una larga pausa, ajustando sus gafas sobre su larga nariz. Luego clavó, como un lince, sus ojos en los míos, advirtiéndome de manera rotunda que solo me daría diez días, ni un día más ni un día menos. En ese momento me sentí frustrado por su reacción y sus palabras tan vacías de reconocimiento. Al parecer, él estaba confiado, como siempre, en que yo haría lo que él demandaba, sin dudar en lo absoluto. Todos los que trabajábamos en Stratosphere sabíamos que Maurice era un hombre ambicioso y petulante, que lo único que le interesaba era el poder y el dinero. Además, él sabía que controlaba a la gente de un modo u otro, puesto que había una larga lista de aspirantes, pues miles de fotógrafos profesionales anhelaban ingresar en tan renombrada agencia.

Después de casi ocho años de haber trabajado jornadas enteras, de sol a sol, y haber disfrutado de escasos días de vacaciones, en ese preciso instante y con la indignación de haber sido tratado como cualquier novato, me armé de valor y renuncié sin ningún miramiento, ante la mirada azorada de Maurice, que aún no creía lo que estaba escuchando. A fin de cuentas, y al haber concluido con aquella decisión tan radical, sentí un alivio inexplicable de solo pensar que no volvería a ver al hombre más déspota que había conocido en toda mi vida. Comprendí que seguramente aquella etapa de mi vida había llegado a su fin y que aquel viaje, ya a las puertas, tendría una poderosa razón de haber aparecido en mi camino.

Así era la vida, un ir y venir, apostar el todo por el todo y por primera vez, esa corazonada eliminó todas mis interrogantes. La sensación de fiebre de aventura y desafíos se había apoderado de mí, contando a partir de entonces y en cuenta regresiva, los minutos que me quedaban para emprender aquel viaje que tanta ilusión me creaba.

Durante los siguientes días me despedí de Catherine y Vince, quienes se irían a trabajar juntos un año a Australia, y por supuesto, no podría faltar mi incondicional Gwyn, que junto con Mark, su marido, cuidarían durante mi ausencia a Morris, que tanta pena me daba abandonar, porque sabía que dejaba de comer cuando me ausentaba por largos períodos. Debo admitir que me puse en su lugar, recordando lo que yo había sentido cuando mi padre había cruzado por última vez la puerta de mi casa.

Capítulo 2

El día de la partida había llegado en un abrir y cerrar de ojos. Comenzamos nuestro viaje, llegamos al aeropuerto de Heathrow, donde Peter, Mike y yo aguardamos por varias horas frente a un mostrador atiborrado de gente, haciendo un sin fin de papeleos y trámites entre enormes y pesadas cajas de acero que almacenaban lentes, trípodes, rollos fotográficos y toda clase de artefactos sofisticados relacionados con la fotografía, y por supuesto, la tan preciada e imprescindible guitarra de Mike, que aparte de ser un excelente fotógrafo, era un bohemio empedernido.

Luego de un par de horas de espera, emprendimos un largo viaje de poco más de siete mil kilómetros, con una corta escala en el aeropuerto de Nairobi, para llegar por fin a Dar es Salaam, la capital de Tanzania, que un año después de nuestra expedición —para ser exactos en 1996— trasladaría su sede capitalina a Dodoma, ubicada en el centro del territorio tanzano. Al arribar al aeropuerto Julius Nyerere tuvimos que esperar horas enteras en busca de nuestro equipaje, ya que no había bandas transportadoras suficientes para el equipaje y habían dispersado las maletas por doquier. No sabíamos cómo ni dónde encontraríamos todo lo que llevábamos, pues dentro de aquellos cerros de maletas y cajas, fue toda una prueba de paciencia encontrar las nuestras. Agotados, arrastramos aquellas pesadas cajas por el piso, sin que nadie en la aduana se tomara la molestia de pedirnos algún papel y mucho menos preguntarnos de dónde veníamos ni cuál era nuestro propósito en Tanzania. Durante nuestro camino a la salida del aeropuerto buscamos a algún buen samaritano que nos ayudara a cargar el equipaje, pero ni por unos cuantos chelines logramos persuadir a nadie. Desafortunadamente, no había nada a la redonda. Después de mucho batallar, terminamos parados en la acera, cuando de pronto un "matutu" —como llaman en África a unos destartalados taxis-furgonetas— casi a punto de atropellar a una mujer que cargaba una cesta en la cabeza, se abrió camino entre un tráfico descomunal, al tiempo que decenas de vendedores ambulantes se gritaban unos a otros: "Mzungus, mzungus…" que más tarde supe que se referían a nosotros, los turistas blancos. De inmediato nos acosaron con su mercancía, a la vez que un par de árabes altaneros, irrumpieron a empujones de entre la multitud, ofreciéndonos cambiar nuestras libras por chelines tanzanos.

Luego de una larga espera, por fin llegó una camioneta de la reserva a recogernos. De inmediato, el chofer comenzó a discutir acaloradamente con el taxista, que sin escuchar razones, estaba decidido a que fuéramos sus pasajeros. Hasta que ya cansados de escuchar gritos entre ambos hombres, trepamos junto con las cajas de acero y el equipaje, logrando hacer oídos sordos a los malhumorados cocheros.

—Lo siento, señores —se disculpó nuestro chofer, cerrando la ventanilla—. Estos tipos son una amenaza.

Sin otro comentario, proseguimos nuestro recorrido, entre el tráfico, altos edificios, canchas de futbol y paisajes contrastantes de pobreza y riqueza, hasta llegar al hotel Uluguru, a las afueras de Nairobi, un atractivo lugar donde las habitaciones miraban hacia una de las cadenas montañosas de selvas húmedas más extraordinarias de África, que corren de norte a sur unos cien kilómetros. Durante esa tarde averiguaríamos más a fondo sobre los detalles de la mina de oro de Gajha, propiedad de la compañía inglesa Goldstar, que estaba localizada a treinta y cinco kilómetros al sur del lago Victoria —el segundo lago de agua dulce del mundo por su extensión— y donde se había generado una contaminación catastrófica que había afectado la economía y el medio ambiente de toda la región. Por lo que había mencionado Peter, en los días anteriores, ecologistas y conservacionistas de Tanzania y de otros países vecinos habían mostrado su desaprobación al gobierno tanzano por permitir proyectos que ponían en riesgo la biodiversidad de esta zona. Y en especial, mostraron su inconformidad respecto a la explotación minera del oro, ya que se había descubierto un elevado porcentaje de cianuro de sodio y otros productos tóxicos que son utilizados para la extracción del oro, los cuales son posteriormente evacuados por el drenaje hasta el lago Victoria, produciendo un efecto irreversible al sistema acuífero.

En conclusión, nuestro viaje estaba enfocado primordialmente a dar apoyo a esta causa, exponiendo la situación a nivel mundial y con lo que esperábamos hacer conciencia masiva del daño que esto ocasionaría a esta formidable región de África, transformando un gigantesco paraíso natural en un verdadero cementerio de animales, poniendo en riesgo a la población y a miles de especies que aún habitan en aquellas regiones. En relación con este tema de la devastación, el gerente del hotel mencionaba que las montañas Uluguru todavía albergan miles de especies de reptiles, jabalíes, una gran variedad de monos y antílopes, entre muchas otras. Pero ante todo, sigue siendo única en el mundo en su inmensa variedad de aves exóticas exclusivas de ese hábitat, un verdadero paraíso que teníamos aún el privilegio de apreciar desde el balcón de nuestra habitación.

—————

Luego de haber dejado todo el equipo en un cuarto bajo llave y de habernos instalado en nuestra habitación, junto con las maletas y la guitarra de Mike, nos encontraríamos con Mummbar Wamuyu en el restaurante, quien al vernos llegar, se paró de la mesa y exclamó cortésmente: —¡*Karibu, karibu*! —dándonos la bienvenida en swahili. Mummbar era un ecólogo que había estudiado desde niño en Dar es Salaam, convirtiéndose más tarde en un prestigioso conservacionista y activista de su país. Él se había dedicado a preservar a los babuinos por años, que por una parte, están amenazados por algunos cazadores furtivos, quienes aún creen primitivamente, que sus lenguas son vitales para crear la milagrosa cura contra la malaria. Y de igual manera, son afectados de manera indiscriminada por el agua contaminada del lago Victoria y sus ríos. Todo esto ha provocado que cientos de especies más continúen en vías de extinción.

Esta situación había acarreado una crisis a nivel nacional y conjuntamente con otros ecologistas de diferentes países, se había acordado proveer apoyo económico para crear la Reserva de Gambala, situada a sesenta kilómetros de Shinyanga. Mummbar nos siguió explicando detalladamente sobre la importancia de exponer la problemática de la mina a nivel internacional, ya que no solamente la contaminación que ocasionaba creaba el problema, sino también, la de los mineros promiscuos, que habían incrementado el porcentaje de VIH dentro de la población minera, generando por consiguiente, un grave problema para las comunidades de las regiones de Mwanza y Mara, aledañas al lago Victoria.

—Aunque la AMREF —comentó Mummbar, tomándose un trago de café—, que es una asociación médica africana que pretende frenar la diseminación del sida y que ha colaborado activamente en esta causa, no ha logrado abarcar la escala que desearíamos. Quizás ustedes, como representantes de una organización con tanto prestigio internacional como *Geo World*, podrían ser de gran ayuda, haciendo conciencia masiva a sus lectores y espectadores televisivos, además de poner a los cazadores y mineros en el ojo del huracán.

Para concluir, nos invitó a vivir unos días en la reserva para apreciar de cerca la crisis por la que estaba atravesando la población y la fauna de aquella región. Pero antes que nada, viajaríamos a la mina de Gajha, que se encontraba a poco menos de hora y media en la ruta hacia la reserva y donde daría comienzo nuestra historia, ya que los tres habíamos investigado sobre el tema durante la última semana y ahora, junto con la aportación que nos daba Mummbar, estábamos más decididos sobre cuál debía ser nuestro siguiente paso.

Después de una larga charla salimos a recorrer la ciudad. Caminamos por los pintorescos mercados al aire libre, donde se respira un animado ambiente de mercaderes que venden toda clase de artesanías: tallas de ébano, cestas, *batiks* y *kangas*, que son unos pañuelos de algodón de colores brillantes usados tradicionalmente por las mujeres —aunque al parecer, cada quien le daba un uso determinado. Compré uno y me lo amarré al cuello mientras proseguimos nuestro recorrido entre templetes, donde decenas de brujos de algunas tribus vendían remedios naturales contra infinidad de enfermedades. Luego de deambular por todo el mercado, nos dirigimos a comer la típica comida tanzana de extraordinaria variedad de mariscos y frutas tropicales, que nos llevó a fotografiar aquella gama de colores que teñían los puestos ambulantes, montados en medio de las concurridas callejuelas de la capital.

El calor era suficiente como para sentir los extenuantes rayos del sol sobre la piel, por lo que antes de despedirse, Mummbar mencionó que había hecho los preparativos para salir el día siguiente a las siete de la mañana rumbo a un pequeño aeropuerto a unos veinte kilómetros en las afueras de la capital, donde tomaríamos una avioneta a Shinyanga. Indicó que nos esperaría una camioneta a las seis de la mañana frente a la puerta del hotel.

Ya de regreso en el hotel nos sentamos el resto de la tarde en la terraza del restaurante que tenía una asombrosa vista a las montañas, lejos de los ruidos mecanizados de la ciudad. Pedimos unas cervezas frías y, completamente inspirados frente a un mapa del continente africano, armamos y trazamos en detalle nuestro recorrido para las siguientes semanas. Sabíamos que Gajha era nuestro principal objetivo, por lo que tendríamos que actuar con cautela, pues ante esta situación, la confederación de mineros sería un obstáculo para nosotros, ya que como nos lo había advertido Mummbar, serían los primeros en obstaculizarnos el camino para defender su posición, dado que la mina era su única fuente de trabajo.

Aquella noche, y ya descansados del ajetreo de aquel caluroso día, salimos a cenar a un conocido restaurante local, donde había música en vivo. Al llegar allí, nos recibió una joven vestida con una túnica verde, que llevaba el tradicional turbante africano enrollado en la cabeza. Muy sonriente, nos dirigió hacia una mesa frente a la pista de baile, donde una decena de parejas de negros rostros bailaba al son de un grupo tanzano, cuyos ritmos africanos son muy parecidos a los caribeños.

Nos sentamos a la mesa, pedimos unos tragos y nos ambientamos de inmediato, entretenidos con los pasos y movimientos de caderas de algunas mujeres, que parecían haber entrado en un trance con la percusión de un bombo, un par de sonajas hechas de una calabaza hueca y un acordeón que no paró un solo momento de sonar. Seguido de tragos y uno que otro comentario sobre las exóticas vestimentas que llevaban puestas hombres y mujeres, Mike se paró de la mesa y sin decir más, se dirigió a la pista de baile, animado por una chica que oscilaba su mano, invitándolo a bailar. Divertidos, Peter y yo vimos cómo movía las caderas y batía los brazos, tratando de imitarla, a la vez que ella reía antes sus movimientos robóticos. Cuando inesperadamente y dejándonos a todos con la boca abierta, dejó de hacerse "el gracioso" para convertirse en un verdadero Bob Marley, pero con la cabeza dorada. En tanto observábamos a Mike posesionado de su incuestionable habilidad para el baile, le pregunté a Peter: —Y a todas estas, ¿cómo está Sarah? —me refería a la esposa de Mike que sufría de una terrible afección cardiaca.

—Al parecer, cada día está peor —dijo, dándole un trago a su cerveza—. Mike no habla mucho de ello, pero sé que es algo que lo tiene deprimido y por lo poco que he escuchado, creo que la situación está cada vez más complicada. Lo más penoso de todo esto es que él depende completamente de ella... —arrugó los labios—. No tengo idea de lo que va a suceder el día que Sarah se vaya.

Di un largo suspiro al mismo tiempo que volvía mi vista a la concurrida pista de baile.

—Es una pena que una pareja como ellos tenga que pasar por esto. Lo siento por él y por sus hijos porque sé que es una situación brutalmente desgastadora —dije, apesadumbrado. Mike llevaba años con aquella pena, pero a pesar de su gran sufrimiento no se dejaba caer. Invariablemente hacía sus reuniones bohemias, donde tocaba la guitarra y cantaba hasta morir. Pero en contraste con sus múltiples facetas de artista, le gustaba leer la Biblia, pues aseguraba que había encontrado en ella un arma infalible para enfrentar la vida.

Después de varias canciones y de verlo destilar

francas gotas de sudor, volvió a la mesa diciendo: —¿Por qué no bailan un rato? No sean aburridos, estamos en Tanzania.

Reímos mientras Mike permaneció de pie junto a la mesa, oscilando al ritmo de la música. Encendió un cigarrillo, le devolvió la sonrisa a una chica que pasó junto a él para luego empinar una cerveza hasta agotarla.

—Por mí viviría sacudiendo el cuerpo. Sin duda alguna, la música es lo mío.

—Se nota, hermano. Debo admitir que tienes buen ritmo —reí—. Si Sarah te viera en acción... —meneé la cabeza, divertido.

—Mmm, si la vieras a ella... —levantó las cejas—. Tiene mucho más vida que yo —concluyó, dando una calada a su cigarrillo.

Sin hacer mayor comentario, Peter tomó una cucharilla de la mesa y la tintineó a un costado de la botella de vidrio para hacer un brindis.

—Llegó el momento que buscaba —dijo, alzando su cerveza—. Quiero compartir con ustedes la mejor noticia que he recibido en mi vida.

Mike y yo lo miramos sorprendidos y esperando la buena nueva, levantamos nuestras copas.

—Pronto seré papá —expresó emocionado.

—¿De verdad? —me incliné sobre la mesa, sin creer aún lo que escuchaba. Claire, su mujer, llevaba casi siete años intentando embarazarse sin conseguirlo—. Te felicito, Pete. Me imagino lo que esto significa para los dos.

—No lo puedo creer... —Mike apretó los labios, conmovido—. Es la mejor noticia que he escuchado en los últimos tiempos, hermano.

—Así es, amigos. Por fin Claire será mamá —manifestó, orgulloso—. Y la otra maravilla es que no tendré que esperar tantos meses para conocer la cara de mi hijo, ya que se lo comunicaron después de cuatro meses.

Y luego de tantas malas noticias sobre las posibilidades de embarazarse, jamás se imaginó que durante todo este tiempo estuviera ya por fin esperando el hijo que tanto soñamos.

—¡Salud!

Chocamos nuestras copas y después de darles un buen trago, le dimos un abrazo a Peter, compartiendo con él su gran alegría. Después de un brindis tras otro, bailamos y cantamos hasta altas horas de la madrugada, cuando ya exhaustos y aún riéndonos de nuestra divertida aventura nocturna, emprendimos nuestro camino de regreso al hotel.

Capítulo 3

Ala mañana siguiente, tras una noche de lucha contra decenas de mosquitos que se infiltraron por un costado del mosquitero de la ventana, nos despertamos agotados y recogimos nuestro equipo para salir del hotel, donde ya nos esperaba una camioneta que nos llevaría al aeropuerto. Durante el camino, todos caímos rendidos en un sueño tan profundo, que logró que nuestras cabezas se mecieran de un lado para otro, hasta quedar como muñecos de trapo, recostados sobre las puertas.

Al llegar a la pista despertamos aún soñolientos y entre bostezos, descendimos de la camioneta para desembarcar aquellas montañas de cajas y equipos, que fuimos apilando frente a la cabina de la avioneta. Mummbar se encontraba ahí desde muy temprano, ultimando algunos detalles sobre el curso de nuestro vuelo con el piloto, y por lo que alcancé a escuchar, haríamos una corta escala en Ngorongoro, donde recogeríamos a un par de veterinarios que vendrían con nosotros a Gambala.

Durante el vuelo —y luego de haberme despabilado un poco— contemplé a través de la ventanilla aquella vista en la que pude apreciar, por primera vez en mi vida, cientos de animales salvajes corriendo en completa libertad por la extensa sabana, haciéndome pensar en lo pequeños que somos al admirar en total plenitud la grandeza de la creación. África, indiscutiblemente gozaba del regalo de saberse dueña del paraíso más grande y fantástico del mundo. Absorto ante aquello que mis ojos observaban con detenimiento, tomé mi cámara y una vez más, surgió esa pasión que solo sentía al mirar a través del lente de una cámara fotográfica. Al ver mi expresión de fascinación, Mummbar le pidió al piloto que descendiera para que pudiéramos ver a los animales de cerca. El piloto bajó hasta sentir que rozábamos las copas de los baobabs, unos árboles exóticos en forma de botella, que realmente poseen una extraña belleza. Manadas de antílopes y ñúes galopaban despavoridos ante el rugir de los motores, dejando una nube de polvo a su paso, a la vez que decenas de elefantes se divisaban en la lejanía, caminando pesadamente junto a sus crías y lanzando potentes chorros de arena con sus trompas, entre algunas cebras y búfalos, que nos miraban petrificados. Tener el privilegio de admirar todo aquello de cerca y en detalle nos dejó a todos boquiabiertos.

Escasas horas más tarde estábamos llegando a una pista rural, donde alcancé a ver por la ventanilla a dos personas que estaban esperando con sus maletas. Al subir a la avioneta, el hombre que venía caminando al frente se presentó como Phillipe. Era un tipo cuarentón, robusto, pelirrojo, que llevaba una coleta hacia atrás atada con un cintillo azul. Bromeó amigablemente con el piloto sobre el colorido y psicodélico atuendo que traía puesto, pidiéndole que le consiguiera uno igual para mandárselo a su hijo. Entre el barullo y reacomodo de pasajeros, atrajo de inmediato mi atención, una mujer rubia de piel dorada, cuyas piernas esbeltas se asomaban por debajo de su falda. Me extendió la mano y con simpático acento francés se presentó como Marie. Sonrió, mostrando un discreto hoyuelo en su mejilla izquierda, y dejando escapar un suspiro, se sentó en el asiento contiguo al mío y comentó con Mummbar sobre unos permisos, que por lo visto, había estado tramitando la última semana en Arusha.

Al escucharla hablar en total control de la conversación, sentí que mi pulso se aceleraba por instantes. Sonreí, desviando la mirada hacia Peter, quien al percatarse de mi inusual nerviosismo, me guiñó un ojo, moviendo la cabeza. Sin comprender lo que me ocurría, volví a mirar por la ventanilla, tratando de esquivar las miradas de los presentes. Sabía que estaba sintiendo algo inexplicable y sin querer aparentarlo, respiré profundamente, luchando por serenarme.

Al poco rato, la doctora de ojos azules me preguntó el porqué de nuestra visita y, ya más tranquilo, comenté que haríamos un documental sobre la problemática de Gajha, así como también de la labor que se llevaba a cabo en Gambala. Entre tanto, el tal Phillipe —que a pesar de venir sentado a dos filas de distancia frente a nosotros— sin discreción alguna no paró de observar a Marie sobre su hombro. Al parecer, no le agradaba mucho la idea de que la doctora entablara conversación con desconocidos. Haciendo caso omiso a la actitud extraña de aquel hombre, durante el vuelo terminamos charlando como si nos hubiéramos conocido toda la vida. Comentó que ella se había establecido en Gambala durante los últimos tres años y que Phillipe, su acompañante belga, aparte de ser también veterinario, era especialista en infecciones de primates. Por lo que mencionaba, ella era del sur de Francia, pero había vivido los últimos nueve años en Tanzania a cargo de la Reserva de Papio, casi en la frontera con Zambia. Estaba dedicada a preservar por igual a los babuinos y a los chimpancés. Por lo que pude percibir a través de sus palabras, Marie era una mujer inteligente que aseguraba adorar a África y a su gente, motivo por el cual había decidido establecerse allí para siempre. Me sentí atraído por su marcado entusiasmo y su férrea convicción, la cual me incitó a felicitarla por lograr aquello que tantos abandonaban en el primer intento: experimentar y vivir en un mundo salvaje, que quizás habían visto cientos de veces en alguno de esos extraordinarios programas de *Geo World*. Ella rió y argumentó que cuando la vocación es real, la vida te guía, te abre las puertas y te empuja a encontrar el camino, y cuando ya estás en él, la recompensa es invaluable.

Después de una hora de vuelo —que no sentí en lo absoluto—, el piloto anunció que aterrizaríamos en unos cuantos minutos más. Desvié mi mirada hacia Peter, que por lo visto había notado mi obvio interés por Marie, y dibujando una mueca maliciosa, cerró su puño dejando erguido su dedo pulgar. Sacudí la cabeza e imaginé todos los pensamientos fantasiosos que le habían cruzado por la mente.

Cuando el avión por fin se detuvo, tomamos nuestras maletas y desembarcamos mientras que una furgoneta y dos todoterreno nos esperaban al final de la pista. Me despedí de Marie, estrechando su mano y asegurándole que pronto nos veríamos en Gambala. En ese momento, Phillipe la tomó del brazo, y sin más que una vana sonrisa, la guió hasta la camioneta que los esperaba a corta distancia.

Mummbar interrumpió para informarnos que una de las camionetas nos llevaría a un rancho cercano a Gajha, donde nos hospedaríamos los días siguientes; al arribar nos recibirían dos escoltas vestidos de civil. Pero antes de partir nos advirtió que tuviéramos mucho cuidado con la UMAG (Asociación de Mineros Unidos de Gajha), un grupo compuesto por mineros opositores, rebeldes y corruptos, los cuales se habían separado del resto de los trabajadores, creando una descontrolada mafia dentro de la misma administración. Mummbar agregó, visiblemente preocupado, que interactuáramos únicamente con las personas designadas que nos recibirían en la mina, dándonos una lista con sus nombres. Nos pidió que no tocáramos el tema sobre *Geo World*, porque esto desataría sospechas y los pondría a la defensiva, ocasionando que nos obstaculizaran el trabajo. Puntualizó también que evitáramos hablar de más, puesto que la UMAG tenía sus métodos de aproximación para obtener información y filtrarla a sus líderes, quienes a su vez, eran los encargados de mantener la situación bajo control.

Continuó con voz solemne: —Ellos saben que si les llegaran a clausurar la mina se desataría una catástrofe, pero en cambio, nadie hace nada por mejorar la situación. Parece ser que no les importa en lo más mínimo y ni siquiera se toman la molestia de desviar los residuos tóxicos a un contenedor o a una planta de tratamiento real, como la que dicen emplear, pero solo argumentan incoherencias, en las que únicamente se contradicen unos a otros. Además, siguen comprando al gobierno para que les dé la libertad que necesitan para actuar y lo peor de esto es que... —guardó un corto silencio—, el director de la mina, Kassim Mangandi, es invulnerable, pues por desgracia es el sobrino protegido del presidente Cofy Mangandi y, al parecer, mantienen una estrecha relación familiar y de negocios. Como se podrán imaginar —continuó—, muchos de los integrantes de este sector han tomado una fuerza y un poder absoluto en contra de sus oponentes, de manera que debemos tener en cuenta que este poderoso negocio ha emprendido una competencia contra otras compañías extractoras de oro para ver quién se hace millonario en el menor tiempo posible.

—Por otro lado —añadió—, la UMAG está dispuesta a todo para salvar su pellejo. Por eso les recomiendo que sin dar mayor explicación, digan que son simplemente fotógrafos que vienen en un safari fotográfico y que están interesados en conocer el proceso de extracción de oro en África. Porque de lo contrario, si llegaran a enterarse que van a ser los protagonistas de esta historia de abusos y explotación desmedida, en la cual esperamos desenmascarar sus redes y circuitos económicos a nivel mundial, y donde incluso, intentaremos exponer que están afectando deliberadamente la ecología, se sentirán enjuiciados y podrían llegar a...—titubeó antes de proseguir.

—¿A qué, Mummbar? —pregunté de cierta forma indignado y sorprendido ante sus tardías recomendaciones.

—A borrarlos del mapa —declaró—. Son gente astuta que no tiene escrúpulos para defender sus intereses y no se les ablandará el corazón ante sus amables caras blancas, por lo que tienen que tener en cuenta que lidiarán con hombres sumamente violentos que están a la defensiva. Quiero que les quede claro que así no es la gente de mi país. Nuestra gente es digna, respetable y se ha mantenido así por generaciones, pero estos individuos son punto y aparte. Por algo las minas y sus alrededores están cada vez más contaminadas. No respetan a nada ni a nadie, ni a su tierra ni a sus animales y mucho menos a su propia gente, de la que todos vivimos orgullosos. Lo único que les interesa es el dinero, el poder y la promiscuidad... ¿triste verdad? —dijo, apretando los labios.

—¿Y por qué nos lo dices ahora, Mummbar? ¿Por qué no nos lo advertiste desde un principio? Lo que está pasando es un engaño —protestó Peter, mirándolo con desaprobación.

—Teníamos miedo de que denegaran nuestra petición por la que hemos luchado durante tantos años. Realmente siento mucho que las cosas hayan sido de este modo, Peter. Pero nuestra preocupación es mucho más grande que cualquier protocolo inglés. Nos vimos desesperados y espero que algún día nos puedan comprender. Por todo esto, llevarán con ustedes dos agentes armados vestidos de civil que los cuidarán en todo momento —concluyó, sin siquiera darnos el derecho ni la alternativa a retractarnos a seguir con su plan.

—Entonces así de brava está la cosa, ¿eh? —Peter miró a Mummbar, levantando las cejas con sarcasmo—. Pues gracias por las mentiras, señor. Con esto nos damos cuenta de que en verdad aquí la gente no es tan digna y respetable como dicen ser —enfatizó, dirigiendo su mirada hacia Mike y hacia mí.

—No fue un engaño, Peter. Simplemente me faltó completar la historia —replicó Mummbar con los puños apretados—. Les prometo que si siguen el plan al pie de la letra, todo va a salir bien. Además, les aseguro que tendrán un excelente reportaje que mostrarle al mundo y si le sumamos la situación de Gambala, se convertirá en el documental perfecto. Recuerden que apoyarán una gran causa, la causa de todo un territorio, convirtiéndose en héroes para muchos de mis compatriotas.

—¿Cómo héroes? ¿Mmm? —inquirió Mike con irritación.

Entre muecas de disgusto nos miramos unos a otros con la certeza de no tener otra salida. Y estando ya en ese punto, no nos quedaba otra opción que seguir con lo planeado o regresar como cobardes a Inglaterra. Era más que obvio que Mummbar estaba complacido ante nuestra resignada aceptación y, parándose frente a cada uno, estrechó nuestras manos, volvió a reiterar sus disculpas y agregó que pronto nos recibiría con los brazos abiertos en Gambala. Además, aseveró que no nos arrepentiríamos de haber hecho aquel viaje.

Capítulo 4

Minutos más tarde habíamos llegado al lugar del encuentro con los hombres que Mummbar había mencionado. Vimos un todoterreno caqui estacionado a un costado del camino y al ver que nos aproximábamos, ambos sujetos se bajaron del auto y se dirigieron hacia nosotros, vestidos como simples aldeanos. Sin más formalidad se presentaron como nuestros guías: Thabo y Bantú.

—Karibu, karibu —ambos saludaron al unísono con enfática amabilidad. Para entonces, ya habíamos aprendido a dar la bienvenida en swahili.

Nuestro chofer bajó de la camioneta, despidiéndose de nosotros y se dirigió a relevarlos a la vez que nuestros supuestos guías se subían al vehículo, informándonos que nos conducirían a donde nos hospedaríamos los próximos días.

Durante el trayecto, Bantú —como lo apodaban por pertenecer a un grupo étnico asentado en los márgenes del lago Victoria y cuyo dialecto es precisamente el bantú— no paró de hablar. Insistió en que nos mantuviéramos juntos la mayor parte del tiempo, que no alargáramos la conversación con nadie ni aceptáramos invitaciones de ningún tipo y mucho menos, sacáramos todo el equipo fotográfico para no llamar demasiado la atención. Nos aconsejó que fingiéramos en todo momento ser simples fotógrafos, tal como lo había aconsejado Mummbar anteriormente.

Después de un largo camino de terracería, entre matorrales espinosos que rozaban sus ramas contra las ventanillas y bichos voladores que se estrellaban contra el parabrisas de la camioneta, al fin llegamos a un rancho, donde tras una cerca de árboles frondosos, se resguardaba una casa de campo que tenía una formidable terraza, desde la cual se divisaba el lago Victoria en el horizonte. Nos informaron que habían seleccionado ese lugar por su cercanía a Gajha, la privacidad y porque ahí se hospedarían nuestros "queridos amigos" Thabo, el mudo, y Bantú, el tarabilla, los cuales parecían sentirse dueños de la situación.

Bajamos una vez más nuestras maletas y aquellas pesadas cajas de acero, que fuimos apilando en uno de los cuartos que habían designado para el equipo. Luego nos condujeron a la que sería nuestra habitación, la cual daba a la parte delantera de la casa. En esta había una litera de madera y un catre de metal con unos duros colchones de borra, que esperé no terminaran por fastidiarme la espalda. Exhausto del viaje, me tiré de espaldas en la cama, mirando hacia el techo de madera que parecía estar apolillado por los años. Cerré los ojos por unos minutos, tratando de relajarme; quería despejar mi mente de las últimas sorpresas que nos había dado Mummbar. Entre tanto, Peter y Mike salieron a buscar al dueño del lugar para preguntarle dónde podríamos comer.

Al poco rato tocaron a la puerta. Se trataba de una mujer de rostro gentil, de cabellera lustrosa, extremadamente alta y delgada, que llevaba una cubeta de agua en la mano. Me explicó, en una mezcla de swahili e inglés casi incomprensible, que era la hija del capitán Mbongo y que el agua era para el baño. Después de haber adivinado la mitad de lo que dijo, le devolví la sonrisa y ella desapareció por donde había llegado. Me paré y llevé el recipiente hasta el lavabo, donde me lavé las manos y refresqué mi cara, volviendo a recobrar un poco la calma. Me asomé por la ventana y vi a Mike parado afuera de la casa guitarra en mano, hablando con Bantú, el cual agitaba las manos, tratando de explicar algo que obviamente yo no alcanzaba a escuchar, mientras que Peter, al parecer, ajustaba los pormenores de nuestra llegada con el dueño. Con un hueco en la boca del estómago, bajé al recibidor al mismo tiempo que Peter iba entrando a la casa, comentando que almorzaríamos ahí mismo. Caminamos hacia el comedor, escoltados por el dueño y su amable mujer, quienes nos invitaron a sentarnos a la mesa. Y detrás de ellos venían Mike y Bantú, muy entretenidos en plena plática. Por lo visto habían hecho amistad de inmediato.

Durante la comida, el capitán Mbongo, como llamaban al dueño del lugar, nos platicó sobre la situación actual de la mina, confirmándonos lo que Mummbar nos había dicho aquella mañana. Detalló en su totalidad la problemática de los mineros artesanales que estaban causando un caos social y ecológico, por no tener la tecnología que supuestamente poseían las grandes compañías mineras, siendo Gajha, una de las minas más grandes del territorio. También aclaró que África tenía la mitad de las reservas mundiales de oro reportadas. Dijo, además, que estos mineros artesanales, quienes eran la minoría, se sentían de algún modo perseguidos por el gobierno y las trasnacionales mineras, que llegaban hasta cometer asesinatos masivos en los túneles de las minas para sacarlos de la jugada y ganar el completo control de ellas.

Prosiguió su relato, entrelazando sus manos sobre la mesa: —Esto no quiere decir que las grandes minas estén exentas de fallas. Por supuesto que no —aclaró—. Ellos también hacen de las suyas, de manera clandestina, pero casi nadie se percata de ello. E inteligentemente, culpan a los mineros artesanales de sus propios errores, de modo que ambos están logrando que la contaminación sea cada vez mayor y esto afecte a las aldeas circundantes y a cientos de niños que han contraído extrañas enfermedades, prácticamente incurables. No sé lo que ustedes piensan sobre Mummbar, pero les aseguro que es un hombre honorable —salió en su defensa con total convicción—. Y si los trajo hasta aquí es porque no encontró otra manera de resolver el problema por sí mismo y la situación está cada vez más fuera de control. Él siempre se ha dedicado a ayudar a los demás, valiéndose de cualquier medio para lograrlo.

—¿Algo así como un Robin Hood africano? —bromeó Peter, tratando de apaciguar nuestros ánimos.

—Por así decirlo —respondió secamente, sin siquiera esbozar una mínima sonrisa—. Pero Mummbar no anda con espada por las calles, sino que el poder de su palabra es mucho más fuerte que cualquier arma y logra que la gente lo respete. Yo diría que algunos hasta le temen, ya que su carácter es tan enérgico y decidido, que la gente se intimida o se apacigua solo ante su presencia. Sabemos que un líder nato como él es lo que hace falta en muchos otros lugares de África y, claro, también en muchas otras partes del mundo. Siempre consigue lo que quiere; bueno, casi todo, porque este problema de las minas no ha sido un proyecto fácil, ya que hay muchos intereses involucrados. Y por eso terminó recurriendo a ustedes, para que de alguna manera, la UMAG junto con el gobierno de Cofy Mangandi se sientan presionados por la opinión internacional. Es obvio que a nadie le gusta estar vigilado y mucho menos en boca de los demás. Por eso les estamos agradecidos a ustedes, porque a través de su revista y sus documentales lograrán sacar toda la verdad a la luz —concluyó.

—Pues esperamos que ya estando aquí saquemos algo bueno para contribuir a la causa —dije, alzando la taza de té frente a mí.

Capítulo 5

T ras una noche de calma absoluta, donde nos arrulló el chirrido de los grillos que no cesaron su canto hasta entrado el amanecer, despertamos más descansados que el día anterior. Cada uno tomó un largo baño para luego bajar a desayunar a aquella terraza que dominaba la fantástica plantación de té y desde donde se veía el sol nacer de las profundidades del Urekewe, como llamaban los habitantes al imponente lago Victoria. Desde aquella vista se contemplaba un espectáculo que jamás hubiera imaginado presenciar en toda mi vida.

—Esto sí es vida —comenté antes de sentarme a la mesa, donde nos esperaba un manjar de frutas, pan y cereales, acompañado de un humeante té negro. Entretenidos con el vasto desayuno que teníamos frente a nosotros, de pronto vimos a Mbongo aparecer de entre el plantío de té, caminando hacia nosotros.

—¿Cómo pasaron la noche, jóvenes?

—Muy bien, capitán. Y gracias por lo de jóvenes —respondió Mike, complacido por el comentario, ya que él estaba casi al cumplir los cincuenta.

—Creo que jamás había dormido en una calma tan absoluta. Este lugar es mágico de verdad —reconoció Peter con un gesto de placer.

—Estoy completamente de acuerdo —admití, llevándome un trozo de pan a la boca—, aunque todavía no me he recuperado completamente del viaje.

—Querrás decir de la fiesta, John —Mike reprimió una mueca burlona—. No solo yo tuve el privilegio de bailar con un par de damas africanas. ¿No es así, hermano? Tú también sacaste tus dotes de bailador y aunque no muy *ad hoc* con los ritmos tanzanos, me consta que te esmeraste y dejaste a un par de chicas flechadas, que no olvidarán fácilmente cómo las tomabas por la cintura.

—Ni me lo menciones, que todavía me duelen los pies —confesé riendo.

—Dirás las manos, Carmichael —rió Peter, divertido.

Mientras comentábamos nuestra aventura nocturna en Dar es Salaam, Mbongo se sentó en la cabecera, perdió su mirada en la lejanía y luego de meditar por unos momentos, comentó cambiando el tema: —¿Sabían que en 1862, el primer europeo en llegar a este lago fue el explorador británico John Speke?

Meneamos la cabeza al unísono.

—Este hombre fue el que bautizó el lago con el nombre de Victoria en homenaje a su reina. Cada vez que me paro en este mismo sitio, miro el paisaje y la magnificencia de Dios en la naturaleza, la que me hace sentir pequeño, humilde y… —sonrió nostálgico—, en verdad lo agradezco. No lo cambiaría por nada en el mundo. Siempre he pensado que es una bendición haber nacido y vivido en este lugar. Es más —apuntó con su dedo hacia el horizonte—, ¿sabían que de ese lago nace el grandioso río Nilo?

—No, pero en definitiva coincidimos con que esto es el nirvana —manifestó Mike con su auténtico vocabulario *"new age"*—. Sarah, mi mujer, siempre ha soñado con venir a Tanzania. Espero que algún día, si la vida se lo permite, pueda traerla a conocer estas tierras —suspiró, inmerso en sus pensamientos.

—A ver si en algún momento podemos ir a conocer el lago. ¿Les gustaría? —me dirigí a Mike y a Peter, que asentían de buena gana.

—Pero tengan mucho cuidado —advirtió Mbongo, tomando la palabra—. Las orillas del Urekewe están catalogadas como zonas de alto riesgo de malaria. Así que es imprescindible que tomen sus precauciones —aseveró, aunque como medida preventiva habíamos sido vacunados solo unos cuantos días antes de salir de Londres—. Al menor síntoma de catarro —sugirió Mbongo—, tienen que avisarme de inmediato o a Mummbar si están en Gambala, porque si se trata a tiempo no pasa nada, pero de lo contrario, puede llegar a ser muy grave. Además, les recomiendo que mejor no intenten bañarse en el lago, ya que en él habita un gusano microscópico que entra en el cuerpo, se adhiere al organismo y se convierte en un parásito difícil de combatir, causando la terrible bilharzia.

—¡Uy! —respondió Mike, frunciendo el entrecejo con repulsión—. Por lo que veo, la cosa no parece ser tan fácil por estos lugares, ¿verdad?

—Ni hablar. Iremos únicamente de visita y a fotografiar el nirvana de Mike —comenté con un toque de humor, mirándolo con el rabillo del ojo.

—Pues así es, señores —retomó Mbongo su relato—, ya no es lo mismo que antes. Los colonizadores ingleses llegaron a explotar la cuenca del Urekewe y continuaron haciéndolo hasta que las cosas cambiaron. Tristemente, la selva que rodeaba el lago fue talada y los pantanos que lo conformaban fueron dragados para el cultivo de té, café y caña de azúcar, que luego terminaron por exportar a otros países. Y miren... —señaló con su mano extendida—, aquí mismo tenemos nuestro propio plantío del mejor té de Tanzania. Estas regiones fueron un verdadero paraíso... —suspiró con añoranza—. Pero como decía mi padre: "Las cosas en manos del hombre se transforman, se deforman y se extinguen".

Aunque, gracias al cielo, todavía quedan algunos lugares hasta donde no han llegado sus manos y siguen siendo un milagro de la naturaleza, que esperemos logren conservarse así por siempre.

Pude percibir que Mbongo era una persona sensible. Su manera de hablar y de mirar a los ojos expresaba una gran dignidad y demostraba ser un hombre sabio.

Seguimos conversando durante el desayuno, hasta que Peter miró su reloj e indicó que teníamos que partir hacía Gajha, donde nos reuniríamos a las ocho de la mañana con algunos de los dirigentes de la mina. Armados con cámaras, nos despedimos del capitán, quien nos acompañó hasta el todoterreno que nos esperaba en la puerta, estrechó, una a una, nuestras manos y nos deseó suerte, comentando que nos esperarían con una comida típica tanzana.

Capítulo 6

Unos cuantos kilómetros antes de llegar a Gajha, el paisaje se había transformado en un polvoriento y árido escenario. La tierra se tornaba cada vez más grisácea y la vegetación iba desapareciendo, al punto que al llegar a la entrada de la mina, parecía que habíamos aterrizado en otro planeta, en donde se alzaba una monumental estación espacial en medio de la nada. Nos detuvimos frente a una reja de barrotes blancos, donde había varios guardias resguardando el coloso. Nunca imaginé que un lugar así pudiera existir en ningún rincón del mundo y mucho menos en la despoblada sabana africana.

Rápidamente, uno de los dos vigilantes se acercó a nuestro auto, al tiempo que Peter sacaba el papel que Mummbar nos había dado al llegar y el cual mencionaba los nombres de las personas que, de acuerdo con lo previsto, ya nos esperarían. Se lo mostró y este indicó al otro guardia que nos abriera la puerta, señalando el camino que nos conduciría a la estación I. Cruzamos el retén y nos dirigimos hacia la estación principal, dejando una estela terracota que se arremolinaba detrás de nosotros. Se divisaban a lo lejos, trabajadores y mineros vestidos con trajes de color *beige* y otros con chaqueta de color amarillo. Todos llevaban sendos cascos blancos y parecían hormigas caminando por el lugar.

Al llegar a la estación principal nos topamos con un hombre negro como la noche, con aspecto rudo e intimidante, que parecía un gigante escapado de una película de terror. Tenía una cicatriz que abarcaba casi la totalidad de su rostro desfigurado y se encontraba parado como una estatua frente a la puerta, esperando a que descendiéramos del auto. Cuando nos encontrábamos frente a él, informó inexpresivo, pasándose la mano sobre el hombro: —Los están esperando, síganme.

Bajamos decididamente, pero dejamos todo el equipo fotográfico en la camioneta, ya que sabíamos que teníamos que actuar con mucho cuidado para no levantar ninguna sospecha. Thabo y Bantú, mientras tanto, permanecieron en el vehículo mientras que el hombre nos escoltó por un pasillo hasta dejarnos frente a una puerta de metal, indicándonos que aguardáramos allí hasta que nos avisaran. Posteriormente, una joven de cabello castaño, rizado y repleta de pecas hasta los labios, se acercó, se disculpó por la espera y nos rogó que la siguiéramos hasta un salón de reuniones, donde se encontraban tres hombres discutiendo acaloradamente. Dos de ellos eran blancos y hablaban con marcado acento británico. Supuse que el otro era un lugareño. Al vernos entrar, cortaron abruptamente la conversación, transformando automáticamente sus rostros de furia en los de individuos sonrientes. Cortésmente nos pidieron tomáramos asiento frente a una larga mesa de madera.

—¿Ingleses, eh? —inquirió uno de ellos al escucharnos hablar, al tiempo que se presentaba a sí mismo y a los otros dos tipos—. Yo soy Roy McMahon, director de la mina —estrechó nuestras manos—. El señor es Henry Dormonth, es el superintendente, y el señor Galijha es nuestro administrador.

—Mucho gusto —asentimos.

—Y por lo visto, ustedes también son compatriotas, ¿o me equivoco? —inquirió Peter, queriendo romper el hielo.

—Efectivamente —McMahon llevó su mirada hacia Dormonth—. Y nuestro amigo, el señor Galijha —se refirió al hombre negro—, él es de aquí, de Tanzania.

—Es un placer —dijo Peter, tomando la rienda de la conversación. Les explicó que, en resumidas cuentas, estábamos interesados en tomar algunas fotos de la mina, con el fin de llevar a cabo un estudio sobre la metodología y el proceso de extracción del oro para la revista de ingeniería de la universidad de Oxford. Trató ágilmente de evitar preguntas y los invitó a hablar sobre el tema.

Sin dudar un instante de las intenciones de Peter, el señor McMahon tomó la palabra animado por nuestra petición y comenzó diciendo: —Antes que nada, el señor Kassim Mangandi, el jefe y director del proyecto de la mina, nos pidió que lo disculpáramos por no estar presente, ya que tuvo que viajar de improviso a Dodoma a una conferencia, por lo que nosotros estamos aquí para lo que se les ofrezca.

—Gracias —respondió Peter—. No les robaremos mucho tiempo.

McMahon volvió a tomar la palabra: —Está bien. Les hablaremos un poco sobre lo que hacemos aquí en Gajha. Básicamente nos dedicamos a buscar el mineral, explotamos la cantera, lo extraemos, después viene la trituración, la molienda, la separación por medio de la fuerza centrífuga, la cianuración, la filtración, la precipitación del oro, la fusión, la refinación y después se funden los lingotes para su venta, cuidando en todo momento el control de calidad. Tenemos la más moderna infraestructura y contamos con la colaboración de las más destacadas empresas de perforación del mundo, el equipo más sofisticado en la rama y una ingeniería de punta. Y por supuesto —hizo hincapié, mirando incisivamente al tanzano—, principalmente estamos pensando en nuestros trabajadores, en su bienestar, en su seguridad e indudablemente en su salud.

—Incluso —interrumpió Dormonth, un tipo rubio, de aspecto desaliñado y mejillas rosadas—, de nuestros más de mil trescientos trabajadores, ciento veinte son supervisores, químicos, geólogos e ingenieros de mina, que están entrenados bajo estrictas normas que nos dicta la ley. Y absolutamente todos son motivados para que tengan conciencia de lo que implica su trabajo, estimulándolos en todos los sentidos para que se comprometan con Gajha y primordialmente con el ecosistema en general.

Sin que nuestros anfitriones se percataran, nos miramos unos a otros, escépticos. Me percaté que Galijha comenzó a carraspear con discreción, mirando penetrantemente a McMahon.

Prosiguió McMahon sin sentirse aludido: —Nuestros métodos de extracción son muy precisos. Después de taladrar el área, la detonamos y a continuación —mostró a través de la ventana—, cargamos camiones de cien toneladas con aquellas excavadoras hidráulicas que ven allá.

—Pero McMahon —insistió Galijha, hoscamente—, aclárales el punto sobre el proceso químico de extracción de oro que me imagino es lo que ellos desean saber.

—Por supuesto… —tosió un par de veces antes de proseguir—. Las sustancias químicas que se utilizan para la extracción del oro son básicamente el cianuro de sodio y el mercurio. Aunque para la extracción se manejan soluciones de cianuro muy diluidas, además de que el pH debe ser alcalino, por lo que se le agrega cal para neutralizar los ácidos y los gases altamente tóxicos.

—¿Y cómo se lleva a cabo este proceso? —preguntó Peter, tomando nota.

McMahon apretó los labios y continuó dando una explicación detallada: —Tan pronto se ha triturado y molido la mena, y habiendo pasado por todos los pasos que les explicaba al principio, el producto se agita con soluciones cianuradas, de 6 a 72 horas. Posteriormente se toma el remanente para reciclarlo o destruirlo. Y para evitar los riesgos —se rascó la barbilla, pensativo— que podría producir el uso del cianuro, empleamos una ingeniería de punta, con el fin de evitar derrames que afecten el medio ambiente.

Dormonth apoyó la aseveración: —Estamos absolutamente comprometidos con estas tierras porque de eso depende que sigamos trabajando en esta región —bajó lentamente la barbilla y, clavando su mirada en Galijha a través de sus pestañas doradas, enfatizó—: Reconocemos que la explotación de la mina depende también de la gente que entrenamos y por eso mismo tenemos una responsabilidad y un compromiso total con los mineros. Por lo que tratamos a toda costa de no contaminar y hacer el menor daño posible al ecosistema.

McMahon fue hacia un pizarrón que colgaba de la pared y retomó la palabra, señalando con su dedo algunas cifras que se encontraban marcadas en una gráfica: —Gajha tiene asegurados los recursos financieros para cumplir con sus requerimientos.

Dormonth volvió a quitarle la palabra: —Nuestra mayor problemática es la minería artesanal, o mejor dicho, la minería clandestina que llevan a cabo los pobladores en varios yacimientos cercanos y dentro de las inmediaciones de la mina, lo que perturba devastadoramente la biodiversidad de estas zonas —expuso de la misma manera que Mbongo.

De repente sonó el teléfono y casi inmediatamente, apareció la secretaria, asomándose por el resquicio de la puerta, comunicándole a McMahon que tenía una llamada.

—¡¿No ves que estamos ocupados?! —exclamó con voz atronadora.

—Lo siento, señor, pero es urgente —insistió con frialdad.

McMahon hizo una mueca de disgusto e incrementó el volumen. —¿Sí? —preguntó—. Hola Phil. ¿Qué pasó? —guardó un largo silencio, para luego disculparse diciendo—: Lo siento, Kassim, no te reconocí… Hay demasiada interferencia en la línea… —volvió a callar por algunos minutos, a la vez que asentía, repasándonos con la mirada—. Está bien… Está bien… — y colgó el auricular.

Galijha volvió a carraspear disimuladamente, trató de reprimir una carcajada que ahogó con una fuerte tosidura. Los dos hombres blancos lo fulminaron con la mirada cuando de improviso, el tanzano dijo que tenía que marcharse. Se despidió de nosotros, estrechando nuestras manos, pero percibí que al despedirse de Peter, este le guiñó el ojo. Dio media vuelta y sin volverse para mirar a los dos sujetos, salió con paso veloz de la sala.

—Lo siento mucho —se disculpó McMahon cuando el hombre negro se marchó—. Creo que podemos aprovechar la ocasión y llevarlos para que conozcan la mina. Nos será imposible acompañarlos personalmente porque tenemos una junta dentro de unos cuantos minutos, pero afuera los estará esperando la persona que será su guía. Él los llevará personalmente y les mostrará los alrededores.

Nos pusimos de pie, nos despedimos cortésmente de ellos, para luego dirigirnos hasta otra sección del complejo, donde nos equiparon con trajes de seguridad, cascos y botas. Al terminar, salimos de aquel lugar rumbo a nuestra camioneta para tomar parte del equipo fotográfico. En ese momento, Bantú se acercó misteriosamente, me entregó un papel en la mano y comentó en voz baja que se lo habían entregado hacía unos minutos, advirtiéndonos que tuviéramos cuidado de que nadie se enterara de ello. Desconcertado, guardé la nota en el bolsillo interior de mi cazadora. Trepamos a un furgón de la mina, a la vez que el chofer nos daba la bienvenida, explicándonos detalladamente el curso de nuestro recorrido y comentando que nos indicaría exclusivamente los lugares donde podíamos tomar fotografías.

La planta en sí era una megaconstrucción formada por torres de cemento, enormes depósitos e impresionantes estructuras de tubos, prominentes torres, andamios, tuberías, conectores, llaves de paso, válvulas, bombas cilíndricas, condensadores, tanques de agua y contenedores de todo tipo, que abarcaban miles de metros cuadrados. Nuestro guía nos condujo hasta la base, donde para empezar caminaríamos por la superestructura al tiempo que nos iba describiendo cada paso del proceso. Tomamos fotos de cada rincón hasta llegar a las enormes murallas en donde explotaban la roca. Eran paredes descomunales que dibujaban peculiares formaciones de minerales, las cuales creaban cientos de capas en toda la gama del color del óxido, que semejaba una pintura completamente modernista.

Mientras deambulábamos por las instalaciones, tomé la nota que me había dado Bantú y la leí sin que nadie se percatara. Al terminar de leerla me quedé sorprendido y se la pasé a Peter, pidiéndole que fuera muy discreto, que más tarde la comentaríamos; pues sabía que su contenido lo alarmaría tanto como a mí. Alcancé a ver que Peter regresaba al furgón y, aparentando estar sacando otro lente para su cámara, la leyó con rapidez, guardándola posteriormente en el bolsillo trasero de su pantalón. Preocupado, me buscó con la mirada, disimulando por completo frente a los demás, fingiendo seguir inmersos en nuestro paseo por la mina.

Luego de ahí, nos trasladaron a otra área, donde descenderíamos casi 2800 metros bajo tierra, en un elevador que nos llevaría a los túneles donde se encontraban cientos de mineros trabajando en diversas actividades.

Era sorprendente ver el tamaño y la cantidad de equipos que se encontraban en aquellas profundidades: tubos refrigerantes que venían del exterior, vitales para refrescar el ambiente y la roca, que al ser taladrada, llegaba a alcanzar una temperatura de hasta 55° C. La roca de las áreas dinamitadas era llevada a un "hoyo" donde había unas compuertas. Allí se depositaba y luego caía por unos conductos hasta llegar a unos vagones que la trasportaban a unos canastos especiales, que a su vez, la sacaban a la superficie, de donde sería trasladada hasta la planta para ser procesada. Aquel era en verdad un impactante mundo subterráneo.

Peter no pudo esperar; se acercó a mí y dijo en voz baja:

—Por lo que dice la nota tenemos que pedirle al guía que nos lleve a la planta procesadora y por supuesto, llegar hasta los depósitos de agua de tratamiento donde está nuestro objetivo, John.

Asentí sin pronunciar palabra. Seguí fotografiando el lugar y después de casi una hora de recorrido, regresamos a la superficie. Peter le comentó a nuestro guía que deseábamos conocer el área donde se llevaba a cabo la extracción de oro, a lo que nuestro guía aceptó de buena gana. Hasta ese momento, todo marchaba sobre ruedas y me alegraba saber que teníamos ya bastante material fotográfico.

Luego de un corto trayecto llegamos a la planta donde la roca era depositada para triturarla y a continuación, llevarla a un molino donde se pulverizaba. A partir de ahí, comenzaba el proceso de extracción mediante un proceso químico. Después de esto se convertía en una solución mucho más pura que contenía el oro. Posteriormente se separaba el oro por electrolisis, se secaba y se fundía para obtener los tan apreciados lingotes.

En realidad había sido una experiencia única el haber fotografiado y presenciado aquel "ritual" de extracción, aunque nuestro propósito no había concluido aún, ya que lo único que nos faltaba por ver, era el sitio donde se vertían los líquidos remanentes de aquella última fase.

Decididamente y sin más rodeos le dije al guía:

—Esto es formidable de verdad, muchas gracias, pero para concluir, nos gustaría ver adónde van todos los residuos y el agua que sale de aquí. Escuché que existe una planta de tratamiento, ¿no es así?

Inquieto y visiblemente nervioso, contestó titubeante:

—Sí, sí claro, pero creo que ya se nos ha hecho un poco tarde. Si lo desean, mañana podemos seguir con esa parte del recorrido.

—No, no…, no se preocupe por nosotros; todavía tenemos tiempo —insistió Peter, presionándolo.

—Está bien, pero… —se encogió de hombros sin tener escapatoria—. Será un recorrido rápido, ya que es un área a la cual solo puede tener acceso el personal de la mina.

—Por supuesto, como usted diga —afirmó Mike al momento, mirándonos a Peter y a mí de reojo.

Durante el trayecto, nuestro chofer y guía misteriosamente habló por la radio en un dialecto que nos fue imposible comprender, y alterado, manejó a toda velocidad entre los contenedores y las columnas de metal.

Peter volvió a sacar el papel y comentó murmurando:

—Parece ser que allá… —dirigió la mirada hacia la derecha—, se encuentra la estación 38 donde está la mecha que va a detonar esta bomba.

Mike, quien se había percatado ya de nuestra conversación, levantó las cejas sin saber qué decir, a la vez que escuchaba nuestro plan. Cuando por fin llegamos a la zona de tratamiento de agua, el hombre nos advirtió que no bajáramos a tomar fotos, argumentando que era peligroso. A lo que Mike intervino decididamente: —Si el lugar es tan inseguro como dice, ¿no cree que también sería riesgoso para la gente que trabaja aquí?

—Sí, sí… por supuesto, pero —volvió a tartamudear—. Bueno…, no se demoren por favor —tomó nuevamente el transmisor y se comunicó con alguien que parecía reprimirlo, ya que subió repentinamente el tono de la voz, como si estuviera defendiéndose.

Los tres nos miramos unos a otros, extrañados ante su repentina reacción. Todo señalaba que ese lugar no era parte de nuestro recorrido y mucho menos parte del plan que tenían para nosotros. Sin pensarlo dos veces, descendimos del vehículo para tomar algunas fotos de aquel sitio que se encontraba desolado. Caminé hacia una bomba de agua, cuando a lo lejos, me percaté que un par de hombres vestidos de overol azul, arrastraban trabajosamente un enorme bulto por el piso, el cual apilaron sobre una montaña oscura que antes no había alcanzado a distinguir. Ellos venían entrando a una bodega que se encontraba con las puertas abiertas de par en par. Me resguardé detrás de una de las bombas para mirar más de cerca, tratando de no ser sorprendido, tanto por nuestro guía, que seguía inmerso en su pelea telefónica, como por aquellos misteriosos sujetos que parecían cuidarse las espaldas.

Cámara en mano, acerqué lo más que pude aquella imagen con el lente hasta descubrir con horror que aquel bulto que llevaban a rastras se trataba de un antílope muerto, rodeado de todo un cementerio de animales salvajes que se encontraban amontonados y en total estado de descomposición.

—¡Perfecto! —exclamé entusiasmado, tomando una foto tras otra. Al fin habíamos encontrado aquello que estábamos buscando. A partir de ese instante, nuestra historia empezaba a tomar forma.

Abstraído por mi carácter de emisario de *Geo World*, sin querer me apoyé sobre una barra de metal, la cual cayó encima de una bomba, haciendo un estruendoso ruido que llamó de inmediato la atención de aquellos tipos, quienes automáticamente se volvieron hacia donde me encontraba. En tanto que yo, sin saber qué hacer, traté de agazaparme nerviosamente tras la ruidosa máquina, percatándome que uno de los hombres tomó la radio que llevaba colgada a la cintura para dar parte de lo sucedido a su interlocutor mientras que el otro individuo cerraba precipitadamente la pesada compuerta detras de él.

Sin saber qué hacer, me apresuré a decirle a Peter que partiéramos de inmediato y él, desconcertado ante mi repentina decisión, se dirigió a nuestro guía, pidiéndole que nos regresara a nuestro auto. Nadie tenía la menor idea de mi descubrimiento.

Al llegar a la estación I nos esperaban tres hombres, entre ellos se encontraba el hombre malencarado que nos había recibido a nuestra llegada a Gajha. Todos tenían una expresión hosca en el rostro y por lo que la escena representaba, nuestra presencia ya no era bienvenida. Uno de los sujetos se acercó a Peter con gesto amenazador y le pidió que abandonáramos la mina cuanto antes. Nos notificaron que nuestro recorrido había concluido y que no habría más visitas durante el próximo mes a personas ajenas a la planta, por decisión expresa de la administración. Peter trató de cuestionar el motivo de tan precipitada resolución, puesto que ni siquiera se imaginaba la verdadera razón por la que los hombres nos exigían que nos marcháramos de Gajha.

Al abandonar Gajha, entre muecas de disgusto por parte de Peter y Mike, comenté sin rodeos: —Sabía que esto ocurriría al descubrir lo que se traen entre manos estos desgraciados. Estoy seguro de que se dieron cuenta de que los agarré *in fraganti* y alertaron a estos cerdos para que nos echaran de la mina. —Ambos me miraron sin comprender media palabra y por eso les expliqué brevemente lo sucedido—. Por algo nos entregaron esa nota donde nos pedían que fuéramos a la planta de tratamiento. Allí pude ver a dos trabajadores en un verdadero cementerio de animales salvajes que se encuentran dentro de una de las bodegas. No quise comentarles nada al respecto en ese momento para no poner en riesgo nuestro plan, pero desafortunadamente parece ser que ellos me sorprendieron a mí. Tomé una secuencia fotográfica, pero me imagino que las cosas están peor de lo que pensábamos, pues todos se veían sumamente nerviosos y fue evidente su urgencia de que nos largáramos de allí.

Intempestivamente y a media conversación, Peter miró por su ventanilla y ordenó con brusquedad:
—¡Detente, Thabo!

Sobresaltado, nuestro chofer frenó en seco. Giré mi mirada hacia afuera y alcancé a ver a un hombre que emergía de entre los arbustos, moviendo sus brazos frente a nosotros. Se trataba de Galijha, el misterioso tanzano que había estado en la reunión con Dormonth y McMahon. Él se acercó vacilante y, mirando nerviosamente en todas direcciones, preguntó casi inaudiblemente como si alguien estuviera vigilándolo de cerca:
—¿Recibieron mi mensaje? ¿Encontraron algo?

—Sí, aparentemente encontramos lo que buscábamos —respondí, desconcertado—. No sabíamos que usted era el remitente, pero…

Interrumpió sin vacilar: —Tengo que hablar con ustedes de algo muy importante. Sé que les va a interesar mucho la información que tengo y que estoy seguro están buscando por aquí. Los espero a las nueve de la noche en el kilómetro doce por la vereda que lleva al pantano. No olviden su equipo, señores, que esta será su gran noche.

Justo cuando íbamos a preguntarle por qué tanto interés por revelarnos su secreto, volvió a escabullirse precipitadamente entre los espinosos matorrales, desapareciendo como una liebre a punto de ser cazada.

—Creo que esto se está poniendo muy interesante, amigos —añadió Mike, frotando vigorosamente sus manos—. Para mí todo esto es completamente nuevo, pero por lo visto, ustedes ya estaban más que enterados del asunto.

—No habíamos encontrado el momento para decírtelo, Mike, pero es un hecho que Galijha sabe más de lo que nos imaginamos. Échale una ojeada a esto —contestó Peter, mostrándole la nota que había sacado de su bolsillo. Mike leyó en silencio y cuando terminó de comentarla, ya estábamos de regreso en el rancho del capitán Mbongo.

Después de escucharnos intercambiar ideas y suposiciones sobre el asunto, Thabo, el mudo, sugirió notablemente preocupado: —Tengan mucho cuidado, por favor. No deberían confiar en absolutamente nadie, porque hay gente con muchos intereses involucrados que podrían meterlos en serios problemas.

Nos pidió que guardáramos el secreto entre nosotros para no cometer ninguna indiscreción que nos pudiera poner en peligro y nos advirtió que entre nosotros rondarían soplones infiltrados haciéndose pasar por amigos, esperando cualquier oportunidad para comunicarlo a los rebeldes. Por último, dijo que el hambre y el dinero habían transformado a gente buena de la localidad en verdaderos criminales.

Capítulo 7

Al llegar al rancho, el capitán salió a darnos la bienvenida y antes de preguntarnos cómo nos había ido, nos ayudó a bajar el equipo del todoterreno para luego invitarnos a pasar directamente al comedor, donde nos esperaba su mujer con la mesa servida. Dejamos las cámaras en el cuarto y nos sentamos a comer en la terraza. Cuando, entusiasmado, Mbongo pidió que le diéramos la reseña completa sobre nuestra visita a Gajha, Peter tomó la palabra para narrar lo que aconteció aquella mañana, omitiendo por el momento nuestro encuentro con Galijha y la cita que tendríamos con él esa misma noche, porque temía que se opusiera a ella. Pero de improviso, Bantú lo interrumpió y le confesó al capitán lo sucedido, ante nuestras miradas atónitas.

—Lo siento, señores —nuestro amigo, "boca floja", nos miró a cada uno sin mostrar culpa alguna—. El capitán Mbongo debe estar informado absolutamente de todo. Él es el único confiable aquí y los ayudará a llevar a cabo el plan sin ningún contratiempo. Cuando Thabo les sugirió que no le dijeran nada a nadie, obviamente no se refería a él, que es la persona indicada para sentar las bases y guiarlos. Lo que vamos a hacer esta noche implica un gran riesgo —nos aleccionó con su dedo, como si fuéramos unos niños.

Mbongo volvió su mirada hacia nosotros y expresó con tranquilidad: —Entiendo su desconfianza, pero tienen que tener en cuenta que yo soy el único responsable de ustedes ante Mummbar, ya que están hospedados en mi casa.

Confieso que me sentí aliviado por sus palabras y ahí mismo, sin dejarnos hablar, armó una estrategia para nuestro encuentro nocturno con Galijha, advirtiéndonos que podría ser una trampa para desenmascararnos, con el objetivo de cerciorarse de nuestras verdaderas intenciones.

Mike lo interrumpió, pues suponía que no se trataba de una trampa como él creía, ya que el hombre nos había dado una nota secreta esa misma mañana, con la que nos alertaba sobre el lugar donde se hallaba el problema real en la mina. Le confirmó, por otra parte, que yo había descubierto a decenas de animales muertos escondidos dentro de una de las bodegas y que incluso Galijha parecía estar dispuesto a ayudarnos a atraparlos.

—Cuando lo encontramos en el camino se veía muy alterado —aclaró Peter—. Parecía como si alguien lo tuviera amenazado si abre la boca. Todo señala que la situación real en la mina está verdaderamente complicada.

—No lo dudo en lo absoluto —dijo Mbongo pensativo—. La mafia que hay detrás de todo esto es capaz de cualquier cosa y más. Pero al grano, jóvenes —manifestó, entrelazando sus manos solemnemente sobre la mesa—. Esta misma noche irán a su encuentro como acordaron, pero tengan en mente que deberán creer la mitad de lo que este tipo les diga o por lo menos hasta que se cercioren de que realmente no sea una trampa. Escuchen y hablen poco —nos previno—, finjan no haber descubierto nada y respondan con sorpresa a todo lo que les diga. No jueguen el papel de sabelotodo, que podría ser usado en su contra. Y si este sujeto es de confiar, que se los demuestre con hechos.

Asentimos sin más comentarios, terminamos de comer frente a aquel atardecer que iluminaba magistralmente el plantío de té y casi todos se levantaron de la mesa. Mike fue por su guitarra y luego regresó a sentarse a mi lado. La sacó de su estuche de cuero negro, repleto de insignias y escudos pegados que había ido recolectando a lo largo de sus múltiples viajes por el mundo, afinó una que otra cuerda y encendió un cigarrillo. Entre tanto permanecí sentado, meditando frente aquel cielo que se había tornado en una extensa gama de naranjas y rojos que rebasaban toda expectativa artística. El cálido viento africano hacía que ondearan las copas de los árboles como si fueran las olas del mar, llenándome de una calma inigualable. Mike apoyó la guitarra sobre su pierna y, reclinándose desgarbadamente sobre la silla, comenzó a tocar algunas melodías.

Entre el paisaje, el maravilloso sonido de la guitarra, caladas de cigarrillo, sorbos de té negro muy caliente y una divertida conversación, conseguí apartar mi mente de tantos conflictos y recordar por unos momentos, a la francesita de ojos azul celeste que había visto el día anterior. Era una mujer de mirada segura y decidida, pero a la vez tan suave, que había logrado quedar atrapada en mis pensamientos. Y mientras permanecía absorto, queriendo plasmar su imagen en mi mente, me trajo al presente una mano que palmeó mi espalda.

—¿En qué piensas tanto, Carmichael? —preguntó Peter con voz profunda—. Seguro que estabas pensando en la doctora, ¿o me equivoco?

Mi sesión de meditación había llegado a su fin. Esbocé una sonrisa apretada y dije: —La verdad no había tenido tiempo de pensar en ella, pero con la maravillosa vista que tenemos frente a nosotros, en lo único que se puede pensar es en una mujer bella.

—Sería bueno que un día de estos sentaras cabeza, John —sugirió Peter, permaneciendo de pie a mi lado—. Lo que te estás perdiendo, amigo. Te puedo decir que al principio cuesta trabajo acoplarse a sus costumbres e incluso una que otra de sus mañas, pero al fin y al cabo, ¿qué haríamos sin las mujeres? —dijo e hizo un gracioso ademán, encogiendo los hombros. En ese momento, ambos nos percatamos que Mike, que aún seguía tocando la guitarra abstraído en sus pensamientos, parpadeó varias veces para apartar las lágrimas de sus ojos.

Nos miramos con desconcierto. Peter se dirigió hacia él e inclinándose un poco sobre su hombro, le preguntó en voz baja: —¿Qué pasa, mi buen Mike? ¿Qué te aflige tanto, hermano?

—Lamento que Sarah no pueda estar aquí conmigo. Sé lo que ella daría por conocer a Tanzania; ha sido siempre su gran ilusión —exhaló un hilo de aire por su boca, esforzándose por contener las lágrimas—. Ojalá la vida le dé fuerzas para cumplir ese sueño algún día.

—No pierdas la esperanza, hermano —lo alentó, posando firmemente su mano sobre su hombro—. Sarah es una mujer fuerte que jamás se dará por vencida. Le falta mucho por hacer todavía. Recuerda que los médicos pueden decir lo que quieran, pero al final, Dios es el que decide y tú mejor que nadie lo sabe. Hay que apreciar mucho la vida, Mike. Además, tenemos mucho que hacer en estos días y pensar en el mañana nos hace desperdiciar el presente, que a fin de cuentas es donde estamos parados en este momento. Sigue tocando tu guitarra y goza esta magnífica puesta de sol —extendió su mano abierta, hacia los últimos destellos dorados que comenzaban a apagarse en el horizonte—. Recuerda que cada atardecer es irrepetible.

Al parecer, Peter tenía una sensibilidad que no conocía. Por unos momentos sentí envidia de su capacidad de hablar con tanta profundidad. Mike trató de dibujar una sonrisa que pronto se esfumó de su rostro. Volvió a dar otra calada a su cigarrillo antes de apagarlo, dejando escapar aquella lágrima que tanto se había empeñado en salir y al limpiarla con el dorso de su mano, expresó, correspondiéndole a Peter con una palmada en la mano que seguía sobre su hombro:

—Gracias, mi hermano —asintió—. Nueve años menor que yo y hablas como lo hubiera hecho mi padre…

—¡Basta ya! —exclamé con brusquedad y dejé la taza sobre la mesa con la fuerza de un martillo, ante las miradas desconcertadas de Peter y Mike. Sin decir media palabra me levanté de la mesa y entré a la casa por la puerta de la sala, dirigiéndome a mi habitación, topándome con Thabo y Bantú quienes conversaban al pie de la escalera. Me miraron y antes de que pudieran preguntarme nada, le di un empellón a Bantú en el brazo para quitarlo de mi camino, a lo que este trastabilló, alcanzando a afianzarse de la barandilla de madera. Los dejé a ambos pasmados mientras yo subía con paso decidido hasta el cuarto, dando un portazo detrás de mí.

Capítulo 8

Me tumbé en la cama, encendí la grabadora con la única cinta que había traído conmigo y cerré los ojos. Sintiéndome miserable y con la amargura aún en la boca, jadeé por varios minutos, tratando de apaciguar aquella incomprensible rabia que corría por mis venas, subiendo como un río de lava hasta llegar a mi cabeza. Y llevándome ambas manos a la cara, tapé mis ojos, pues quería apagar el fuego que me consumía por dentro. Tras una guerra incansable contra los demonios internos que se habían proyectado dentro de mí, la calma fue regresando, poco a poco, hasta dejarme aletargado y postrado sobre mis espaldas, con una cruda moral que logró hacerme sentir sumamente culpable. Sentí vergüenza con Peter, con Thabo y Bantú, pero en especial con Mike, que en medio de un momento tan duro para él, yo había tenido la imprudencia de expresar toda mi frustración. Al poco rato y luego de meditar sobre aquel sorpresivo arranque tan fuera de lugar, descubrí la enorme falta que me había hecho tener un apoyo como el que Peter había sido para Mike en los momentos más difíciles de su vida.

Después de casi dos horas de haberme revolcado en mis propias telarañas, escuché el rechinido de la puerta y al abrirse lentamente, descubrí primero una mano y luego la cara de preocupación de Peter, que se asomó vacilante hasta atrapar mi desmejorado semblante.

—¿Estás bien? —preguntó.

Respiré profundo, dándome unos instantes para luego responder apenado: —Lo siento, perdí la cabeza —dije e hice una pausa—. ¿Cuándo nos vamos?

—En veinte minutos. ¿Pero estás seguro de que estás bien, Carmichael? ¿Necesitas algo?

—No te preocupes, Pete, en un momento bajo —me levanté y me dirigí al baño, en tanto él cerraba la puerta tras sí. Me paré frente al espejo y pude ver el reflejo de un hombre quebrado. La imagen hizo que riera amargamente y me escuché decir: "Qué mal estás, cabrón…"

Abrí el grifo y me enjuagué la cara, deseando borrar cualquier rastro de debilidad en mí. Por unos minutos recapitulé pasajes de mi infancia, cuando al acercarme a mi padre en momentos de temor o tristeza, él cerraba su puño y lo descargaba contra mi brazo, exigiéndome que fuera hombre, diciendo invariablemente que: "Los hombres no tienen que mostrar sus temores y mucho menos sus debilidades". Entonces comprendí lo que había sucedido hacía unas horas en la terraza, entendí que tenía que aprender y aceptar que aquello que me había impuesto mi padre no era del todo cierto. Luego de haber recuperado la compostura, me armé de valor y bajé a encontrarme con los demás, que ya estaban reunidos en el recibidor y, dirigiéndome a Mike y a Bantú, les dije sin más rodeos: —Lo siento, amigos, ha sido un largo día y está resultando interminable. ¿Estamos bien? —quise hacer las paces.

Bantú inclinó la cabeza, al tiempo que Mike estrechó mi mano, diciendo: —No te preocupes, hermano. Todos tenemos nuestros malos momentos.

—¿Listos? —preguntó Mummbar cuando llegó, mientras Bantú y Thabo registraban cautelosamente el cargador de sus pistolas, para luego enfundarlas en el interior de sus lucidos cinturones.

—¿Qué tal nuestros guardaespaldas, Mike? —murmuré, tratando de romper el hielo, pero teniendo en cuenta el verdadero riesgo que corríamos—. Espero que no tengan que usarlas porque de lo contrario, creo que nos harán falta algunas armas más. Realmente no me gusta nada esto, amigo —reparé. Era obvio que no íbamos solamente a "tomar café" con Galijha, ya que en realidad no teníamos la menor idea sobre lo que pasaría en aquel encuentro. Subimos a la camioneta y partimos anticipadamente a nuestra cita secreta.

Durante el camino guardamos silencio en franca reflexión, concentrándonos por completo en el momento que estábamos viviendo. Había oscurecido totalmente cuando nos adentramos por la interminable brecha, la cual nos conduciría hasta los pantanos. A lo lejos, entre el follaje de los arbustos, alcanzamos a ver unos casi imperceptibles faros de un vehículo. Bantú bajó la velocidad y, aproximándose lentamente, nos encontramos frente a frente al misterioso auto que estaba encendido, pero nos dimos cuenta que extrañamente no había nadie en su interior. Nos miramos sin comprender lo que sucedía. Esperamos dentro de la camioneta, hasta que al cabo de algunos minutos vimos a un hombre emerger de entre los matorrales, con un pasamontañas en la cabeza para esconder su identidad. Portaba un rifle en la mano derecha y se acercaba reservadamente, hasta pararse frente a nosotros como una estatua de hierro. Thabo abrió la puerta y descendió con pistola en mano hasta que el sujeto le ordenó detenerse a cierta distancia de él. Alcancé a escuchar que intercambiaron palabras casi al mismo tiempo que lo vimos desenmascarar su rostro, descubriendo entonces que se trataba de Galijha.

Nos hicieron señas para que bajáramos de la camioneta. Caminamos hacia ellos, en tanto el hombre se disculpaba por su desconfianza, previniéndonos sobre el peligro que corríamos si alguien se enteraba de aquella reunión y del objetivo de la misma. Trató de ser breve, comentando que nos había pedido vernos esa misma noche para darnos la información que sabía que necesitábamos para llevar a cabo nuestro trabajo. A lo que Peter preguntó, con aparente sorpresa, el porqué de su certeza sobre lo que buscábamos, como también sobre el motivo de revelarnos una información sin saber nada de nosotros. A lo que respondió, sin reserva alguna, que hacía alrededor de un año, un grupo de investigadores de la universidad de la capital había llegado a hacerle algunas pruebas al agua de la mina y a la de sus alrededores, pero lamentablemente no vivieron para contarlo. Se atribuyó su muerte a diversos accidentes que fueron ocurriendo durante su corta estancia en ese lugar.

Galijha prosiguió, exhortándonos a que pusiéramos de nuestra parte para evitarnos ese trágico final:

—Supongo que han de pensar que esto es una trampa y no los culpo por ello. Pero les aseguro que pueden confiar en mí como en su propia sombra —declaró secamente—. Y les probaré lo que les digo, arriesgando mi propio pellejo. Yo mismo los llevaré hasta donde está el as de las cartas que han venido a jugar a Gajha. Pero únicamente les pido que mantengan absoluta discreción, ¿entendido? —advirtió, tratando de llegar a un acuerdo con nosotros. Y sin tener otra mejor opción, no nos quedó más remedio que echar a un lado nuestras sospechas, al menos por el momento.

Pidió que lo siguiéramos de cerca y cuando viéramos que él apagara las luces de su auto, lo hiciéramos nosotros también. Sin más cuestionamientos subimos nuevamente a la camioneta y emprendimos camino por varios minutos entre el intrincado follaje, hasta que unos kilómetros más adelante, se divisó una isla de luz blanca en medio de la nada. Gajha estaba a la vista. Galijha apagó las luces y nosotros, tras él, para evitar que alguien nos descubriera mientras nos aproximábamos. Bordeamos silenciosamente la mina por el lado oeste hasta detenernos tras unos gigantescos montículos de cascajo de roca, a espaldas de un sector que estaba resguardado por una alta malla de acero. Bajamos en silencio y volvimos a reunirnos con Galijha, que nos recibió con algunas linternas de mano, describiendo con sumo detalle nuestro siguiente paso, sin dejar margen a ningún error, pues señaló con su negro brazo, la ruta que tomaríamos para llegar al punto donde encontraríamos un túnel clandestino que nos llevaría sin ser vistos al interior de Gajha. Gracias a sus propias palabras, nos quedó claro que tanto él como cierto grupo de mineros estaban hartos de tantos abusos y corrupción.

Dejamos los autos y caminamos sigilosamente entre la maleza como auténticos forajidos, escondiéndonos detrás de algunos arbustos secos mientras que en la tirada más larga, nos arrastramos por casi sesenta metros en despoblado, arriesgándonos a ser descubiertos por los guardias, que en cualquier momento tirarían a matar a los que para ellos eran unos intrusos. Después de tragar tierra y polvo nos escondimos detrás de unas dunas de arena, como a unos cinco metros de la verja que nos separaba de nuestro objetivo. Alcancé a reconocer la estación 38, donde había visto a aquellos hombres y el cementerio de animales esa misma mañana. Ante nuestro asombro, vimos a Galijha apartar algunas piedras del suelo con el pie y descubrir una tarima de madera que escondía debajo una escotilla, por donde nos introduciríamos en un foso de unos setenta centímetros de diámetro. Nos urgió a entrar, aclarando que encendiéramos las lámparas más adelante para no atraer la atención de los serenos.

Galijha fue el primero en descender por el túnel, seguido de Thabo, nosotros tres y por último Bantú, quien iba cuidándonos las espaldas. Mike, quien iba delante de mí, comenzó a toser, al grado que Peter, quien iba delante de él, le soltó una patada, ordenándole, ya irritado, que cerrara la boca, en tanto que Galijha solo soltaba repetidos "Shhh, shhh…", concentrado en su avance. Cuando Mike contuvo su ruidoso espasmo bronquial, alcancé a ver un reflejo de luz que provenía del final del túnel. Galijha volvió a apagar su linterna y nosotros lo seguimos en absoluto silencio hasta alcanzar el otro extremo. Hizo una pausa y empujó lentamente una rejilla que movió sin problema alguno. Asomó su cabeza silenciosamente para cerciorarse de que no hubiera nadie a la redonda, y al salir a la superficie, nos pidió que esperáramos unos minutos más hasta que él nos indicara salir. Resultaba lógico que no quisiera, después de todo, arriesgarse a que su plan fallara, ya que era evidente que lo había planeado desde hace mucho tiempo.

Al poco rato volvió y, asomándose por el agujero donde aún nos encontrábamos agazapados como ratas de alcantarilla, indicó que el área estaba despejada. Peter emergió primero y detrás de él, todos los demás. El registro que tapaba el túnel estaba tras un contenedor de residuos que resguardaba a la perfección aquel pasadizo secreto. Caminamos en fila india siguiendo de cerca a Galijha, que por lo visto, quería destruir a Mangandi, McMahon y Dormonth, pues en repetidas ocasiones murmuró con enfado, que esos miserables se la iban a pagar muy caro.

Cuando llegamos a la entrada de la estación 38, las enormes compuertas de metal se encontraban entreabiertas. Aquello parecía un hangar lúgubre y oscuro del cual ya nos había hablado Galijha, advirtiéndonos que tendríamos que escalar para entrar por el resquicio de una ventana, pero las cosas se habían suscitado diferente a lo planeado. Desconcertado, sugirió que nos apresuráramos a entrar porque aquello no era usual y que tal vez alguien regresaría en cualquier momento a cerrarlas. Nos deslizamos de puntillas mientras que

Bantú aguardó afuera, vigilando por si alguien venía, alertándonos que si tocaba tres veces significaría que alguien se aproximaba y nosotros debíamos escondernos de inmediato. Caminamos juntos unos cuantos metros cuando nos percatamos que Thabo se rezagó del grupo, explorando otra ala de la nave. Un olor fétido envolvió el ambiente, tornándose poco a poco insoportable, obligándonos a taparnos la nariz con lo que tuviéramos a nuestro alcance. Las náuseas se apoderaron de cada uno, al grado de que escuché a coro, sin excepción alguna, que todos estuvieron a punto de vomitar entre tosiduras de repulsión. Sin alcanzar a ver nada a la redonda, y en medio de la oscuridad, con nuestras enclenques linternas vislumbramos las siluetas de varias cajas de metal, enormes taladros de piedra, una máquina trituradora y algunos viejos tractores aparcados, que parecían truncar nuestro camino como si fueran gigantes amenazadores.

Luego de merodear dentro de aquel laberinto nauseabundo, Galijha ordenó que retrocediéramos por donde habíamos venido, para bordear aquellos armatostes que nos impedían cruzar al otro lado. Inesperadamente escuchamos un grito a lo lejos que nos dejó petrificados. Un escalofrío recorrió mi cuerpo, poniéndome la carne de gallina. Algo terrible le había sucedido a nuestro guardaespaldas y no teníamos ni la menor idea de dónde se encontraba en ese momento. Galijha lo llamó repetidamente, pero solo alcanzamos a escuchar nuestros resoplidos, luchando por guardar la calma. Seguimos caminando hasta lograr bordear la valla de máquinas, encontrando una caja de madera con la tapa entreabierta y un par de rifles que sobresalían de su interior. Peter se acercó y alumbró con su linterna para revisar su contenido, descubriendo una cama de paja y unas mantas grises que arropaban varias armas de alto calibre. Nos miramos unos a otros, cuando Galijha tomó una de ellas y se percató que aún no estaban cargadas, pero que los silenciadores que contenían delataban que se trataba de algo más que simples armas de seguridad. Volvió a introducirla en el contenedor y comentó: —Parece ser que estos cretinos se cubren bien las espaldas —y clavó su mirada en el interior de la caja—. Ahora entiendo por qué Kassim se desaparece por varias horas a la semana en este lugar, justo donde tiene todo montado para llevar a cabo su fechorías. Nunca imaginé que pudiera llegar a tanto.

—¿A tanto? ¿No es obvio que él sea la cabeza de todo esto? —inquirí.

—Ya no sé ni qué pensar —respondió exaltado—. He trabajado por años cerca de él, sabiendo que se hace pasar por un hombre honorable, aunque en el fondo sé que es un corrupto. Pero de eso a estar metido en tráfico de armas, jamás me lo hubiera imaginado. Lo que me ha quedado claro es que McMahon y Dormonth siempre han sido sus peleles y esos sí se dedican a hacer toda clase de trabajos sucios. Por lo regular —continuó Galijha—, Kassim casi nunca está en las oficinas de la planta. Normalmente atiende otras cuestiones administrativas fuera de Gajha y las veces que llega a venir, se dirige directamente a este sitio y ahora entiendo el verdadero motivo.

Sin que nadie opinara al respecto tomé la cámara e hice varias tomas del interior de la caja. Galijha, que estaba parado frente a mí, me miró para luego apresurarnos a seguir caminando. Unos pasos más adelante alcanzamos a ver en la penumbra, una fosa de unos cinco metros de diámetro de donde comenzaron a salir unos gemidos lastimeros. Corrimos al borde y alumbramos su interior sin lograr distinguir absolutamente nada. Era demasiado profunda. Volvimos a llamar desesperadamente a Thabo y tras varios intentos, escuchamos una voz agonizante desde el interior de la fosa.

—No puedo moverme, no puedo moverme...

—repitió—, mis piernas están rotas y la pestilencia de este lugar es insoportable. Me voy a morir.

—¡No te vas a morir, carajo! —replicó Galijha con determinación—. Aguanta hombre; iremos por ayuda para sacarte de ahí.

—No me dejen morir aquí solo, por favor —su voz tenue y ahogada parecía apagarse en su garganta—. Hay algo horrible aquí abajo que no logro ver; no tengo mi linterna a la mano, pero se siente el suelo fangoso, como si hubiera pelos, cosas duras y un líquido pegajoso que me ha cubierto las piernas casi por completo. No sé qué es, pero esto es espantoso... —tosió compulsivamente hasta que se hizo un silencio sepulcral. Tratamos de alumbrar la fosa, cuando Thabo gritó con horror—: ¡Dios mío, esto es un infierno! No puedo creerlo. Sigan alumbrando, por favor. ¡No me dejen aquí, no me dejen aquí! —suplicó histérico—. ¡Esto es un pantano de sangre! ¡Hay cadáveres de animales por todos lados! ¡Oh cielos, no puedo creerlo! —hizo una pausa—. ¿Qué es esto? No..., no puede ser. ¡Es un pie humano! ¿Cómo fui a caer aquí? ¡Sáquenme de aquí, sáquenme ya! —exclamó casi al borde de la locura.

—¡Calma, Thabo! Pronto estarás afuera —respondió Mike, bajando la voz para tratar de tranquilizarlo. Peter sacó su cámara y comenzó a filmar aquella escena maquiavélica que solo su teleobjetivo alcanzaba a ver de cerca.

—¡Ajjj! —gruñó Peter, aturdido ante lo que únicamente él presenciaba a través de su lente—. No puedo creerlo —bufó sin despegar la vista ni un segundo de Thabo—. Pobre hombre. Es lo peor que he visto en toda mi vida. Tenemos que sacarlo pronto de ahí.

—Vamos por ayuda —dijo Galijha—. Traeremos una cuerda para sacarte de ahí. Resiste por favor y trata de no hacer ruido. Si nos sorprenden aquí, nos van a matar a todos.

Thabo guardó silencio mientras Galijha pidió que

fuéramos a buscar a Bantú para avisarle lo ocurrido e ir por ayuda, informando que él se quedaría a cuidarlo, pidiéndonos que tuviéramos mucho cuidado para que nadie nos descubriera al salir. Lo vimos desenfundar un arma que traía debajo de su camisa y caminando de prisa, se escondió detrás de un tractor.

—Apúrense que no tenemos mucho tiempo —indicó Peter, corriendo hacia la salida.

Al llegar a la puerta donde seguía de guardia Bantú, que ni siquiera se imaginaba lo que había sucedido, nos recibió con un gesto de alivio que se borró de inmediato al escuchar la terrible noticia. Sin perder tiempo, y justo al momento que nos escabullimos nuevamente por el túnel, se escuchó el rugir de un motor que se acercaba frente a nosotros, alumbrando el camino. Ya adentro, cruzamos rápidamente hacia el otro lado de la cerca y al salir a la superficie, nos percatamos que el gigantesco tractor se dirigía hacia el lugar donde se encontraban Thabo y Galijha. Sobresaltados, nos miramos y corrimos sin hacer el menor ruido hasta la camioneta. Escuché a Bantú repetir una solemne frase en swahili que parecía salir de lo más profundo de su ser.

Recorrimos varios kilómetros hasta llegar al rancho donde nos esperaba el capitán Mbongo, que como un espíritu, parado frente a la puerta de su casa, parecía haber presentido lo ocurrido: —Las cosas no salieron bien, ¿no es así?

—Thabo cayó en una fosa y está muy malherido, capitán —respondió Bantú, desolado—. Tenemos que llevar una cuerda para sacarlo de ahí como sea. El hombre que nos llevó a la mina se quedó a cuidarlo, pero… —vaciló nervioso—, no sé qué va a pasar.

—No pierdan tiempo —ordenó con voz grave, caminando hacia el interior de la casa. Sacó una potente lámpara de acero de un armario, un maletín de primeros auxilios y de un cajón, una larga cuerda que me entregó hoscamente—. Váyanse de inmediato, pero ya no puede haber más errores —exigió.

—Pero Thabo tiene las piernas rotas, capitán —aclaró Peter, mortificado—. ¿Cómo vamos a sacarlo de allí si no va a poder caminar?

—Síganme —dijo el capitán Mbongo y se dirigió con paso decidido a la parte trasera del jardín—. Ahí hay unos trozos de madera —señaló con brusquedad—. Agarren los que necesiten para entablillárselas. Y seguramente tendrán que cargarlo o arrastrarlo. ¡Ingénienselas, hombres! —espetó con enfado—. Usen su lógica cuando estén allí.

Tomamos dos tablas y sin demora alguna emprendimos nuestro camino de regreso a Gajha. Cuando nos encontrábamos parados nuevamente frente a la verja que nos separaba del interior de la mina, guardamos silencio, como si hubiéramos entrado a la antesala de un velatorio. Nadie daba crédito a lo que había sucedido. En mi mente no dejaban de dar vueltas los gritos de terror de Thabo y volver una vez más a ese sitio, me causaba gran ansiedad. Las cosas no se veían venir bien.

"¿Cómo íbamos a sacarlo por aquel túnel en ese estado?" me repetí una y otra vez con gran inquietud.

Nos escabullimos por el largo conducto hasta salir al otro lado de la valla, cuando inesperadamente descubrimos que la bodega estaba abierta y había luz adentro. Nos miramos unos a otros, perplejos ante aquel fiasco. Caminamos nerviosos hasta una de las ventanillas desde donde pudimos observar que en el fondo de aquel lugar había unas luces muy potentes que iban y venían entre ruidosos rugidos de motores. Me llevé las manos a la cabeza, dándome cuenta de que la pesadilla había comenzado. Entramos de puntillas y seguimos aquel sonido ensordecedor por el largo corredor que llevaba al lugar donde Thabo había caído. Al llegar allí nos escondimos tras algunas máquinas oxidadas. Alcancé a ver dos tractores que volcaban de sus gigantescos contenedores de metal, piedra y cal dentro de aquella fosa. Peter aprovechó el momento, como siempre, y comenzó a tomar una y otra foto, pues quería plasmar aquella escena que muy probablemente sería la parte crucial del reportaje.

Sin contener su desesperación, Mike salió corriendo para detenerlos. Y a pesar de que Bantú estiró su mano lo más que pudo para sujetarlo del brazo, fue demasiado tarde. Este se encontraba ya parado frente a los trabajadores de la mina, retándolos a que bajaran de sus enormes maquinarias, gritándoles que eran unos asesinos. Pudimos ver a uno de los operadores que llamaba por radio, haciendo caso omiso a los gritos desesperados de Mike, mientras que el otro individuo sacó un rifle de su cabina, le apuntó e instantáneamente se escuchó un estallido que tiró a Mike de espaldas sobre el suelo, dejándolo completamente inmóvil.

Capítulo 9

En medio de la confusión corrí sin miedo hasta donde Mike yacía sangrando por la herida. Lo tomé por la cazadora con fuerza y lo arrastré entre el tiroteo de Bantú y el trabajador de la mina, hasta lograr resguardarlo bajo una bomba de agua. En cuestión de segundos estábamos los tres allí reunidos, al tiempo que Bantú comenzó a gritar: —¡Váyanse, váyanse ya! Yo me encargo de estos. No pierdan el tiempo, ¡corran!

Peter, indiferente a los gritos de Bantú e instalado en su papel de fotógrafo, continuaba sosteniendo la cámara entre sus manos, filmando por escasos segundos aquel enfrentamiento.

—Esto es justo lo que necesitábamos —indicó, a la vez que yo recorría con la mirada aquella explanada en busca de Galijha. Horrorizado, alcancé a ver entre las sombras, un cuerpo sin vida que era arrastrado por el potente brazo del tractor para ser arrojado al cráter de los sacrificios.

Agazapados aún, Bantú trató de distraer a los asesinos en tanto corríamos hacia la salida. Cargué a Mike sobre mis espaldas con una extraordinaria fuerza que la adrenalina me había suministrado. Mike había recibido un tiro en el pecho y solo dejaba escapar quejidos muy débiles como si la vida quisiera abandonarlo, al mismo tiempo que le suplicaba que aguantara, que no se diera por vencido. Al llegar al túnel que nos sacaría de la mina, acordé con Peter que lo sostuviera mientras yo entraba primero para que después pudiera pasármelo. Ya adentro, lo tomé de los pies y lo jalé por el largo trecho, que pareció por momentos medir un kilómetro. Su cuerpo sin fuerza pesaba como una roca, por lo que mis brazos comenzaron a engarrotarse por el esfuerzo. Al salir al otro lado, caí de bruces, recuperando el aliento. Me paré tambaleante y a pesar de estar agotadas ya todas mis fuerzas, volví a cargar a Mike, como a un niño, entre mis brazos.

Peter, que iba al frente de nosotros y sostenía el botiquín y las cámaras, abrió la puerta trasera, en donde, entre jadeos de agotamiento, introduje a Mike. Peter abrió la caja de medicamentos, sacó una venda y unas gasas. Se sacó la bota y, quitándose la calceta de su pie, hizo una pequeña pelota que forró con la gasa para luego taponar la herida de su hombro y tratar de contener la hemorragia. Desafortunadamente, Mike había perdido ya mucha sangre.

Peter tomó el volante y durante el trayecto, Mike dejó escapar varios gemidos de dolor que terminó por ahogar en su garganta. Ambos cruzamos miradas de preocupación, deseando llegar a tiempo, antes de que fuera demasiado tarde.

—Mal nacidos… —masculló Peter con rabia, meneando la cabeza—. ¿Cómo pudimos ser tan estúpidos como para haber caído en esta trampa, John? —preguntó y apretó sus puños con fuerza contra el volante mientras sus nudillos se iban tornando amarillentos—. Increíble que hayamos sido tan ingenuos al creer que las cosas serían tan sencillas como nos las plantearon. Ojalá que las fotos que tomé y lo poco que filmé sean suficientes para poder hundir a estos miserables en la cárcel.

Peter estaba tan ofuscado que no dejó de maldecir

y vociferar hasta llegar a la puerta de la casa, donde vimos que alguien encendió las luces de la entrada. Cargué nuevamente a Mike entre mis brazos y a medio camino, Peter me ayudó, sujetándolo por los hombros. El capitán Mbongo abrió la puerta y al vernos, se dirigió hacia nosotros con paso decidido, expresando con disgusto: —Esto era lo único que nos faltaba. ¿Qué fue lo que pasó? ¿Dónde están Thabo y Bantú? ¡Por los mil demonios, respondan! —exigió, sin que Peter y yo pudiéramos hablar hasta recostar a Mike en el sillón de la sala.

El capitán le quitó la venda del brazo, revisó cuidadosamente la herida y llamó con voz autoritaria a su mujer y a su hija, quienes bajaron de inmediato a su encuentro. Pidió que le trajeran agua, toallas, una botella de *brandy*, pinzas, aguja e hilo, indicándole a Peter que corriera por un frasco ámbar que estaba sobre el entrepaño del estante de la cocina.

"¡Santo cielo!" pensé. Era obvio que no llamarían a ningún médico y que Mbongo sería el cirujano de Mike. Traté de tranquilizarme, pensando que él sabía lo que hacía.

—Las cosas salieron mal, capitán, muy mal… —enfaticé—. Peor de lo que nos hubiéramos imaginado —me dejé caer sobre una mecedora que casi se colapsó debajo de mí—. Cuando llegamos allá, fue demasiado tarde para Thabo y Galijha… Esos desgraciados los enterraron bajo un mundo de piedras y cal. Hubo un tiroteo donde hirieron a Mike y Bantú nos ordenó sacarlo de allí mientras él los distraía. Dijo que estaría bien, pero me siento muy mal por haberlo dejado frente a esas bestias. No sé qué va a pasar con él. ¡Oh Dios…! —exclamé, sintiéndome cada vez más culpable.

El capitán me fulminó con la mirada. Sin decir nada, apresuró a su esposa que venía con una bandeja de madera con todo lo que le había pedido, en tanto que su hija traía una cubeta con agua. Permaneció unos instantes en silencio para luego tomar la botella de licor y al inclinarla dentro de la boca de Mike, me pareció que lo ahogaría con el chorro de *brandy*. Los grandes tragos, que no alcanzaban a pasar su débil garganta, convertían su boca en una fuente. Quise detener al capitán, pero sus ojos de lince volvieron a dejarme sin habla.

—Sé lo que hago, John —puntualizó autoritario, al mismo tiempo que le metía el licor por la boca—. Necesito que su amigo beba hasta perder la conciencia o por lo menos la sensibilidad. Tengo que extraerle la bala y el proceso será bastante doloroso.

Desde la puerta, Peter meneó la cabeza con desasosiego. Caminó hacia el capitán, colocó el frasquito sobre la mesa y luego de desenroscar la tapa, se mantuvo de pie junto a él, viendo cómo terminaba de embriagar a Mike, que desesperadamente agitaba las manos. Seguido de media botella de *brandy* y un par de analgésicos que el capitán le metió en la boca para aminorar el dolor, Mike comenzó a cabecear como un muñeco de trapo. En ese instante, el capitán nos pidió a Peter y a mí que lo sujetáramos por los brazos para inmovilizarlo, a la vez que le limpiaba la herida con agua. En seguida vació el contenido del frasco que pareció arderle intensamente y por último, insertó la punta de unas pinzas que fueron entrando más y más, hasta extraer la bala que se había incrustado en lo profundo de su hombro, casi a punto de salir por debajo de su clavícula. Inesperadamente, Mike soltó un alarido que me erizó la piel y luego se desvaneció, perdiendo el conocimiento.

—Así será mejor —manifestó Mbongo sin inmutarse.

Volvió a limpiar la herida con una toalla mojada impregnada en el líquido de aquel frasco, para después cocer la herida con aguja e hilo. Me parecía que el capitán estaba cociendo el hueco de un pavo de navidad luego de meterle el relleno. Su piel se estiraba como un elástico que parecía romperse, para luego regresar a su sitio después de cada puntada. Me sentí mareado, con náuseas, y por unos minutos cerré los ojos, cuando una vez más, un grito de Mike me hizo volver a la realidad, al tiempo que sentía un sorpresivo torrente de adrenalina correr por mis venas. Me impactó darme cuenta del poder que tenía esa sustancia al entrar en el torrente sanguíneo.

El capitán terminó por cerrar y vendar la herida. Peter bajó una frazada y una almohada de la habitación y recostamos a Mike sobre el sillón donde pasaría el resto de la noche. Mbongo se sentó en la mecedora, Peter se acomodó en una silla y yo me acurruqué en el sofá contiguo, sin poder quitarle los ojos de encima a Mike. Estuvimos en vela hasta la mañana siguiente, cuando la luz del amanecer se filtró por las viejas persianas de madera.

Durante toda la noche no pude dejar de pensar en Bantú y lo que le habría deparado la noche anterior. Mike no dejó de quejarse entre sueños y alucinaciones, mientras su cuerpo lastimado, bañado en sudor, había empapado por completo la manta que lo cubría. En varias ocasiones nos relevamos Mbongo, Peter y yo, para colocarle toallas frías en la cabeza, para tratar de aminorar su terrible malestar. Mike había amanecido mal. Resollaba casi sin fuerzas, abriendo y cerrando los ojos con una mirada desvanecida. El capitán volvió a descubrir la herida para asegurarse que no se hubiera infectado y constató que estaba inflamada, pero que a pesar de todo se veía bien. Nos pidió que subiéramos a Mike a su habitación para que allí pudiera descansar el resto del día sin que nadie lo molestara.

Para nuestra mala suerte, no había ningún pueblo o aldea cercana donde pudieran darle algún antibiótico para evitar cualquier infección y el capitán sugirió que nos marcháramos al día siguiente a Gambala, donde lo revisaría el médico o la veterinaria de la reserva. Sin poder evitarlo, sonreí al saber que se trataría de Marie.

Ahora tendría más excusas para visitarla personalmente, aunque en ese momento, la situación de Mike era la prioridad y todos estábamos muy preocupados por él.

—Por hoy permanecerán en el rancho —precisó Mbongo sin darnos margen a ninguna negativa—. La situación estará muy tensa y nos urge indagar qué pasó con Thabo y Bantú, ya que seguramente estarán buscándolos a todos para silenciarlos.

—Deberíamos llamar a la policía, capitán —sugerí—. No podemos dejar que continúen amedrentando y matando a la gente indiscriminadamente en tanto que nosotros nos volvemos indiferentes, aparentando que no sucedió nada. Sería una traición tanto para Thabo como para Galijha. Y no sabemos aún qué pasó con Bantú.

—Ni lo sabremos hasta que aparezca —concluyó Peter indignado—. Supongo que John tiene razón, capitán. Deberíamos dar parte a las autoridades.

Mbongo meneó la cabeza denegando aquella sugerencia: —Eso es imposible por el momento, jóvenes. Es muy probable que tengan comprada a la policía, al gobierno y quién sabe a cuánta gente más. Estamos rodeados de gente sin escrúpulos —mostró su repugnancia por la organización política y de justicia de su país. Parecía que él también había sido víctima de alguna injusticia, puesto que su rostro se ensombreció al tiempo que le pedía a su esposa tres tazas de té para acompañar nuestra plática.

Se paró y se dirigió a un armario, cuyas puertas estaban a punto de safarse de las bisagras. Abrió un pequeño cajón y, hurgando por unos instantes, sacó un sobre amarillento que acarició antes de volver a tomar asiento. Metió su mano en el interior y extrajo un puñado de fotografías que fue mostrándonos, una a una. De pronto pareció que su mundo se apagó por unos instantes; sus ojos se nublaron y guardó un prolongado y melancólico silencio. No nos cupo la menor duda de que la foto que tenía frente a él le causaba un profundo dolor. Después de mucho contemplar aquella imagen nos la mostró celosamente, a la vez que sus ojos se enrojecieron.

—¿Ven a este joven? —señaló la fotografía con la punta de su dedo—. Este era mi muchacho... —apretó la mandíbula con fuerza—, un hombre cabal, un buen padre de familia, buen hijo y un excelente trabajador; un caballero que dio la vida por los suyos y que fue un orgullo para su madre y para mí.

Tragué saliva sin querer preguntar lo que le había sucedido, esperando que él lo dijera en algún momento. Mbongo volvió a mirar aquel retrato y, visiblemente emocionado, con la barbilla temblorosa, explicó que hacía solamente ocho meses lo habían asesinado, justo después de uno de sus viajes a un pueblo cercano al lago Victoria. Hizo una pausa y continuó: —Luego de haber pasado por las costas del Urekewe, donde tenía que recoger un cargamento de fertilizantes que traería de regreso al rancho para la época de abono y fumigación del plantío de té, en su recorrido por las orillas del lago, encontró no uno, sino decenas de animales, pescados y aves que habían muerto trágicamente como si una explosión hubiera arrasado con ellos. Pero como él ya estaba enterado de lo que venía sucediendo con la contaminación de la mina en los últimos años, se dirigió a dar aviso a las autoridades, que a su vez, parecieron estar interesadas en el hallazgo, por lo que le pidieron que los llevara hasta el lugar para verificar su declaración. Ingenuamente, mi hijo creyó que sería el redentor; nunca se imaginó que los muy perversos le tenderían una trampa que lo conduciría a su propia muerte. Los supuestos inspectores de sanidad que levantarían el acta, hicieron que mi hijo los llevara personalmente hasta aquel sitio donde lo asesinaron vilmente, dejando su cuerpo flotando en las aguas junto a aquella podredumbre de animales, hasta que luego

de dos semanas fue hallado casi irreconocible. La ley...
—apretó la quijada hasta resaltar las venas de sus sienes—,
como de costumbre, se lavaría las manos, argumentando
un asesinato que injustamente le endosaron a su mejor
amigo, que en una riña de borrachos, lo amenazó de
muerte si se casaba con su hermana, la que hoy es mi
nuera, madre de mis tres nietos.

Guardó silencio por unos momentos y retomó
su relato: —Aquel joven bocón, que conocí desde
que apenas comenzaba a caminar, está pagando
una sentencia de por vida por un crimen que, puedo
meter las manos al fuego, no cometió. Sencillamente
fue el chivo expiatorio que pagó, como tantos, los
delitos de esas escorias, si es que se les puede llamar así
—suspiró con fuerza, tratando de serenarse—. Aquí los
hombres de bien mueren y los malos triunfan sin ningún
remordimiento.

Volvió a guardar las fotografías en el sobre y lo regresó
al cajón. Dio media vuelta y nos pidió que tuviéramos
más cuidado que nunca, puesto que las hienas andarían
sueltas los próximos días, buscando a sus presas.

Capítulo 10

Aquella mañana, la resaca emocional me empujó a pensar una vez más en mi propio pasado. Mis recuerdos se agolparon, volviéndome vulnerable y evitando que llegara la tranquilidad que tanto necesitaba. Sentí pena por los que habían muerto la noche anterior, imaginándome con horror, la muerte tan cruel que había sufrido Thabo, al haber sido sepultado por toneladas de roca que cayeron sobre su cuerpo aún con vida. Galijha, de igual manera, tuvo otro terrible destino, el cual no quise ni imaginar para no volverme loco de rabia. Ambos habían muerto por una causa que no sabíamos si algún día valdría la pena. Bantú era el que aún me inquietaba porque no lo volvimos a ver desde entonces, pero deseé que hubiera librado con éxito aquel enfrentamiento.

Peter y yo subimos a la habitación donde yacía Mike entre dolorosas punzadas que hincaban su herida. Esperaba con impaciencia que se recuperara pronto para poder seguir con el viaje como lo habíamos planeado, además de regresarlo sano y salvo a Sarah, que a esas alturas, no soportaría una mala noticia.

—Descansa, Mike —sugirió Peter, tendiéndolo sobre su cama—. Tienes que reponerte porque mañana estaremos en camino a Gambala. Allá te darán algo para que tu herida sane pronto.

—Sí, Mike. No hagas que me vuelva a enojar como ayer —le advertí con humor negro, aunque sin sentirme orgulloso de ello.

—No, no, no, Carmichael... —reparó Peter, extendiendo su mano frente a mí, a la vez que contraía las comisuras de su boca—. Tú sí eres de armas tomar, viejo.

—Ufff... ¿Para qué saqué el tema? —dije, llevándome la mano a la frente—. Ahora no me los quitaré nunca de encima.

Mike y Peter rieron burlonamente. Y luego de unas cuantas bromas, de las que no me salvé, Peter y yo empacamos las maletas, bajamos a guardar el equipo en sus cajas y dejar todo listo para salir al día siguiente para Gambala, donde esperábamos encontrar un poco de paz.

Después de las comidas tan animadas de los días anteriores, ahora solo éramos tres rostros apagados. Peter, el capitán y yo ni siquiera teníamos la fuerza ni las ganas para mirarnos y mucho menos hablar. ¿De qué conversaríamos a estas alturas? No había otro tema más que el de la muerte, la que no estaba dispuesto a mencionar en ese momento. Al terminar de comer, casi en completo silencio, me paré de la mesa y fui a tomar mi cámara, diciéndoles que daría una vuelta por los alrededores del rancho, seguido de amplias advertencias del capitán, quien sugería que no me alejara demasiado de las inmediaciones de la casa. Hizo hincapié en que tuviera mucho cuidado, metió la mano debajo de su chaqueta y extrayendo una pistola, me la entregó, argumentando que era de sabios prevenir.

—Pero capitán... —miré el arma que sostenía

entre mis manos sin saber qué decir. Por unos segundos permanecí inmóvil frente a él. Luego enfundé la pistola en la parte trasera de mi pantalón y sin decir más, bajé la escalera de madera que llevaba al plantío de té, bajo las miradas de Mbongo y Peter, que me siguieron hasta perderme entre la maleza. Caminé y caminé, queriendo apaciguar la ansiedad que se empeñaba en seguirme a todas partes. Pensaba en que la vida pendía de un hilo y en la crueldad del ser humano para arrebatarla a sangre fría. Nunca antes había sentido tanta impotencia al no poder ayudar a esos hombres que habían muerto y que de alguna manera habían dado su vida por nosotros, que prácticamente éramos unos desconocidos para ellos. Sentí que el viento se llevaba mi furia y volví a recobrar un poco la calma. Tomé la cámara y me dispuse a hacer algunas tomas del paisaje, cuando al llegar a campo abierto, vi a la distancia, en un potrero, un par de hombres con cuerdas largas, tratando de domar un caballo alazán que relinchaba salvajemente, en tanto otro potrillo permanecía atado a un árbol esperando su turno. Me acerqué atraído por la escena y sin que los hombres se inmutaran ante mi presencia, me senté sobre la cerca de madera para fotografiar aquellos saltos y cabriolas que el animal, desquiciado, daba en la lucha por tumbar al jinete de su lomo. Admito que me hizo mucha gracia presenciar por primera vez en mi vida, un verdadero "rodeo" africano. Seguido de un largo rato observando cómo domaban aquel animal tan brioso, decidí seguir caminando sin rumbo fijo. Me sentía tan desesperado que caminé hasta agotar mi mente, que seguía empeñándose en atraer una serie de pensamientos obsesivos.

El cielo se encapotó sin dejar caer ni una sola gota de lluvia y a pesar de que el sol comenzó a descender, terminó por generar un molesto bochorno en el ambiente. Me sentí exhausto y mi paso se hizo cada vez más lento. Pareciera que inconscientemente no quería regresar a la casa para volver a enfrentar lo que había sucedido la noche anterior. Deseaba de todo corazón, que aquel viaje terminara pronto para volver a casa con mi viejo Morris y regresar a ver a Gwyn, que como hermana mayor y mi única familia, había sido siempre mi gran apoyo, especialmente en los momentos difíciles de mi vida.

Crucé el campo —entre arbustos y árboles que luchaban sedientos por mantenerse en pie ante una sequía que amenazaba con extinguirlos— cuando claramente percibí que alguien me seguía a una distancia muy corta. Me detuve en el acto y miré en todas direcciones sin alcanzar a ver nada. Tomé aire y osadamente proseguí mi camino, decidido a no permitir que nada ni nadie me atemorizara. A lo lejos pude ver las luces del rancho, cuando volví a escuchar justo detrás de mí, unos pasos que terminaron por romper una rama seca, haciendo un crujido que retumbó en medio del oscuro silencio. De inmediato desenfundé el arma que me había dado Mbongo y lentamente giré a mí alrededor, exclamando con voz decidida: —¡Sal de donde estés, cobarde!

No sabía si me toparía con una persona o un animal salvaje, pero en definitiva, una vez más la adrenalina hizo que enfrentara lo que fuera con valentía. El silencio se prolongó por varios minutos, haciendo cada vez más intensa la sensación de ser vigilado de cerca. Me sentí como una presa a punto de ser cazada, aumentando por segundos mi ritmo cardiaco. Mi respiración se tornó pesada y jadeante, cuando en un abrir y cerrar de ojos, una llamarada de furia se apoderó de mí al sentirme acorralado e intimidado nuevamente, como en la noche anterior en Gajha. Sin pensarlo, disparé hacia el cielo, advirtiendo que estaba dispuesto a todo. Intempestivamente, dos hombres se abalanzaron sobre mí y me tiraron boca abajo, montándose en mis espaldas como dos hienas, mientras uno de ellos clavaba su rodilla en mi cuello para inmovilizarme. Luego de un largo rato de patadas y jaloneos, sentí un fuerte golpe en la cabeza que me hizo perder el conocimiento.

Capítulo 11

Un doloroso tamborileo en la cabeza me regresó de una conciencia nebulosa. Estaba oscuro y todo me retumbaba por dentro. Entonces descubrí que me encontraba amordazado y atado de manos, tumbado en el piso de una furgoneta. En ese preciso instante supe que no íbamos por buen camino, Gajha se divisaba a lo lejos. Con gran esfuerzo me incorporé y avancé con lentitud hasta asomarme por la ventanilla trasera. Sin ser descubierto me percaté de la presencia de dos hombres negros que discutían exaltadamente. Al parecer, no lograban ponerse de acuerdo, supuse que sobre mí, pues alcancé a escuchar que repetían "el inglés, el inglés" y seguían hablando en un dialecto que no pude comprender.

Ofuscado, traté de pensar cómo escaparía, pues íbamos a alta velocidad. Parecía que el camino pedregoso no era ningún obstáculo para apretar el acelerador a fondo. Sabía que tenía que actuar de inmediato o sería demasiado tarde. Me rodé hasta un costado de la camioneta, tomé aire y armándome de valor, salté del borde de la caja, intuyendo que el golpe sería menor que lo que me depararía el futuro en manos de aquellos hombres. Mi cuerpo cayó como un bloque de cemento sobre la tierra y al incorporarme sentí un dolor en el tobillo derecho que me impidió dar un solo paso, por lo que nuevamente, el miedo me hizo buscar medidas desesperadas para salvar mi propia vida. Mis manos permanecían aún atadas a mi espalda, pero me escondí entre los arbustos y luego de retomar aire por unos segundos, corrí en dirección opuesta a la mina. Constantemente presentí que de un momento a otro, aquellos individuos aparecerían como fantasmas, de entre los matorrales. En varias ocasiones caí al suelo sin poder ampararme con las manos y, tragando tierra, a duras penas logré incorporarme para asegurarme de que no viniera nadie tras de mí. Esperaba que los hombres no se hubieran percatado aún de mi ausencia, por lo menos hasta llegar a Gajha, ya que así tendría suficiente tiempo para arribar a salvo al rancho. Pero para deshacer mis esperanzas, y como una pesadilla más, vi a lo lejos unas luces que venían por el camino principal de la mina. Entonces constaté que no tendría escapatoria.

Me adentré entre la espesa maleza, tratando de camuflarme entre las ramas, cuando vi pasar de largo a la furgoneta. Retomé aire y seguí en mi desenfrenada carrera contra el tiempo. Estaba a punto de llegar al rancho, cuando advertí que los hombres se encontraban estacionados frente a la entrada esperándome. Paré en seco. Exhausto, me dejé caer de rodillas al suelo, esperando que se marcharan de ahí tarde o temprano, entonces regresé a ocultarme entre el follaje de los matorrales, donde me acurruqué con un acribillante dolor en el pie. Maldije por enésima vez haber viajado a Tanzania, ya que las historias de terror parecían no tener fin, repitiéndose una y otra vez como una tortura.

Permanecí tirado en la tierra por varias horas y sin tener idea de cuánto tiempo había pasado en la misma posición. El crepúsculo apareció en el horizonte, dando paso al amanecer. Para entonces, la bota había comenzado a estrangular mi pie. Quise gritar y en vez de eso, sujeté una rama entre mis dientes, tratando de aminorar la ansiedad que me causaba no poder usar mis manos. Entre quejidos reprimidos, me aproximé a la entrada del rancho, alegrándome al ver que los dos sujetos se habían marchado ya. Caminé hasta la casa, arrastrando la pierna, luchando contra aquel insoportable dolor, y me desplomé a unos metros de la escalera de la entrada. Peter y Mbongo se asomaron por la ventana con pistola y rifle en mano e inmediatamente salieron a recogerme, acosándome con preguntas que ni siquiera tenía fuerza para contestar.

Al verme en aquel estado, el capitán dejó de cuestionarme y le pidió a un hombre, que permanecía parado en la puerta de la casa, que trajera una navaja. A los pocos minutos vi que este se aproximaba, con la navaja en la mano, y descubrí que se trataba de Bantú.

—¡Bantú!, qué bueno verte con vida... —expresé entre boqueadas de agotamiento.

—Igualmente, señor —dijo, arrodillándose a mi lado.

—Siento mucho haberte abandonado la otra noche —confesé, sintiéndome culpable.

—No se mortifique, señor. Lo importante es que tanto usted como yo estamos aquí de vuelta. Y por mi parte, no quiero hablar de eso ahora —agitó la cabeza—. Lo que le ocurrió a Thabo fue un gran golpe para mí; era casi un hermano... —hizo una pausa con mirada sombría. Suspiró y luego ensartó la navaja en mi bota para desgarrarla. Al abrirse el cuero de par en par, sentí fluir la sangre nuevamente por mi pie, a la vez que un dolor agudo me obligó a pegar un grito que apagué en mi garganta—. Lo siento, señor John —se disculpó—, pero no había otra forma de sacarle la bota. Su pie está muy inflamado.

—Está bien, no te preocupes, Bantú —resollé quedamente—. En verdad siento mucho la pérdida de

Thabo —incliné la barbilla con los dientes apretados, ante las miradas solemnes del capitán y de Peter.

Bantú encorvó sus hombros, como si tuviera en las espaldas una carga muy pesada y estuviese tratando de disfrazar su pena, mostrando en cambio, una mueca de resignación. Después de haberle dado el pésame a nuestro guardia, Peter y Bantú me ayudaron a ponerme de pie, y, cojeando, caminé hacia la casa.

Mike se asomó por la ventana de nuestra habitación y con semblante desmejorado, dijo: —John, qué bueno que estás bien, hermano.

—¿Y cómo estás tú? —le pregunté, asintiendo, antes de dar un paso en el interior de la casa.

—Ahí voy… —apretó los labios y encogió los hombros.

—Después subo a verte —agité mi mano. Luego me dirigí a la sala y tomé asiento en el sillón. La mujer del capitán salió de la nada con una toalla bajo el brazo y una cubeta de agua caliente con sal. Se inclinó frente a mí y, poco a poco, me ayudó a sumergir el pie hasta que logré tolerar el intenso calor que abrasaba mi piel. El dolor fue disminuyendo lentamente. Mantuve el pie adentro del agua por casi una hora, llevándome la mano a la cabeza que aún retumbaba por el golpe. No advertí hasta entonces que se me había formado un chichón en la cabeza el cual emergía de mi pelo como la joroba de un camello. Hice notorio mi malestar, pero recuperé la calma y narré lo sucedido, ante las caras de asombro de todos. Al cabo de un rato, Peter me informó que la noche anterior me habían buscado por horas enteras, imaginando lo peor.

—Gracias al cielo estás vivo, Carmichael —comentó Peter—. No puedes volver a arriesgarte de esa manera. Estos desgraciados están tras nuestros huesos como perros de caza y por lo visto, están rondándonos muy de cerca.

—Y a todo esto, ¿cómo está Mike? —pregunté—. No le vi buena cara.

—Bien y mal —respondió Mbongo—. La herida parece ser que está bien. Pasó mejor la noche y con menos fiebre, pero…

—¿Pero qué? —dije, frunciendo el entrecejo.

—Él trayecto de la bala fue del hombro hacia la clavícula y al parecer, llegó a afectar algún nervio que le debilitó el brazo. Por desgracia no siente mucho la mano izquierda. Espero que solo esté inflamado y que se recupere por completo. Por ahora permanecerá en su cuarto descansando y eso lo ayudará. Creo que lo mejor sería que mañana temprano partieran a Gambala. Los llevará Bantú por una carretera aledaña donde no será fácil dar con ustedes. Además, en la reserva los podrá ver el médico a los dos y estarán a salvo. Les recomiendo que tomen el tiempo necesario para descansar y retomar fuerzas para su regreso a Londres, ya que no será un viaje sencillo en ese estado.

Suspiré, deseando largarme lo antes posible de aquel infierno, pero en definitiva, los tres sabíamos que, pasara lo que pasara, no regresaríamos sin nuestro reportaje puesto que mucha gente dependía de nosotros y, para ser realistas, la inversión de aquel viaje había sido grande.

Luego de haber dormido casi toda la mañana y parte de la tarde, se desató una tormenta que me despertó bruscamente; parecía que no tendría fin. A los pocos minutos, todos se arremolinaron frente a la ventana, observando cómo una pared de agua caía en diagonal, acompañada de un fuerte ventarrón que persistió por varias horas. Mbongo se llevó la mano al cuello y, preocupado, sacudió la cabeza con disgusto.

—Ésto era lo único que me faltaba. Si sigue este diluvio, arrasará con el plantío de té.

Su mujer se acercó, ajustándose el delantal a la cintura y parándose junto al capitán, comentó: —No recuerdo una lluvia igual a esta desde hace mucho tiempo; yo creo que desde hace más de ocho años, ¿no es así? —dijo y miró al capitán—. Es extraño que ni siquiera hayamos entrado en la temporada de lluvias y mira esto… —limpió con su mano el vapor que había dejado su aliento sobre el vidrio de la ventana.

Aquella tormenta duró hasta entrada la madrugada, dejando algunas goteras por toda la casa, obligando a todos a subir y a bajar cubetas y recipientes de plástico, para contener aquellas regaderas que se filtraban por los apolillados techos de madera. En tanto, Peter, que pasaba una y otra vez frente a mí, mascullaba con disgusto que estaba agotado y deseaba irse a dormir.

Horas más tarde, el agua cesó como por arte de magia y cada uno fue desapareciendo, recluyéndose en sus respectivas habitaciones. Me quedé solo en la penumbra de la estancia que comenzaba a iluminarse tenuemente con la luna, la cual luchaba por abrirse paso entre las nubes que iban desvaneciéndose rápidamente. La tormenta dio paso a una de las noches más estrelladas que jamás había presenciado en toda mi vida. Acercándome un poco más al ventanal, contemplé la inmensidad del universo frente a mis ojos. Suspiré para liberar la tensión y antes de volver a parpadear una vez más, me quedé profundamente dormido.

A la mañana siguiente, desperté con los primeros rayos del alba que se filtraban a través de las rendijas de mis párpados. Momentos después, un fuerte barullo en la parte trasera de la casa logró despabilarme.

Capítulo 12

Sobresaltado por el alboroto que se escuchaba desde la terraza, miré para ver mi tobillo, sintiendo un martilleo que se confundía con el ritmo de las pulsaciones de mi corazón. Sin embargo, dentro de todo, había retomado un poco su forma y su color natural. Entonces me percaté que alguien había dejado unas sandalias de piel marrón junto a la mesa. Me paré a duras penas y, aguantando el malestar, caminé tambaleante hasta la puerta de la terraza, descubriendo a un grupo de espectadores que observaban la destrucción casi total del plantío de té.

Visiblemente consternado, Mbongo permaneció de pie junto a su esposa y su hija. Cerró los ojos, oró por unos instantes en completo silencio y luego se dirigió hacia todos sus trabajadores que tenían los rostros desencajados:

—El campo es muy noble… Se recuperará pronto y a pesar de que será un nuevo comienzo, saldremos como siempre, adelante. No pierdan la esperanza, hombres. Recuerden que así es la vida: a veces estaremos arriba y a veces abajo… Por lo pronto, nos pondremos a trabajar cuanto antes; ¡tenemos mucho por hacer! —exclamó, exhortándolos como todo un líder.

Dejando a Mbongo con su gente, Peter y yo subimos a nuestro cuarto, donde Mike se encontraba aún recostado, mirando pensativamente hacia la ventana. Parecía haber escuchado el alboroto, porque al vernos entrar, nos preguntó sobre lo ocurrido. Se veía fatigado y su mirada proyectaba mucho pesar, aunque dentro de todo, parecía haber superado el estado de gravedad en el que había estado.

—Con la lluvia de ayer se destruyó gran parte del plantío de té —comenté—. Ya te imaginarás cómo está el capitán y toda su gente —apreté los labios.

Sin comentarios, Mike miró mi pie, cerró los ojos por unos segundos y añadió, tratando de incorporarse de la cama: —Larguémonos ya de aquí; estoy harto de tantas desgracias —luego tomó trabajosamente su ropa para vestirse. Su brazo izquierdo parecía no responderle, haciendo que las cosas se le cayeran de las manos. Evidentemente frustrado, tiró el pantalón al piso y golpeó la mesita de noche con su pie, dejando entrever unos ojos vidriosos y una barbilla temblorosa, que reprimían su gran desesperación—. ¿Saben lo que pienso? —rezongó Mike con inusual pesimismo—. Al haber aceptado este contrato, firmamos nuestra condena. No pararán hasta encontrarnos y acabar con nosotros".

—Tranquilo, Mike —dijo Peter, parándose frente a él—. Pronto estaremos en camino a Gambala. Verás que estando allá, todo será distinto —declaró, mientras sujetaba levemente su mano y lo ayudaba a vestirse. Luego terminó de empacar lo que faltaba.

Cuando dieron las doce y media de la tarde, ya habíamos terminado de guardar todo el equipo. Y entre cajas de acero y maletas, nos sentamos en los escalones del porche de la entrada, esperando a que trajeran la camioneta para subirlo todo y marcharnos cuanto antes. En esos momentos advertimos un vehículo que venía a toda velocidad por la brecha, levantado el polvo a su paso. Este frenó frente a nosotros y vimos bajar a Bantú, corriendo y exclamando, alarmado, que teníamos que marcharnos de inmediato.

Capítulo 13

Bantú, quien a la vez agitaba las manos, gritaba: —¡Vienen para acá! Un convoy de la mina está en camino. Parece ser que quieren culparlos por lo ocurrido la otra noche. Están armados y no creo que estén dispuestos a escuchar ninguna explicación.

—¿Culparnos? —exclamó Peter con disgusto—. Pero si ellos mataron a Thabo y a Galijha y también estuvieron a punto de matarte a ti, a Mike y a John. ¡Es el colmo del cinismo!

—Cínicos o no, váyanse ya. ¡De prisa! —nos apresuró Mbongo con voz grave, ayudándonos a subir todo a la camioneta—. No pierdan más tiempo. Si llegan, les diré que se marcharon desde anoche. ¡Apúrense!

—Gracias por todo, capitán —agradecí, cerrando la portezuela de la camioneta tras de mí—. Esperamos algún día poder pagarle todo lo que ha hecho por nosotros. Despídanos, por favor, de su esposa y su hija.

Tras despedirnos de nuestro anfitrión, nos adentramos por una vereda que nos llevaría por la parte trasera del rancho hasta salir a una carretera desolada, por donde atravesaríamos la región sin ser vistos. Durante el accidentado trayecto que había dejado la tromba de la noche anterior, entre árboles caídos y ramas a punto de caer sobre el camino, Bantú comentó, meneando la cabeza: —¡Qué desastre; no lo puedo creer...! Con todo lo que ha pasado estos días pienso que deberían marcharse a Inglaterra. Me temo que estos sujetos no se andan con juegos y les puedo asegurar de que no descansarán hasta encontrar algún culpable de sus propios errores.

Ante las palabras de Bantú, Peter y yo no paramos de maldecir un segundo a los miserables que habían estado implicados en todas aquellas muertes. Mike, por su parte, permaneció con los ojos cerrados, inmerso en su propio mundo.

Bantú bajó la velocidad y mencionó: —Por cierto... ¿No sé si ya se enteraron de lo que se desató ayer en la mina después del diluvio?

—¿Qué pasó, Bantú? —preguntó Mike, esperando atentamente su respuesta.

—Escuché por la radio que hubo un verdadero desastre en Gajha. Dijeron que con las intensas lluvias de anoche se colapsaron algunas paredes dentro de la mina, las cuales sepultaron a decenas de mineros en el interior.

—No lo puedo creer... —dejé caer mi mandíbula con sorpresa—. ¿Algo más? —pregunté con sarcasmo—. ¿Las cosas por aquí son así de turbulentas siempre, Bantú? —no daba crédito a la cantidad de fatalidades que se habían desencadenado durante esos días.

—Pues no siempre, pero la verdad es que no ha habido mucha paz desde hace varios años —declaró Bantú sin apartar la vista del camino.

—¿Y qué les pasó a los mineros? —Peter retomó el tema con interés.

—Mencionaron que no hay esperanzas de encontrar a nadie con vida. Y escuché que ya comenzaron las excavaciones para hallar los cuerpos.

—¡Oh Dios! ¡Pobres hombres, pobres familias! —exclamó Mike, apretando los ojos.

—Coincido contigo —comentó Peter, contrariado—. Muchos de esos hombres son víctimas de las arbitrariedades y negligencias de los asquerosos dirigentes, que no miden ni prevén los riesgos y luego se lavan las manos, diciendo que fue un accidente. No entiendo por qué no evacuaron a la gente al primer indicio de lluvia, y más aun, si veían que no pararía la lluvia durante las horas siguientes.

Nos miramos unos a otros. Unos metros más adelante, Bantú frenó el vehículo frente a una intersección y luego de unos segundos de indecisión, indicó: —Antes de proseguir nuestro camino a Gambala, los llevaré hasta las orillas del lago Victoria, donde creo que encontrarán lo que buscan.

—Pero… ¿Y si nos descubren? —inquirí.

—No creo que anden por allí a estas horas —aseguró Bantú entre dientes—, pero es algo que deben ver antes de irse.

Sin ninguna objeción al respecto, nos dirigimos hacia el Urekewe, donde nos detuvimos a unos treinta metros de la orilla. Bantú descendió de la camioneta y nos pidió que lo siguiéramos de cerca. Peter y yo —que apenas podía caminar con mi pie hinchado— tomamos las cámaras y caminamos tras él sin ningún cuestionamiento, en tanto que Mike permaneció en la camioneta recostado en el asiento trasero.

La vereda estaba atestada de moscas y bichos que comenzaron a atacarnos: clavaban sus aguijones en nuestra piel y se introducían en nuestros ojos, cegándonos por momentos. Con desesperación, comencé a darme manotazos en la cara, el cuello y los brazos, al sentir aquellos pinchazos que aguijoneaban mi cuerpo. Deseé que ninguno de esos insectos fuera a transmitirnos malaria o alguna otra enfermedad, como nos lo había prevenido Mbongo. Unos pasos más adelante, un olor pestilente inundó el ambiente, haciéndolo intolerablemente nauseabundo. Y después de atravesar el intrincado trecho de ramas espinosas, llegamos a un sitio donde quedamos atónitos ante la escena dantesca que se apreciaba desde aquel lugar. Hallamos varios animales muertos y otros aún agonizantes, tal como nos lo había dicho el capitán Mbongo al contarnos lo sucedido a su hijo. En el agua flotaba el cadáver de un cocodrilo, al tiempo que algunas aves carroñeras picoteaban su cuerpo, arrebatándose ferozmente sus vísceras. En el suelo permanecía un ñu de cara oscura y cuernos muy grandes, una cebra inflada como un globo a punto de estallar y otros tantos animales mutilados por algunos depredadores, que habían tenido la suerte de sobrevivir.

Caminamos en círculos viendo aquella escena escalofriante, cuando a lo lejos, advertí un pequeño bulto negro que se retorcía entre los matorrales, dando gemidos casi inaudibles. Me dirigí hacia donde estaba esa criatura moribunda, seguido del lente de Peter. Ante mis ojos descubrí a un pequeño babuino que se batía entre la vida y la muerte. No tendría más de unas cuantas semanas de nacido y su madre yacía a unos metros de él, en total estado de descomposición. Me acerqué al macaco de cabeza negra y antifaz rosado, que ni siquiera se inmutó ante mi presencia. Sus ojos negros estaban velados y me miraba con una tristeza que no pude tolerar. Parecía que las lágrimas escurrían por sus mejillas y movía las manos como si implorara ayuda. Sin pensarlo, me incliné hacia él, tomé mi chamarra y lo envolví entre quejidos dolorosos que escapaban de su boca, de la cual emanaba un hilo de sangre que mojaba su pecho. Aquella escena me conmovió de sobremanera. Era tan solo un bebé, ahora huérfano, que parecía sufrir lentamente su propia muerte. Sentí furia por los responsables de ese crimen tan atroz y por la inconsciencia del hombre para causar tanto daño. Con el pequeño babuino en brazos, arrastré mi pierna con dolor hasta llegar adonde se encontraba Peter que me miraba perplejo, bajando su cámara. Le avisé que regresaría a la camioneta, mientras él terminaba de filmar y tomar las fotografías de aquel cementerio de animales.

Al poco rato habíamos emprendido nuestro camino a Gambala. Todos estábamos impresionados, así que guardamos silencio durante el resto del camino. Mike apretaba sus labios y acariciaba la cabeza del animalito, la cual apoyaba débilmente sobre mi pecho. El trayecto fue eterno, tanto para nosotros como para aquella criatura que sujetaba mi mano como si quisiera aferrarse a la vida. El calor se hacía cada vez más intenso. Saqué la cantimplora de la mochila y traté de darle un poco de agua, pero su garganta parecía estar obstruida. Le era imposible tragar y entre gruñidos, la escupía agitando sus manitas. Sentí la desesperación de que muriera en mis brazos.

Al cabo de casi una hora de camino, por fin llegamos a la entrada de la reserva, un lugar árido que poco a poco se iba convirtiendo en un paraíso en donde algunos animales deambulaban por el camino, y en la lejanía, se divisaba un arroyo que daba vida a ese lugar que se iba convirtiendo en un verdadero oasis. Al llegar al campamento, bajé apresurado y pregunté a la primera persona que apareció en mi camino, dónde se encontraba Marie. Me guiaron hasta un pabellón donde había un corredor que llevaba a un cuarto, en donde se encontraban varias jaulas con decenas de animales. Coloqué al cuerpo inmóvil del babuino sobre una mesa de acero inoxidable que se encontraba en el centro de aquella sala.

De pronto apareció Marie por la puerta, preguntando qué sucedía. Al ver al pequeño que yacía jadeante, casi sin poder respirar, corrió hasta un estante donde guardaba varios frascos de suero, otro con trozos de algodón y alcohol, y regresó con una sonda que colocó en uno de sus bracitos. Tomó una lamparilla, alumbró el interior de sus ojos, de su boca y sus enormes orejas rosadas, para luego ir a un gabinete con puertas de vidrio, donde almacenaba un sinfín de ampolletas que estaban acomodadas en hileras. Tardó unos minutos, decidiéndose cuál emplearía, hasta que tomó una, la abrió y extrajo su contenido con una jeringa para insulina. Volvió, tomó la pierna del babuino, la frotó con el trozo de algodón y lo inyectó en el muslo. El pobre animalito ni siquiera hizo el mínimo intento para defenderse.

Marie me miró en silencio por unos segundos. Estaba inmersa en sus propios pensamientos, cuando vi que chasqueó los dedos y fue hasta una mesa donde había otras botellas. Tomó una que tenía un líquido rosado y, extrayendo un poco con una jeringa sin aguja, lo introdujo en la boca del pequeño, hasta que después de varios intentos, logró que se lo tragara casi por completo. Con un suspiro de alivio, Marie dejó entrever una vaga expresión de satisfacción, cargó al pequeño entre sus manos y luego lo metió en una de las jaulas donde había una piel de borrego. Lo recostó con mucho cuidado en el interior, ajustó el goteo del suero y, acariciando su mejilla, le susurró al macaco con voz maternal:

—Pronto estarás bien, pequeña…

—¿Pequeña? —levanté el ceño con asombro.

—Así es. Es una niña… —aseguró, sonriendo.

—Y, ¿crees que se llegue a salvar? —pregunté, preocupado.

—Eso espero, John —con grata sorpresa vi que recordó mi nombre—. ¿Qué le pasó a tu pie? —bajó la mirada, atraída por la venda que lo cubría—. Por lo visto no te fue muy bien que digamos, ¿verdad?

Torcí la boca con desgano y respondí: —Luego te platicaré. ¿Nos vemos en la cena? —pregunté, ansioso por volverla a ver.

—Seguro. Nos vemos luego, John —dijo y se marchó, dejándome en compañía de aquellos animales que se encontraban encerrados en las otras jaulas.

Casi todos eran aún bebés. Un par de babuinos dormían encimados uno sobre el otro, tres monos vervet de cara negra jugaban, mordiéndose las colas, además de otro joven chimpancé, que no dejaba de golpear su plato de plástico contra las rejas. Me acerqué a él para calmarlo y mirándome sin interés alguno, continuó con su frenética batalla en contra de los barrotes de la jaula. Sentí pena por aquellas criaturas que tenían que estar encerradas dentro de ese lugar para poder sobrevivir lejos de su propio hábitat, donde estaban constantemente en peligro.

Repentinamente escuché unos pasos en el corredor y apareció Phillipe a toda prisa con un radio en la mano; tan sorprendido como yo, nos miramos sin articular palabra. Era más que obvia su poca simpatía hacia mí, por lo que sencillamente estiró las comisuras de su boca lo menos que pudo y sin siquiera saludar, se detuvo frente a un escritorio, tomó unas carpetas y agitando levemente la mano, salió por donde había entrado.

"Este pinzón de cabeza roja va a ser un hueso duro de roer", pensé. "Por lo visto, no le gustó que pusiera los ojos en Marie". Luego salí a encontrarme con los demás, quienes estaban ya instalados en un ala del pabellón. El camino que recorrería hasta mi nueva residencia, estaba enrejado a ambos lados con varias jaulas que albergaban cientos de primates, unos adultos y también un gran número de jóvenes que gritaban, saltando de rama en rama, persiguiendo a los más pequeños que corrían despavoridos con trozos de frutas en la boca.

El sol comenzó a esconderse, pincelando el atardecer con trazos naranjas y violetas hasta esfumarse por completo en el horizonte. Habían sido tantas experiencias intensas en tan poco tiempo, que no había terminado de digerirlas e interiorizarlas. Comencé a fijarme más en todo lo que me rodeaba. Los colores se habían vuelto más nítidos e intensos y aprendí a disfrutar los sonidos de los grillos al anochecer. En ese instante comprendí la sensibilidad innata en Peter y Mike, y su profundo aprecio por un mundo que yo no podía percibir, o más bien, no me interesaba percibir en lo absoluto. De lejos saludé a Mummbar que fue a mi encuentro y nos expresó su clara indignación por lo sucedido en Gajha, mientras que Peter permaneció unos pasos atrás junto a un sujeto desconocido, fuera del que sería nuestro dormitorio.

—En verdad lo siento, John —bajó la cabeza apenado—. Nunca imaginé que esto sucedería y mucho menos con el plan que teníamos entre manos. Peter nos ha contado un poco de lo ocurrido. Fue muy arriesgado haber ido a la mina aquella noche. De milagro están aquí para contarlo.

Levanté las cejas, evidenciando mi descontento. Estreché su mano y solo comenté que me moría de hambre, tratando de no hablar más sobre el tema. No tenía ganas de polemizar, así que seguí caminando a su lado en silencio.

—Ven, John —indicó Mummbar—. Te voy a presentar a Bill Turner. Él es el fundador y cacique de Gambala. Él también es inglés, pero se crió en Alemania. Es un reconocido conservacionista, que junto con una organización que él mismo fundó, la cual lleva el mismo nombre que la reserva, se ha dedicado a recaudar fondos para llevar a cabo este proyecto. Además, ha hecho un gran trabajo con las comunidades locales, a las que se les da información y educación ambiental. Con ello promovemos, por un lado, la conciencia social y por el otro, se les da alternativas de trabajo que generen ingresos sin tener que arrasar con la biodiversidad de la región.

—Interesante —comenté mientras caminaba hacia Turner. Este era un tipo de voz ronca, de mirada firme y apariencia reservada. Y a pesar de estar cercano a los setenta, estaba muy bien conservado. Era un hombre corpulento, con cabello entrecano y espeso bigote desaliñado, que tapaba casi por completo su labio superior.

Al tenerlo frente a mí, le extendí mi mano: —Mucho gusto. Soy John Carmichael.

—El gusto es mío, John —contestó y la estrechó con fuerza—. Bienvenidos, esta es su casa. Pasen a su dormitorio; me imagino que querrán descansar unos minutos antes de la merienda.

—Gracias, señor —dije, al mismo tiempo que me pedía que lo llamara simplemente Bill. Luego se despidió, diciendo que nos veríamos más tarde.

Cuando él se marchó, Peter y yo caminamos hacia el pabellón, donde Mike se encontraba descansando sobre su destartalado catre de metal. Al terminar de desempacar, haciendo el menor ruido posible, abandonamos la habitación para reunirnos con Turner y Mummbar, quienes estaban sentados en una sala del pórtico a la entrada de la casa principal. Comentaban, preocupados, sobre los desastres ocasionados por la tromba de la noche anterior. Al vernos llegar, nos invitaron a pasar a un comedor que era parecido al de un internado. Nos sentamos alrededor de una larga mesa de tablones de madera de *aningré* —una madera exótica africana rosada— sobre la que se encontraba una botella de Konyagi —un licor fuerte parecido a la ginebra, típico de la región— y varias copas que Mummbar fue llenando una a una. Inmediatamente después, comenzó el inminente cuestionamiento por parte de ambos, al que nosotros respondimos con una reseña muy minuciosa de lo ocurrido, los días anteriores a nuestra llegada a Gambala.

Peter y yo nos turnamos la cámara para no dejar de filmar ni un segundo, tratando de reunir la información necesaria para darle seguimiento al documental que estaba encaminado a hundir a la UMAG, no solo por el daño ecológico que causaban, sino por la infinidad de crímenes que se habían perpetrado y que seguían impunes, campeando como dueños del territorio. Mientras Peter y yo relatábamos nuestra estancia en Gajha y en el rancho del capitán, para mi desgracia volvió a aparecer Phillipe. Dirigiéndose hacia nosotros, saludó amablemente a cada uno de los presentes, excepto a mí, se sentó a la mesa y, sirviéndose una copa, se unió al grupo en silencio. Mummbar siguió sirviendo las copas, las que de alguna forma aminoraron el desasosiego que aquella historia nos causaba tanto a Peter como a mí.

—Después de todo, creo que tenemos bastante material para seguir con el plan, señores —comentó Peter, apurando un sorbo de Konyagi.

—Me alegro que estén aquí con nosotros para contarlo —Mummbar dijo y alzó su copa para hacer un brindis—. Durante los siguientes días, la doctora se hará cargo de Mike y de ti, John, para que pronto puedan terminar su trabajo.

Interrumpió Turner: —Tenemos que tener mucho cuidado con estos criminales, que ojalá no se empeñen en seguir sus huellas. Por el momento estarán a salvo aquí en la reserva y trataremos de agilizarlo todo para terminar el plan lo antes posible. Mañana mismo nos pondremos en marcha con la doctora Dubois y su equipo, para que tengan lista la información de su trabajo y las condiciones de salud de los animales. Incluso, les proveeremos información detallada sobre las condiciones de los alrededores, adonde los llevaremos a dar un recorrido mañana mismo. Por otra parte, —dijo, dirigiendo su vista hacia el hombre de cabellera pelirroja—, Phillipe les tendrá las pruebas de laboratorio de los animales enfermos y muertos, así como los análisis en diferentes puntos del lago Victoria, donde se comprueba la presencia de sustancias tóxicas como cianuro de sodio, plomo, mercurio, cadmio y arsénico, entre muchas otras. En este instante —continuó—, es una pena no tener la tecnología adecuada para poder medir con precisión los contaminantes, que han alterado irreversiblemente el aire que se respira en esas áreas.

Mummbar tomó la palabra: —También iremos a algunas aldeas cercanas, sin arriesgar sus vidas. Ahí entrevistarán a los enfermos y a las familias que han perdido algún miembro por la misma razón y que, por supuesto, están en contra de las actividades de la mina.

—Les prometo que no los expondremos más y procederemos con extrema precaución —aseveró Turner. Hizo una pausa para pedirle a una mujer que se asomó por la puerta de la cocina, que nos sirviera la cena—. Por ahora reservaremos esta entrevista para mañana. Necesitan relajarse aunque sea un poco para que puedan saborear la mejor comida tradicional de Tanzania. Nuestra querida cocinera, que por cierto, ya le mandó la comida a Mike a su habitación, les preparó los platillos típicos de la zona.

—Los hace mejor que nadie —comentó Mummbar—. No sé qué haríamos aquí sin ella —meneó la cabeza con placer—. No hay como una comida deliciosa acompañada de un buen trago y buenos amigos…

Turner retomó la palabra: —Supongo que tal vez no seamos la mejor compañía para ustedes en este momento, pero sin duda alguna, ustedes definitivamente lo son para nosotros.

Sonreímos, procurando ser amables con nuestros anfitriones, aunque en el fondo quise gritarles que estaba harto de todo. Acerqué una silla y me disculpé al colocar la pierna sobre ella, pues sentía que mi pie estallaría en cualquier momento. El calor y el esfuerzo de caminar y estar parado desde por la mañana, habían evitado la circulación de la sangre y mi pie palpitaba como un corazón. Tenía la sensación de que en cualquier instante todos mis dedos saldrían volando como proyectiles.

Como un rayo de luz, inesperadamente apareció Marie por la puerta, preguntando si podía acompañarnos a cenar. Sin darle tiempo a responder a nadie, le pedí que por favor lo hiciera, en tanto que Phillipe, evidentemente furioso, se levantó de la mesa y se marchó, sin que ninguno de los presentes sospechara el verdadero motivo de su reacción tan intempestiva y absurda.

Torpemente traté de levantarme para acercarle una silla a Marie, la cual no pude alcanzar. Peter me pidió que me relajara, se paró caballerosamente y le cedió su asiento a Marie, mientras iba por otra silla. Me sentí un idiota ante las miradas de todos. Indudablemente mi actitud había delatado mi obvio interés por Marie, pues por unos instantes no pude fijar mis ojos en ella porque sentía que la sangre me subía como espuma a la cabeza. Su sola presencia me hizo sentir una mezcla de emociones que jamás había sentido antes y de alguna manera, me asustó esa intensidad que no era capaz de controlar. Traté de disimular mi reacción y al intentar aparentar que no había sucedido nada, fue aún más notorio mi nerviosismo. ¿Cómo era posible que no pudiera manejar aquello con la seguridad con la que siempre lo había hecho? Supuestamente me creía el experto en no comprometer mis sentimientos, manteniendo siempre hermetismo total para evitar recibir los flechazos de Cupido. Y ahora…, ¿qué era lo que me sucedía con la doctora?

Respiré y atinadamente, Peter cambió el tema, logrando tranquilizarme: —¿Cómo va su trabajo, Marie? Me imagino que con todo esto ha de tener trabajo de sobra.

—Así es… —suspiró—, pero lo que más me interesa realmente, es poder devolverles a los animales su libertad. Por el momento, a los adultos que han superado la fase de rehabilitación y que se han fortalecido lo suficiente para valerse por sí mismos, hemos tenido el placer de integrarlos en diferentes reservas, donde estarán a salvo de esta epidemia. A los más pequeños, como la que ustedes acaban de traer hoy, desafortunadamente cada día son más; los curamos, vacunamos y criamos pacientemente por meses o años antes de liberarlos. Es un proceso que toma mucho tiempo. Al principio pasamos a ser sus mamás o papás postizos, ya que dependen física y emocionalmente de nosotros, pues la pérdida de sus madres, en etapa de lactancia, es vital para ellos y tenemos que suplir todas sus necesidades.

—A ver... ¿Cómo está eso? ¿Cómo suplen todas sus necesidades? —pregunté con interés.

—Cuando ya están fuera de peligro —prosiguió Marie—, y se dan cuenta de que están en un lugar distinto a su hábitat y sin su madre, comienza una etapa de depresión al sentirse solos y es cuando nosotros les proveemos lo que necesitan, como si fueran niños huérfanos. Duermen con nosotros en nuestra cama, les damos cariño, jugamos con ellos, toman su biberón de leche varias veces al día y durante toda la noche. E incluso, tienen que usar pañales, pues viven eternamente en alguna de las "cangureras" de sus cuidadores, que semejan en todo momento el calor y cuidado materno de sus verdaderas madres.

—¿Y qué pasa si una de las madres o padres postizos tiene que marcharse durante ese proceso de crianza? —inquirí, inmerso en el tema.

—Es un verdadero problema —exhaló una bocanada de aire—, porque no podemos dejar que el animal vuelva a tener otra pérdida como la que ya tuvo. Por lo que, poco a poco, durante las semanas anteriores a la separación se va compartiendo la convivencia con alguien más, para que gradualmente se vaya desacostumbrando a esa persona, hasta que unos días antes de la partida pasa más tiempo con su nueva mamá y listo. Pero de todas formas, algunos de los pequeños más sensibles sienten la pérdida por algunas semanas.

Mi alma pareció salir de mi cuerpo al recordar que varios años atrás, yo había abandonado a mi propio hijo —o hija, como siempre la soñé— y que no tenía la menor idea de dónde podía buscarla para darle todo lo que le había negado desde antes de nacer. Bajé la cabeza, sintiéndome una vez más culpable. Reconocí con tristeza que los errores y las malas decisiones se pagaban tarde o temprano y que nada quedaba impune en esta vida. Un par de semanas antes, pensaba totalmente diferente, pero ahora... Lo sucedido hacía unos días en Gajha, la muerte de Thabo, de Galijha, la mirada de aquel macaco a punto de morir entre mis brazos y las palabras de Marie fueron los detonantes de lo que llevaba años acumulando. Era terrible darme cuenta de que toda mi existencia había transcurrido carente de sentido. Viví siempre en un mundo vano, material y acelerado, que a la postre me dejaría con las manos vacías. Nunca había hecho nada por alguien más. Me refiero a que, si lo hacía, era por conveniencia o un simple interés personal. Era constantemente perseguido por las carencias que cargaba desde niño y que trataba de satisfacer de distintas formas, creando interminables compensaciones que me hicieron sentir aún más solo y vacío.

Tomé varios tragos de mi copa, como si con ello pudiera mitigar aquel suplicio, guardé silencio y escuché las conversaciones que se entrelazaron durante la cena. Me sentí mareado, no sé si por el licor o por el remolino de emociones que se habían disparado de pronto dentro de mí. Antes de que llegara la media noche, me disculpé, diciendo que estaba muy cansado, que iría a descansar. Me levanté de la silla, apoyé mis manos sobre la mesa y percibí cómo, gracias a la gravedad, la sangre regresaba a mi pie, produciéndome un dolor insoportable. Traté de no mostrar mi malestar y me despedí de los presentes. Antes de tomar un paso, Marie me preguntó si quería ayuda para caminar hasta el dormitorio, por lo que, a pesar de la crisis en la que me encontraba, no me pude resistir esta oportunidad tan tentadora de estar cerca de ella. Recuperando el entusiasmo que había perdido los últimos días, respondí: —Encantado. Muchas gracias.

Me tomó del brazo y caminamos hacia la salida. Me urgía dormir, pero la presencia de Marie volvió a quitarme el sueño. Seguimos conversando durante el trayecto y al llegar a la puerta del dormitorio, le agradecí su compañía. Me incliné hacia ella y rocé su mejilla con mis labios. Marie sonrió, respondiendo con una palmada en mi espalda y comentando que en seguida me traería un antiinflamatorio y un analgésico, los cuales disminuirían el dolor para que pudiera descansar durante la noche.

Mike estaba sumido en su sueño. Traté de no hacer ruido y sin encender la luz, me senté en una de las camas y me desvestí, pensando solo en dormir para reponerme pronto. En eso estaba cuando tocaron a la puerta. Se trataba nuevamente de Marie, quien traía los medicamentos y una jarra de agua que colocó sobre la mesa de noche. Sirviéndome un vaso, susurró: —Toma esto, John. Ahora descansa y mañana vendré temprano a verlos a los dos —se despidió y salió del cuarto, entornando la puerta detrás de ella.

Me sentí confundido y deprimido. Esa noche había tocado fondo. Horas después de haberme revolcado desesperadamente entre las sábanas, pude aclarar mis propios pensamientos y así darle respuesta a algunas de mis dudas. Por primera vez decidí "dar" por el simple gusto de hacerlo.

Capítulo 14

Amanecí bastante repuesto de los días anteriores. Miré mi reloj y vi que eran ya más de las ocho de la mañana. Peter seguía dormido y Mike se encontraba recostado, leyendo unos papeles que estaban dentro de una carpeta verde que recargaba sobre sus piernas.

—¿Cómo te sientes, Mike? —pregunté en medio de un largo bostezo.

—Creo que mejor, aunque mi brazo sigue sin fuerza y eso me tiene desesperado —abrió y cerró el puño con mucho trabajo.

Peter entreabrió un ojo y comenzó a estirarse, como negándose a despertar. Estábamos descansando el cuerpo y recuperando la serenidad perdida durante los días anteriores.

—¿Qué lees, Mike? —preguntó Peter, perezosamente, desde el otro extremo de la habitación.

—Hace rato, alguien abrió la puerta y dejó esto sobre la cajonera —alzó los papeles—. Es una publicación pro ambientalista a nivel mundial que ha hecho un estudio exhaustivo sobre la región. Parece ser que aquí está toda la información y las respuestas que buscamos.

—¿Qué dice? —pregunté, reacomodándome sobre la almohada.

—Mencionan la misión de preservar la fauna, la flora y la postura de los pobladores del territorio, los cuales se han visto afectados por las plantas industriales que están localizadas en las costas del lago Victoria. —Prosiguió repasando los escritos con la mirada—: Según este informe, Tanzania es un territorio de alrededor de 945 000 km^2, de los cuales aproximadamente 54 000 están ocupados por lagos y lagunas, siendo el lago Victoria la reserva de agua dulce más importante de África, el lago más grande del país y el segundo más grande, por su extensión, de nuestro planeta —levantó las cejas y continuó—, con una superficie de 69 482 km^2. ¡Increíble! —exclamó sorprendido—. Además, este representa el recurso fundamental para la vida en la región. También menciona que la agricultura y la pesca son las actividades económicas más importantes que dependen del lago, que ahora está en vías de extinción. Por esta razón, dice aquí —citó una lista—, existen otras industrias aparte de la minera que han excedido la carga contaminante al lago Victoria, como son: las cerveceras, textileras y papeleras. Incluso… —extrajo otra hoja de la carpeta—, este estudio muestra que las fábricas, solamente de Tanzania, producen a diario un estimado de dos millones de litros de desechos industriales y encima de todo esto, la industria minera arroja 79 toneladas, ni más ni menos, por cada onza de oro que se extrae. Y toda esta inmundicia va a parar al mismo lugar.

—¿Se refieren a Gajha en específico, no es así? —preguntó Peter.

—Así es —afirmó Mike sin alzar la vista del papel—. El gobierno, al parecer, no tiene los pantalones para encarar la situación y el propio gremio minero ha sido acusado de estar implicado en esta violación del ecosistema.

—Eso ya lo sabíamos —repliqué.

—Lo sé, espera… —retomó su lectura—. A medida

que estas empresas van adquiriendo concesiones, los pobres agricultores pierden el derecho a las tierras y al agua, las cuales han sido saqueadas para obtener el combustible que requiere la minería. Por lo tanto, se han llegado a perder cientos de kilómetros de bosques que afectan a aldeas enteras y en especial, a la gran biodiversidad de la flora y la fauna. —Mike reacomodó rápidamente los papeles que se habían desorganizado sobre su cama y continuó—: Los ecosistemas fueron alterados cuando "nosotros" los europeos —enfatizó, moviendo la cabeza con disgusto—, desembarcamos en estas tierras, invadiéndolas indiscriminadamente. El desequilibrio que sufrió entonces el entorno afectó a la par a las etnias, que fueron sometidas y esclavizadas para luego explotar los recursos naturales.

Mike hizo una pausa en su lectura y comentó: —Teníamos que ser nosotros, "los europeos" poderosos y ambiciosos que deseamos a toda costa dominar territorios que se encuentran a miles de kilómetros de nosotros para posteriormente corromperlos. ¿Es que no podemos respetar la grandeza, la integridad y la cultura de otros? ¿Por qué meternos siempre donde no nos llaman, carajo?

—Me parece lógico —asentí—. Es el mismísimo instinto de superioridad con el que, de alguna manera, todos los que nacimos en nuestro querido Reino Unido traemos en la sangre. Es el código de información genética que nos ha hecho ser o sentirnos, no sé si mejores o por lo menos, más poderosos que los demás —respondí irónicamente—. El que más posee, tiene más control. Como la ley de la selva: el más fuerte es el que sobrevive y también el que manda.

—Ni hablar, es verdaderamente una lástima —expresó Peter, encogiendo los hombros—. No quiero que parezca una excusa, pero me interesa mucho más ir a la parte que habla de la reserva. ¿Dice algo importante, Mike?

—No he llegado ahí todavía —respondió—. Después del desayuno seguiremos con esto, ¿les parece?

—Perfecto —coincidí—. Me estoy muriendo de hambre.

Me levanté de la cama y me dirigí al baño, cuando a medio camino vi que Mike miró su reloj y exclamó:

—¡Demonios! ¿Qué fecha es hoy?

—¿Hoy? 28 de febrero, ¿por qué? —respondió Peter, levantándose de la cama.

—Es el cumpleaños de Ryan, mi hijo —se frotó la cara con la palma de su mano—. Y en este lugar no hay ni un mugroso teléfono.

—Tendrías que ir hasta Shinyanga —advirtió Peter.

—¡Grrrr! —Mike gruñó con molestia, sabiendo que por el momento aquello no estaba dentro de nuestros planes—. En fin y... —pensó por unos momentos—, ¿qué le llevarían de regalo a un niño de catorce años, ¿eh?

—Una niña de trece —aseguré, asomando mi cabeza por el resquicio de la puerta. Ambos soltaron una carcajada.

Mike, quien iba mejorando progresivamente, nos acompañó al comedor donde unas quince personas se encontraban ya desayunando, alistándose para comenzar la jornada del día. Al poco rato, noté que Marie no había llegado aún o tal vez nosotros habíamos llegado demasiado tarde. Turner se acercó a nuestra mesa para preguntarnos cómo habíamos pasado la noche e indicarnos que saldríamos a las diez de la mañana a un recorrido por la reserva, comentando que visitaríamos algunos poblados cercanos al lago.

Me preocupaba saber cómo había amanecido el pequeño babuino hembra. Terminé de almorzar y aún renqueando del pie, salí en busca de Marie. A medio camino me topé con ella, quien llevaba en su regazo a un macaco plácidamente dormido. Sin titubear, me dirigí hacia ella y le di un beso en la mejilla, preguntándole cómo se encontraba el babuino hembra, a lo que respondió, que aún su salud estaba delicada y que debíamos esperar algunos días para saber su evolución. Le pedí que me acompañara a verla y accedió con impaciencia, argumentando que tenía poco tiempo, ya que le tocaba alimentar al pequeño mono que llevaba en brazos. Guiñándole un ojo y llevándome la mano al pecho traté de convencerla: —Prometo no robarte mucho tiempo.

Al escucharnos llegar, el pequeño mico abrió sus diminutos ojos y comenzó a chillar. Trató de pararse, pero fue inútil; su debilidad fue mayor que su voluntad. Metí lentamente la mano en su jaula para acariciarla y ella permaneció quieta, esperando a que la cargara. Miré a Marie que solo levantó las cejas y añadió: —Para ella, eres su papá, John. Le salvaste la vida y después de su madre, tú has sido la única persona que ha visto y olido. El olor de tu cuerpo parece tranquilizarla...

—¿Mi olor? —cuestioné con asombro.

—Así es —afirmó—. Espero que cuando salga de la crisis pueda pasar más tiempo contigo.

—Pero no sé cuánto tiempo estaré por aquí, Marie. No quiero que se acostumbre a mí y más tarde... —arrugué los labios.

—Ya veremos, John, ya veremos qué pasa entonces —no se dejó convencer en lo absoluto por mis argumentos.

Volví a sentir un compromiso que no sabía si quería tomar y, como era mi costumbre, traté de evadir la responsabilidad, esgrimiendo algunos pretextos estúpidos. Lo único que deseaba era que el animalito estuviera bien y punto, pero de eso a ser su papá postizo, de ninguna manera. Tenía mucho trabajo por delante y no tendría tiempo para dedicárselo y francamente, tampoco sabía si quería hacerlo.

Tras un rato de conversar con Marie, regresamos a reunirnos con los demás, que esperaban sentados en la escalera de la entrada principal. Faltaba poco tiempo para salir a nuestro recorrido por la zona y volví a despedirme de Marie, quien señalando graciosamente con el dedo índice agregó: —No le has puesto nombre a tu niñita, John. Te doy de aquí a la noche para que la bautices —sonrió, entretenida ante mi cara de mortificación.

Levanté una ceja y sin dejarme otra escapatoria, me despedí de ella para regresar al dormitorio a recoger algunas cosas antes de partir. Me senté al pie de la cama y volví a ondear las comisuras de mis labios al recordar las palabras de Marie: "Tu niñita".

"¡Qué mujer tan insistente!" pensé. Aunque en el fondo, no dejé de pensar un instante en cómo llamaría al pequeño babuino hembra.

Tomé la cámara, organicé la mochila donde guardaba los lentes, cuando al poco rato llegaron al cuarto mis amigos, haciendo bromas respecto a Marie. Les parecía divertido, de alguna manera, que estuviera interesado en la doctora y más aún, la casualidad de que fuera la segunda francesa en mi haber y, porque me conocían, sabían que yo no era una persona muy estable en esos asuntos. Pero para su sorpresa, les aseguré que había descubierto en ella a una mujer diferente a las demás, que no se trataba de ningún juego como suponían. Me miraron maliciosamente y al unísono soltaron una estrepitosa carcajada que retumbó por todo el corredor del albergue. Me sorprendió darme cuenta del estigma que me había impuesto yo mismo, por lo que comprendí con vergüenza que tenían razón por dudar de mis buenas intenciones.

Como atraída por nuestra conversación apareció Marie frente a nosotros. La puerta estaba entreabierta y solo deseé que no hubiera escuchado la sarta de estupideces que habían dicho Peter y Mike sobre ella. Venía con un maletín en la mano y llevaba un estetoscopio colgado al cuello. Por su expresión de indiferencia supuse que me había salvado de ser descubierto y solo aclaró que venía a revisar el hombro de Mike y mi pie, antes de que partiéramos. Marie se dirigió primero a Mike, pidiéndole que se recostara en su cama. Le desabotonó con naturalidad la camisa y comenzó a presionar levemente su pecho, subiendo su mano hasta su hombro. De pronto Mike pegó un grito de dolor que nos sobresaltó a los tres.

—Perdóname, Mike —Marie se disculpó, retirando su mano de inmediato—, pero necesito cerciorarme de que no haya infección y que esté sanando bien la herida, de adentro hacia afuera.

Volvió a palpar su brazo. Luego tomó un alfiler y pinchó superficialmente el antebrazo y bajó hasta su mano izquierda, a la cual todavía le faltaba sensibilidad. Mike la miró visiblemente afligido y cuestionó el porqué no sentía dolor, a lo que ella solamente respondió: —Lo más seguro es que la bala haya alcanzado a dañar algún nervio, pero tampoco puedo darte un diagnóstico a la ligera. Tenemos que esperar a que se desinflame bien la herida y eso tomará varias semanas.

Marie sacó una jeringa y extrajo un líquido blanco de una ampolleta de vidrio, ante los ojos horrorizados de Mike, que repetía insistentemente: —No, por favor, no… No me gustan las inyecciones, doctora. Déme mejor una pastilla y listo.

Marie sonrió, haciendo caso omiso a las desesperadas súplicas de Mike, para luego pedirle que se bajara el pantalón y terminar con su martirio. Le explicó que no había otra manera de hacerlo, convenciéndolo de que su vida y su brazo dependían de ese antibiótico.

—Todavía estás expuesto a cualquier infección que puede complicarlo todo, Mike. Así que te sugiero que no arriesguemos tu vida ni tu brazo —advirtió, suspicaz.

A regañadientes, Mike se bajó el pantalón y al fin permitió que Marie hiciera su labor. Y luego de lloriqueos y de nuestras risas contenidas, prosiguió a desinfectarle la herida que había creado ya una desagradable costra amarillenta.

—Listo, Mike. Tómate estas píldoras cada seis horas para atenuar el dolor y pronto estarás bien —finalizó Marie—. Ahora es tu turno, John; siéntate aquí —señaló con su dedo hacia la silla que estaba junto a la ventana—. Quítate el calcetín y vamos a ver cómo está tu pie.

Como niño obediente ante las instrucciones de mi querida y mandona doctora, me senté y me quité la media que cubría mi abultado pie. Aún tenía un moretón que abarcaba todo el empeine y el tobillo. Marie se sentó en la cama, tomó mi pie entre sus manos y lo recargó sobre su muslo. Presionó por todos lados y al girarlo lentamente en círculos, dejé escapar un quejido reprimido, tratando de evitar a toda costa que pensara que era un cobarde. Como era de esperarse, Peter y Mike, sin discreción alguna, soltaron la carcajada y salieron de la recámara, dejándonos completamente solos. No pudieron haber sido más imprudentes, pero esperé que Marie no lo tomara a mal.

En tanto que la doctora francesa, de piernas doradas, sujetaba mi pie entre sus manos, mi imaginación se echó a volar vertiginosamente. Por momentos no quería que terminara de sostener mi pie sobre sus muslos, hasta que concentrada en su inspección, volvió a ponerlo sobre el piso, diciendo: —Me temo que a ti también te va a tocar tu piquetito, John —volvió a sacar una jeringa y una ampolleta de su colección. Y sin decir más, comprendí que con ella era imposible discutir e hice lo que me pidió—. Tú sí eres valiente, John —asintió de buena gana—. Ahora esperemos a que la cortisona haga su efecto. Toma también el mismo medicamento que le di a Mike para el dolor y cualquier cosa, por favor no dejes de avisarme.

Le agradecí, dándole un beso en la mano: —Gracias, Marie, gracias por todo —repetí, sin poder apartar mis ojos de los suyos y por primera vez, la noté sonrojarse y bajar la mirada con timidez. Presurosa, guardó sus cosas dentro del maletín y se despidió al salir del dormitorio, comentando desde la puerta que nos veríamos más tarde. Me sentí contento al ver que Marie había respondido como mujer y no como la doctora recia e inquebrantable que todos conocíamos.

Capítulo 15

Comenzamos nuestro recorrido a través de la reserva, con rumbo al lago Victoria, en un potente vehículo todoterreno. Peter y yo nos sentamos junto a Mummbar y Turner para apreciar el magnífico paisaje de cientos de hectáreas salvajes que abarcaba Gambala, un territorio extenso en la sabana, donde albergaban miles de especies que teníamos frente a nuestro lente, las cuales fotografiamos como si fueran trofeos de caza. Pero en vez de conservar sus cabezas, disfrutaríamos de sus imágenes, las cuales representarían la vida y la libertad, dádivas que ya muy pocos tenían el privilegio de disfrutar. Mike, por otra parte, había decidido permanecer en la reserva para descansar ese día, ya que aún no estaba en condiciones de mover el brazo y mucho menos, en aquellos accidentados lugares que recorreríamos por más de hora y media de camino. Bantú, que iba al volante, nos condujo por donde la fauna y la naturaleza permanecían inquebrantables al paso del tiempo y la tecnología. Me sentí privilegiado de ser testigo de aquel fantástico paisaje que demostraba el respeto y el compromiso que había hecho Gambala por preservar la vida animal. Era impactante observar la contraparte de lo que habíamos sido testigos en Gajha, donde la degradación, el deseo de poder y la corrupción pesaban más que cualquier vida, tanto humana como animal.

Durante el viaje nos cuidamos las espaldas en todo momento, como si fuéramos unos forajidos, con el fin de no ser descubiertos por la UMAG. Logramos introducirnos en tres aldeas cercanas al lago Victoria, donde entrevistamos a algunos de sus habitantes, pero en especial, a las personas afectadas directamente por la contaminación, cuyos testimonios documentarían de manera fehaciente, la evidencia, la cual tendría un papel primordial en nuestro plan de ataque contra los mineros rebeldes.

Luego de haber completado nuestro recorrido por las localidades aledañas al decadente Urekewe, emprendimos nuestro regreso a la reserva. Ya entrado el atardecer, nos detuvimos unos momentos en el margen de un río que atravesaba el territorio y donde decenas de animales llegaban a saciar su sed y descansar, entre tanto algunas crías de gacelas e impalas retozaban plácidamente entre las patas de sus madres. A pesar de que hacía unos días que había diluviado, durante aquella temporada de sequía por el río fluía muy poca agua, formando grandes charcos de fango a lo largo del cauce y en donde los feroces cocodrilos, hambrientos de alguna presa rezagada de la manada, aprovechaban la abundante hierba para ocultarse, mientras que otros tantos, ávidos de un festín próximo a las orillas, suspendían sus cuerpos en el agua como unas sombras. Y al nadar quedamente, iban abriendo sus enormes fauces, para luego aventar alguna tarascada, que en medio del completo silencio, lograba ahuyentar a alguna presa que había corrido con suerte.

El calor se había convertido en una capa bochornosa que cayó sobre nosotros, obligándonos a resguardarnos bajo alguno de los árboles que se encontraban en los márgenes del río. Yo, al sentir punzadas dolorosas en el pie, me tomé uno de los analgésicos que llevaba conmigo, acompañado de una cerveza fría. Mientras Peter hacía algunas tomas de los alrededores, Turner nos siguió poniendo al tanto de la devastadora repercusión de la mina sobre el medio ambiente y las diferentes compañías madereras, que estaban acabando con el hábitat de una inmensa variedad de animales de la zona:

—Solamente unos cuantos han tenido la conciencia de evitar mayores daños y han tomado medidas drásticas, pero cabe recordar que nuestra principal preocupación, indiscutiblemente, sigue siendo Gajha. Las cosas se han salido de control y, como ustedes habrán visto en estos días, se están poniendo más complicadas de lo que pensábamos. —Continuó dando un trago a su cerveza, mientras se quitaba el sudor de la frente con un pañuelo rojo que llevaba atado al cuello—: Los diferentes bandos que existen dentro de la administración de la mina se han convertido en una mafia intocable. Sus artimañas son cada vez más oscuras y violentas, por lo que se cree que hay muchos otros intereses involucrados. Estamos casi seguros que operan en complicidad con algunas bandas de narcotraficantes o de contrabandistas de armas, puesto que se ha descubierto una pista de aterrizaje clandestina a pocos kilómetros de la mina, en donde aterriza semanalmente una avioneta que carga cientos de cajas que provienen de un sector aledaño a la mina. Allí se han visto hombres armados que vigilan el proceso de embarque, pero especialmente, parece ser que dos de los dirigentes de la mina son los que hacen la transacción con un maletín que llevan encadenado a la mano.

—¡Claro! —exclamó Peter—. Las cajas que vimos dentro de aquella bodega donde mataron a Galijha y a Thabo estaban repletas de armas, ¿lo recuerdan? —nos miró a Bantú y a mí para confirmar su sospecha y nosotros asentimos.

—Es evidente que los animales que vimos en la estación 38 son solo una parte de todo este complejo rompecabezas —agregué—. Se deshacen rápido de ellos para acallar a la comunidad. Los sepultan de la misma manera que a los intrusos como nosotros que los sorprendimos *in fraganti* y después los desaparecen para que no puedan rastrearlos, porque saben que si alguien con poder habla más de la cuenta, pueden caerles con una orden de registro y van a terminar por descubrir todos sus negocios sucios y, por consiguiente, se les va a venir abajo su minita de oro.

—Efectivamente —añadió Mummbar—. Con más razón necesitamos tener mucho cuidado, ya que no solo estaremos lidiando con gente corrupta, sino con traficantes y asesinos. El problema principal es que ya no podemos hacerlo solos, es decir, sin el apoyo de la ley, pero tampoco se sabe en quién se puede confiar y en quién no.

—Creo que nuestra única salida será poner el caso en manos de organizaciones ecologistas internacionales y de aquellas defensoras de los derechos humanos... —añadió Turner—, contando, además, con que ustedes sigan con lo planeado. Cuanto más pruebas contundentes tengamos, más difícil será para ellos refutarlas y más fácil para nosotros atraparlos. Estos criminales no pueden vivir en la impunidad por siempre.

—Pues ya tenemos bastante material hasta ahora —aclaró Peter, alzando su cámara—, y sobre todo, fue muy oportuno por parte de John tomar las fotografías de las cajas con las armas.

Permanecimos un largo rato bajo la sombra de los árboles, para luego emprender nuestro camino de regreso. A unos cuantos kilómetros más adelante, siguiendo el cauce del río, la camioneta se detuvo abruptamente. Descendimos para ver de qué se trataba, cuando vimos que Bantú alzaba el capó del vehículo, del cual salía un pestilente humo negro. Y tras inspeccionar meticulosamente el interior del motor, anunció que el radiador estaba perforado.

—¿Habrá sido con una rama, Bantú? —preguntó Mummbar, parándose junto a él.

—Lo dudo, señor. El orificio está aquí arriba —y señaló con su dedo la parte superior del radiador—. No entiendo qué pudo haber sido —movió la cabeza desconcertado.

Mientras que Mummbar y Bantú decidían cuál había podido ser el verdadero motivo de aquella falla inexplicable, Turner tomó la radio de la camioneta y luego de varios intentos, confirmó ahuecando la boca:

—Nadie contesta en el campamento. Es extraño que no haya nadie en la caseta o en mi oficina. Tanto Phillipe como Gatto deberían estar en alguno de esos lugares.

—¿Quién es Gatto? —pregunté.

—El vigilante de la entrada principal de Gambala y el que a veces le da de comer a los animales. Él sabe perfectamente que no puede abandonar la caseta sin pedir un relevo —explicó Turner, frotando su barbilla preocupado.

Por desgracia, sabíamos que nos encontrábamos todavía muy lejos de la casa como para emprender una caminata con todo el equipo a cuestas y mucho menos yo, que tenía el pie en aquel estado.

—Bantú —Turner lo llamó con voz firme, al mismo tiempo que nuestro chofer se dirigía hacia él—, algo debió haber pasado con Gatto y con Phillipe. No es normal que ninguno responda a mi llamado —comentó molesto—. No nos va a quedar otro remedio que ir a buscar ayuda. Nosotros esperaremos aquí para seguir llamando hasta que contesten. Llévate el rifle —alargó el brazo para darle el arma.

—Está bien, señor. Regresaré tan pronto como pueda —se alejó corriendo por la vereda con una agilidad sorprendente.

Volvimos a resguardarnos de los rayos solares y

entonces Peter comentó que iría a dar una vuelta por el río. Tomó su cámara y desapareció entre la hierba.

—¡Ten cuidado! ¡No te alejes demasiado! —advirtió Mummbar, sentándose en un banco plegable que había bajado del todoterreno—. ¡Es muy peligroso andar por ahí con tantos animales salvajes rondando!

—¡No tardo; solo tomaré unas fotografías por aquí cerca! —aseguró Peter.

<hr />

Horas más tarde miré mi reloj y, preocupado, les dije a los demás que iría a buscar a Peter. Hasta ese momento no había señales ni de él ni de Bantú, por lo que todos comenzamos a inquietarnos. Turner me dio el último rifle que llevábamos en la camioneta y caminé sin rumbo fijo por donde Peter se había internado un par de horas antes. Comencé a gritar su nombre repetidamente sin recibir ninguna respuesta. Parecía que mis palabras se perdían en la nada. Mi inquietud se intensificó al no encontrarlo en los alrededores. Por momentos pensé que algún animal lo había atacado y los nervios se apoderaron de mí al imaginar el peor escenario. Cuando inesperadamente se escuchó un disparo que retumbó entre un silencio absoluto, seguido de una bandada de garzas que al alzar el vuelo, blanquearon por completo el paisaje.

Capítulo 16

Paré mi paso con una invasión de adrenalina para luego correr hacia el lugar de donde había provenido el disparo. Unos metros antes de llegar, alcancé a escuchar un sonido de aves y un griterío de monos, como si se hubieran vuelto locos por completo. Atraído por el ruido, me fui acercando a la orilla del río, percatándome que Peter estaba parado, dándome la espalda, sujetando su rifle con una mano y observando con detenimiento algo que se batía violentamente en el agua.

—¡¿Qué pasó, Pete?!—exclamé de lejos, dirigiéndome hacia él.

Sacudió la cabeza y sin apartar su vista de aquel remolino que persistía dando vueltas en el agua, explicó:

—Estaba filmando a los monos araña, cuando un par de ellos comenzaron a pelear por una fruta, saltando de rama en rama. De pronto, a uno se le soltó la fruta de las manos y esta cayó al agua. Por lo que el más pequeño se suspendió en el aire por la cola para alcanzarla y al estirar su brazo para tomarla, se proyectó la cabeza de aquel cocodrilo como si fuera un fantasma —señaló con la punta de su dedo—, y se lo tragó de un solo bocado.

—Peter cerró los ojos por un instante, como queriendo apartar aquella imagen de su mente—. Cuando me di cuenta de lo que había sucedido, hice un disparo al aire, pues suponía que el animal se asustaría y dejaría al mono, pero al parecer, su instinto fue mucho mayor que su miedo —resopló, dirigiendo su mirada a los otros monos que no paraban de gritar, histéricos.

—Pues pudiste haber sido tú la carnada —comenté, al mismo tiempo que Mummbar y Turner llegaron corriendo tras de mí.

—¿Estás bien, Peter? —inquirió Turner con el rostro lívido—. ¿Qué pasó?

Mientras caminábamos de regreso a la camioneta, Peter relató de nuevo lo ocurrido.

—Mira, Peter —Turner posó la mano sobre su hombro—, aunque a veces estas cosas nos parezcan una crueldad y no logremos comprenderlas, simple y sencillamente son parte de un proceso inevitable. Desafortunadamente, muchos animales tienen que morir para alimentar a otros y de esta forma se mantiene el equilibrio en la población de cada especie. De lo contrario, ocurriría un completo caos en la naturaleza.

—Lo entiendo, pero es imposible presenciar algo así y pretender que nada pasó. De algún modo, sería el mismo instinto de supervivencia y de protección que tenemos los seres humanos, lo que me hizo tratar de defender a aquel animal indefenso.

—Así es, Peter — sentenció Turner—. A cada quien le corresponde actuar según su naturaleza, aunque debo admitir que nada en la vida suele ser tan justo como desearíamos —desvió la mirada, sumergiéndose en su propia reflexión—. No todos salimos bien librados…

Cuando llegamos al todoterreno vimos que se aproximaba, a toda velocidad, otro todoterreno de la reserva con Marie y Bantú al volante.

—¿Qué pasó, Marie? —preguntó Turner, molesto, al verlos descender del auto—. ¿Por qué nadie contestó la radio de la caseta ni el transmisor de mi oficina? ¿Dónde están Phillipe y Gatto?

—No lo sé —respondió Marie—. Vi a Gatto esta mañana y a Phillipe no lo he visto en todo el día.

Turner suspiró malhumorado mientras que Bantú terminaba de reparar el agujero del radiador de la camioneta. Casi una hora después, nuestro guardaespaldas nos notificó que el vehículo estaba listo para emprender el camino de regreso a la casa. Como Marie había permanecido al volante del todoterreno que llegó, yo me adelanté para decirles a los demás que la acompañaría. Conducimos por casi treinta minutos hasta llegar al campamento, donde todos, incluso Mike, salieron de distintas direcciones, aglomerándose a nuestra llegada.

—Estábamos muy preocupados por ustedes —dijo Mike, con semblante aún decaído.

—Todo está bien —aseguré, renqueando hacia él—. Tuvimos un problema en el camino y no sé qué hubiéramos hecho sin Bantú —miré a nuestro chofer que solo esbozó una leve sonrisa.

—Por cierto —irrumpió nuevamente Turner, con mirada inquisitiva—, ¿quién estaba de turno esta tarde? ¿Y tú Gatto, qué estabas haciendo que no contestabas la radio? ¿Dónde te metiste todo este tiempo?

Se aproximó un hombre negro de complexión delgada y voz grave, que sostenía un rifle en la mano.

—Estuve todo el día ahí metido, pero algo sucedió con el transmisor que de repente perdió la señal. Salí a verificar la conexión y me encontré que había algunos cables cortados. No sé si fue accidente o alguien lo hizo a propósito para dejarnos incomunicados. Por eso tardé tanto en arreglarlo, señor.

—¿Y tú, Phillipe? ¿Dónde estabas? —preguntó Turner, quitándose el sombrero de la cabeza—. ¿Por qué aquí nadie se responsabiliza de nada? —pareció comerse a todos con los ojos.

—Estuve todo el día en Shinyanga reponiendo algunos medicamentos y dando instrucciones para que el contenedor de comida que envió la asociación humanitaria de Kenya esté aquí por la mañana. Y cuando llegué, me dijeron que Marie ya se había marchado con Bantú a recogerlos —aclaró Phillipe y Turner meneó la cabeza con enfado.

—Posiblemente el problema que tuvimos pudo haber sido provocado —reparó Bantú, sin dejar de sospechar un solo instante—. La camioneta estaba en perfectas condiciones antes de salir y la perforación que tenía el radiador estaba en un sitio donde no llegaría una rama. Creo que hay alguien que nos está saboteando —masculló con desconfianza, mirando a todos a su alrededor.

Nos miramos unos a otros con incredulidad, aunque en el fondo sabíamos que habían sido demasiadas coincidencias para pensar en lo contrario. Lo peor de todo fue que comenzamos a desconfiar de todos los rostros conocidos y desconocidos que se cruzaban en nuestro camino.

—Amigos —dijo Turner, refiriéndose a nosotros—, dada esta situación, deberíamos acortar su estancia en este lugar, ya que no deseamos que corran ningún peligro y ustedes tres están bajo mi responsabilidad dentro de esta propiedad. Los trajimos hasta aquí para que nos ayudaran en esta causa, pero el riesgo que corren se ha salido de nuestro control.

—Estoy de acuerdo —coincidí—, pero no podemos salir huyendo y dejar que estas bestias se salgan con la suya. Si logran que nos vayamos, seguirán aplicando su táctica basada en el terror y la amenaza y, pronto, el territorio estará bajo su dominio.

—¡Debemos impedir tanta barbarie! —exclamó Marie, indignada, con su simpático acento francés—. Es imprescindible que avisemos cuanto antes a la policía, antes de que sea demasiado tarde. Además, sin aludir a los presentes —se refirió a nosotros tres, dirigiendo sus ojos azules a Turner—, los ingleses, McMahon y

Dormonth, en un principio, solo vinieron a alborotar y a malear a la gente. Estoy segura de que son los autores intelectuales de esta organización que maneja a hombres incultos y muertos de hambre como unas marionetas, poniéndolos a su merced por unos cuantos chelines. Deben tener a todo un ejército trabajando para ellos; de esa manera llevan a cabo sus porquerías sin mancharse las manos. Pero que ni crean que nos vamos a dar por vencidos, por lo menos yo no —concluyó decidida.

—Marie tiene razón, Turner —Mummbar frotó su mejilla, mirando al viejo inglés—. Aunque no podemos depender de la policía a estas alturas, ya que posiblemente actúe también en complicidad con la UMAG y los mismos políticos, tenemos un compromiso y lo mantendremos hasta el final, sean cuales fuesen las consecuencias. Estoy harto de tanta inmundicia.

—Señores —Turner se dirigió a Mummbar y a Marie—, está bien el ímpetu que tienen por esta causa, pero debemos ser objetivos y no involucrar a más gente inocente. Mañana mismo daré parte al grupo de los aliados inconformes para que nos apoyen. Y en cuanto a ustedes… —nos repasó a los tres con mirada penetrante—, sin ningún compromiso en lo absoluto, si están dispuestos a terminar con su reportaje, adelante. De lo contrario, entendería perfectamente que renunciaran a seguir con esto.

Guardamos silencio, sabiendo que no podíamos responder por los tres. Era indiscutible que a esas alturas, cada uno tenía sus propias razones para quedarse o marcharse. Peter estaba a punto de ser papá por primera vez y sería comprensible que no quisiera arriesgarse a no conocer a su hijo. Asimismo, Mike tenía dos hijos adolescentes, Ryan y Beatrice, y por otro lado a Sarah, que estaba muy delicada de salud. Pero yo, a diferencia de ellos, no tenía nada que perder.

—Los tres formamos un equipo —manifestó Peter—, pero… —hizo una pausa—, bajo las nuevas circunstancias en que nos encontramos no podemos obligar a nadie a quedarse y mucho menos podemos responsabilizarnos el uno por el otro. Todos corremos el mismo peligro y ya lo vivimos en carne propia, de modo que a partir de este momento, estamos en plena libertad de decidir lo que mejor nos convenga a cada uno. Puesto que este viaje, de por sí, comenzó con varias mentiras —renuente, miró a Mummbar de reojo—, el contrato se renueva y es enteramente personal.

—Yo por mi parte —interrumpí—, no tengo nada mejor que hacer que quedarme, ya que no solo se ha invertido dinero y tiempo, sino que hemos sido testigos de una serie de actos criminales que me gustaría ayudar a detener. Mientras que para Mike y para ti, entiendo que es completamente diferente; ustedes dos tienen una familia y responsabilidades mayores que las mías. Además, no creo que para los que murieron estos últimos días sea justo haber muerto sin propósito alguno. No lo digo por ustedes, sino por mí. Es un hecho de que llegaré hasta las últimas consecuencias y sobre todo, con la ventaja de que ya tenemos bastante material como para ahora arrumbarlo todo en un cajón.

—No se trata de guardar las cosas en un cajón, John —Mike repuso con severidad—. Con lo que tenemos hasta ahora, quizás sea suficiente para armar el documental. Yo, por mi parte, necesito pensar bien mi decisión, pues como bien dices, mi familia es mi prioridad y ustedes saben que Sarah está enferma.

—Lo entiendo perfectamente, hermano —concordó Peter—. Yo también estoy en una posición similar y para mí tampoco es una decisión fácil. Carmichael ya tomó la suya; faltamos tú y yo. Pero no tenemos mucho tiempo para pensarlo, así es que sin intención de que esto ejerza presión sobre ti, yo también me quedo, pues aparte de que fui yo quien los metió en este lío, pienso lo mismo que John. Creo que estamos en deuda con Galijha y Thabo, además de quién sabe cuántos mártires que han muerto en esta guerra. —Continuó Peter—: Con lo que ha sucedido, sabemos que no estaremos seguros en ningún lugar y…

—Vamos a reforzar la seguridad —declaró Turner—. Montaremos guardia las veinticuatro horas del día y, con la ayuda del grupo de aliados, podríamos acabar con ellos, aunque les recuerdo que no hay garantía de nada. Sin embargo, haremos todo lo que esté a nuestro alcance para evitar más desgracias.

—Está bien, está bien —gruñó Mike con desgano—. "El guerrero, aunque tenga miedo, nunca abandona la batalla".

—Mike, de verdad no tienes por qué decidirlo inmediatamente. Ese no es tu caso ni es tu batalla —expresé—. Estás en completa libertad para regresar con tu mujer. Haz lo que dicte tu corazón y no te sientas presionado por nuestra decisión. No puedes arriesgarte si en realidad no estás convencido de ello. Ten por seguro que aunque te marches, seguirás en el proyecto hasta el final.

—Lo sé, lo sé… —refunfuñó entre dientes, bajando la mirada—. Denme hasta mañana para pensarlo; no me quiero precipitar.

De pronto, Phillipe interrumpió, comentando que se iría a descansar y Turner nos invitó a pasar a la estancia donde había dos sofás sobre un piso de barro viejo y varias sillas de madera frente a una chimenea que permanecía apagada. Ya para entonces, los ánimos se habían aplacado. Mummbar nos ofreció un vino rosado de la región de donde provenía su mujer y que él bebía como un verdadero cosaco, brindando por el éxito que esperábamos tener durante los próximos días.

Una hora más tarde, entró Marie con el pequeño babuino hembra prendido de su cuerpo. Me paré de inmediato a recibirla y ella me extendió los brazos para entregarme a aquel pequeño bulto pardo y peludo, que entreabría los ojos, chupándose el pulgar. Con su peculiar acento expresó sonriente: —Aquí está tu niña, John. Libró la crisis y ahora necesita a su papá. Tendrás que dormir con ella para que no se sienta sola y para que en la noche la alimentes cuando despierte.

—No —decliné la oferta—. ¿Es una broma verdad? —inquirí, ante las miradas divertidas de los presentes.

—No, John, no es ninguna broma —aclaró—. Yo te ayudaré durante el día, pero durante la noche, ella es toda tuya —levantó las cejas, divertida, al verme vacilar respecto a hacerme cargo de aquel primate—. No tengas miedo, hombre; yo te diré qué hacer. Si está calentita y come a sus horas, dormirá como un bebé.

—¡Claro…! —interrumpió Peter entre risas burlonas—. Los bebés se despiertan llorando cada tres horas, a comer.

—Tú no te metas, hermano —replicó Mike, alzando las cejas—. En pocos meses, Claire, tu mujer, tendrá el tuyo para que también tú te "entretengas" por las noches. Yo ya viví eso y gracias al cielo, ya quedó en el pasado.

Marie me extendió los brazos, sosteniendo el macaco en al aire y me dijo: —Tómala, John. No es ninguna broma —aseguró, decidida. Y ante aquella orden y sin dudar en lo absoluto, la tomé entre mis brazos, acurrucándola sobre mi pecho. Me dirigí al sofá, abstraído por la bola de pelos que se aferraba fuertemente a mi cuerpo al tiempo que contemplaba su apacible rostro, que me robó una sonrisa.

—Nina… —acaricié suavemente su cabecita—, te llamarás Nina Carmichael.

—Como su padre —aclaró Peter, reprimiendo un gesto socarrón—. Es más… —nos observó a ambos por unos momentos—. Increíble, pero en verdad tienen un aire de familia —y todos soltaron la carcajada.

De repente irrumpió Bantú, abriendo la puerta de par en par, visiblemente alterado.

—Señor Turner—estaba tan agitado que casi no podía

hablar—, Gatto me acaba de decir que un informante de la mina le vino a comunicar que esta misma noche a las doce, para ser exactos, aterrizará una avioneta en la pista clandestina de Gajha. Al parecer viene gente del gobierno que se entrevistará con los altos mandos de la mina. Ya sabe… —ladeó su cabeza con una mueca irónica—, para hacer sus negocios.

—¿A qué te refieres con eso, Bantú? —preguntó Turner, levantándose de su asiento.

—Eso fue exactamente lo que me dijo Gatto, señor —precisó—. Al parecer vienen a hacer sus trueques.

—Muy interesante… —Turner asintió, simultáneamente rascando su barbilla y dirigiendo su mirada cavilosa hacia Mummbar.

—¿Qué piensas hacer? —me aventuré a preguntarle, ante el silencio que había puesto tenso el ambiente.

Después de girar sus ojos en todas direcciones y aparentado dilucidar alguna idea, expuso con gran seriedad: —Tú, Bantú, dile a Gatto que venga de inmediato y relévalo de su puesto por unos minutos. Cuando él regrese a la caseta, irás por el todoterreno y… —bajó la mirada para ver su reloj—, nos llevarás a Peter, a John, a mí y a Gatto, que al parecer sabe más de lo que pensábamos. Por supuesto conducirás porque nadie conoce mejor el territorio que tú. —Hizo una pausa, mirándonos a Peter y a mí, para luego proseguir—: Mummbar se quedará aquí en la reserva con Mike, pues al parecer no nos servirá de mucho en ese estado.

Bantú salió a toda velocidad de la sala y al poco rato llegó Gatto, un hombre masai que medía más de dos metros de estatura y que tenía una cara inquebrantable. Este volvió a detallar lo ocurrido. Turner lo interrogó por largo rato y a fin de cuentas, decidió que era el momento preciso para aprovechar y conseguir una prueba más de la corrupción del gobierno y la mina, concluyendo que viajaríamos de inmediato rumbo a Gajha, para llegar antes de la media noche y poder así filmar el momento de la transacción entre ambos grupos. Nos explicó su plan, aunque aclaró, más de una vez, que aquello sería extremadamente peligroso, pero que si seguíamos el plan que tenía en mente, al pie de la letra, todo estaría bajo control.

Al concluir con los detalles, todos nos levantamos de nuestros asientos, excepto Mike y Marie, a la que le prometí que a mi regreso pasaría por su habitación a recoger a Nina, comprometiéndome a cuidarla durante toda la noche. Cuando le entregué a Nina, esta se aferró a mi camisa, para evitar que la apartara de mi pecho. Sonreí, sintiendo por primera vez en mi vida que era indispensable para alguien, y en cierto modo experimenté una sensación de placer. Ya de vuelta en el regazo de Marie, me acerqué a mi querida doctora para darle un beso de despedida, a lo que ella respondió con una agradable mueca que me dejó entrever su aprobación. Acaricié suavemente la cabecita de Nina y por último me despedí de Mike, que miró al techo al percatarse de mi despedida tan cariñosa. Al salir del pabellón, Bantú estaba ya estacionado, esperando a que nos subiéramos al todoterreno. Y mientras íbamos subiendo, uno a uno, Turner nos fue repasando con los ojos ceñidos, reparando por último en Gatto, el guardaparque. Le ordenó que bajara de la camioneta, indicándole que mejor volviera a su puesto en la caseta de vigilancia para redoblar la seguridad. Antes de que partiéramos, argumentó en resumidas cuentas, que éramos demasiados y el riesgo se acrecentaría con más integrantes. Obedientemente y sin objetar en lo absoluto, Gatto descendió del auto y se dirigió hacia la entrada de la reserva, con paso veloz.

Durante el camino, Turner le pidió a Bantú que apagara la luz larga, dejando únicamente la luz corta encendida. Le indicó que tomara el atajo aledaño a la reserva para no ser descubiertos por nadie y nos adentramos a escasos cien metros, por un atajo que se iluminaba vagamente por el resplandor de los faros traseros, abriéndonos camino en la oscuridad de la noche. Al llegar a una bifurcación que señalaba por un lado Shinyanga y por el otro la mina de Gajha, tomamos la segunda opción y a poco menos de un kilómetro de distancia, nos volvimos a internar por la zona de los pantanos. De pronto caímos en un socavón profundo, donde la camioneta se atascó completamente.

Con expresión de molestia —y ante un comentario poco alentador de Turner— Bantú susurró alguna maldición entre dientes, poniendo la marcha atrás sin conseguir desatascar el vehículo. Entramos en un incesante ir y venir hasta que Bantú terminó por apagar el motor durante unos segundos, ya que este comenzaba a despedir un pestilente olor a hule quemado. Ante un silencio sepulcral, Bantú volvió a exhalar una bocanada de aire, nos pidió a todos que bajáramos del auto para buscar alguna piedra para rellenar el socavón y hacer palanca para desatascarlo. Bajamos en medio de la penumbra, dando vueltas en círculos por toda el área, hasta que Peter regresó con una roca que apenas podía sostener entre sus brazos. Se acercó al extremo derecho del auto, colocó adecuadamente la piedra, tratando de rellenar la mitad del espacio entre el fondo del socavón y la superficie de la vereda y animando a Bantú a volver a encender el motor. Mientras tanto, Turner, él y yo empujábamos la parte trasera del auto con todas nuestras fuerzas. Luego de varios intentos fallidos y un motor que rugía escandalosamente, terminamos por librar aquel obstáculo, que estaba a punto de impedirnos llegar a tiempo al encuentro en el aeropuerto, que quedaba ya a corta distancia de donde nos encontrábamos.

Sin hacer comentario alguno al respecto, y ante la expresión de fastidio de Bantú, proseguimos nuestro trayecto en medio de arbustos que azotaban las ventanillas al pasar. A unos escasos cincuenta metros antes de llegar a la parte oeste del aeropuerto clandestino de la mina, Bantú bajó la velocidad, apagó por completo las luces de la camioneta y recorrió en medio de la oscuridad el resto de la terracería, que comenzaba a iluminarse, poco a poco, por el resplandor de los reflectores que flanqueaban los costados de la pista de aterrizaje. Estacionamos la camioneta unos treinta metros antes de la explanada rústica del aeropuerto y nos agazapamos pecho en tierra tras unas dunas desde donde podíamos divisar todo el movimiento sin ser descubiertos. Faltaban veinte minutos para las doce de la noche.

Después de repasar los puntos a seguir para evitar algún error, Peter le dijo a Turner que traíamos con nosotros unos potentes lentes de alta resolución, con los cuales tomaríamos las fotos y, gracias a ellos, no habría necesidad de usar el flash de la cámara, para no llamar la atención. Inmersos en nuestros pensamientos, guardamos silencio, cada quien en su puesto.

Pronto escuchamos un chirrido metálico en la lejanía. Varios autos se arremolinaron a un costado de la pista de aterrizaje y tal como estaba previsto, advertimos que se aproximaba una lucecilla roja intermitente en el cielo, que dirigía su morro hacia la pista, ante las miradas atentas de una decena de espectadores que descendieron de los autos. Peter y yo ajustamos nuestras cámaras y procedimos a fotografiar y a filmar la llegada de la avioneta. Segundos más tarde, esta aterrizó al final de la pista y nos percatamos que por una de las compuertas de la nave descendían tres hombres; uno de ellos iba vestido con traje oscuro y sostenía una carpeta bajo el brazo. Los otros dos portaban sendos rifles sobre sus hombros, listos para entrar en acción. El individuo trajeado se adelantó apenas diez pasos hasta encontrarse, cara a cara, frente a un par de sujetos quienes se apartaron del grupo que aguardaba a cierta distancia. Uno de ellos vestía camisa blanca y otro, chamarra roja con una gruesa franja amarilla; este último sostenía un maletín de acero en la mano y permanecía de pie detrás del que abría la marcha. Los tres individuos se reunieron a la mitad del camino, ante las miradas atentas de todos los demás.

—Creo que el tipo de la camisa blanca es Dormonth… —murmuró Peter, observándolo a través de su cámara. Todos escuchamos; nadie respondió.

Los dirigentes de la mina parecieron dialogar por varios minutos. En tanto, el hombre de la camisa blanca, evidentemente molesto, manoteaba al aire, disgustado con el que había llegado en la avioneta. Por unos minutos cruzaron palabras. Luego el sujeto, que sostenía la carpeta, aparentó pedirle a los otros dos que mostraran el contenido del portafolio de acero. Enfoqué el teleobjetivo en la medida de lo posible y alcancé a ver con la escasa luz que los alumbraba, que el maletín estaba repleto de fajos de billetes. El hombre trajeado examinó minuciosamente el maletín antes de entregar la carpeta que traía bajo el brazo.

Inesperadamente, Peter pegó un grito apagado y seguido, un centelleo de luces blancas nos iluminó por completo a los cuatro. Pasmados, aguardamos por unos instantes, mirándonos unos a otros sin lograr reaccionar. En cuestión de segundos, un haz de luz proveniente de un reflector, que apuntaba hacia nosotros desde la torre del aeropuerto, nos sorprendió *in fraganti* a los cuatro. Al darnos cuenta de que nos habían descubierto, tomamos las cámaras y corrimos en dirección a la camioneta, escuchando un estallido a nuestras espaldas. Turner nos apuró, arremetiendo en contra de Peter, quien guardó silencio hasta trepar nuevamente al vehículo. Mientras que yo, que venía con paso veloz detrás de ellos, luché contra el dolor de mi pie, sintiendo que lo dejaría botado a medio camino. Apresurado, Bantú encendió el motor, moviendo la palanca de velocidades que crujió y, hundiendo el acelerador a fondo, huimos en medio del tiroteo.

Recuperamos el aliento que nos permitió por lo menos intentar pronunciar palabra. Turner giró, rezongando desde el asiento delantero, clavando sus ojos como una daga sobre Peter, quien tenía la quijada apretada y la mirada perdida.

—¡¿Qué pasó, Peter?! ¿Por qué hiciste eso, hombre? ¿Es que no te das cuenta de lo que acabas de provocar? Estos hombres se dieron cuenta de que éramos nosotros y luego de lo que sucedió, ¡no van a descansar hasta cazarnos! —dijo Turner, agitando la cabeza con franco disgusto y volviendo su mirada al frente.

Peter dejó caer su mandíbula y, exhalando una bocanada de aire, entre jadeos, explicó con un hilo de voz que le había picado una araña en la mano, la cual sujetaba contra su pecho. Antes de que terminara de hablar, comenzó a vomitar compulsivamente por la ventanilla hasta quedar postrado con la cabeza reclinada sobre la portezuela.

—¿Alcanzó a verla, señor? —preguntó Bantú, que conducía a toda velocidad por la intrincada maleza—. ¿Vio de qué color era la araña?

—Creo que rojiza; no sé muy bien porque estaba muy oscuro. Solamente sé que era muy grande —repuso con un hilo de voz, volviendo a desplomar su cabeza hacia atrás.

Al darse cuenta de la gravedad de Peter, Turner apresuró a Bantú, comentando que seguramente se trataba de una araña terafosa roja. Nos explicó a ambos que era una araña muy agresiva, típica de África, cuya mordida era extremadamente dolorosa por sus largos colmillos, pero su veneno, aunque bastante tóxico, no era mortal.

—Tan pronto lleguemos, le pediremos a Marie que le dé algo para contrarrestar los efectos del veneno, aunque me temo que el malestar durará por algunos días —gruñó Turner, aún preocupado por las consecuencias de lo ocurrido aquella noche.

Al llegar a la intersección por la que habíamos cruzado hacía menos de una hora, notamos un centelleo de luces que venían en nuestra dirección. Bantú, sumamente nervioso, tragó saliva e hizo algunos sonidos con la garganta y volvió a apagar los faros de la camioneta, para luego adentrarnos por otro camino que nos llevaría a la reserva.

—Vienen tras nosotros, señor. ¿Qué hacemos? —preguntó Bantú, chasqueando los labios, sin apartar la vista del camino.

—Maneja despacio para hacer el menor ruido posible —advirtió Turner—. Y cuando veamos las luces ya de cerca, te introduces en los arbustos y apagas el motor. Por fortuna todavía se encuentran demasiado lejos como para darnos alcance, aunque... —hizo una pausa para luego agregar—: Lo único que espero es que no nos hayan identificado.

Me volví para observar a Peter que se quejaba silenciosamente a mi lado. Después de aquel trayecto que nos pareció eterno —esquivando vados, piedras y uno que otro animal muerto en medio del camino— por fin regresamos a Gambala. Al vernos llegar, Gatto alumbró el interior del vehículo con una linterna, a la vez que Turner bajaba su ventanilla y le ordenaba redoblar las medidas de seguridad. Le pidió que atrancara la reja y le dijo que nos habían descubierto. Gatto se llevó ambas manos a la cabeza, en tanto que el otro guardia salió a toda velocidad a abrirnos la verja, cerrándola detrás de nosotros.

Al descender de la camioneta, ayudamos a Peter a caminar hasta nuestro dormitorio. Seguía con náuseas y respirando con gran dificultad. Lo ayudé a desvestirse para meterse en la cama y en medio del barullo, Mike se despertó, sobresaltado, preguntándonos qué había pasado. Al tiempo que le relataba la historia, Turner llamó a Marie por la radio para informarle lo ocurrido y en cuestión de segundos, ella llegó con su botiquín ambulante y me pidió que la relevara del cuidado de Nina, que se había quedado dormida sobre su cama. La miré y sin chistar, ella volvió a asegurar de que no debía preocuparme por Peter, que ella se encargaría de él.

Me paré junto a Peter, cuya expresión denotaba una gran frustración y culpa. Y con un leve murmullo, nos pidió disculpas a Turner y a mí. Le di unas palmaditas en el hombro y le pedí que no se preocupara por nada, que todo iba a salir bien. Respiró profundamente un par de veces, cerró los ojos y pretendió desconectarse de su profundo malestar.

Salí del cuarto y me dirigí hacia el de Marie, encontrando a Nina completamente dormida debajo de las cobijas. Estaba arropada con una frazada de franela a cuadros azules y rosados, que la tapaba hasta los hombros. Meneé la cabeza ante aquella simpática escena, me quité la chamarra y después de permanecer unos segundos al pie de la cama, cerré la puerta. En completo silencio, me acurruqué junto a ella y con la punta de mi dedo, acaricié su cabecita, contemplando sus facciones. Al sentir mi cercanía, entreabrió soñolienta sus diminutos ojos negros y estiró sus manitas lo más que pudo hasta lograr tocar mi pecho. Pasé mi brazo por encima de ella y coloqué mi mano sobre su espalda, acercándola poco a poco hasta pegarla a mí. Tomó mi dedo con su mano y se lo llevó a la boca, succionándolo con suavidad entre casi imperceptibles gruñidos, que la arrullaron hasta quedarse nuevamente dormida. Agotado después de aquel día tan intenso, cerré los ojos y me quedé completamente dormido a su lado.

Horas después de haberme perdido en mi sueño, escuché, aún con los ojos cerrados, que Nina comenzaba a emitir gruñidos a la vez que sentía una cálida palmada en la cara. Sin moverme, entreabrí un ojo, descubriéndola sentada junto a mi cabeza, entretenida jugando con la punta de mi nariz. Al levantar la cabeza me percaté que Marie estaba recostada del otro lado de la cama, completamente dormida. Me incliné hacia ella por encima de Nina y la moví levemente hasta que despertó, mirando de inmediato su despertador. Dio un bostezo, tomó el biberón de leche y un trapo blanco que estaba doblado sobre su mesa de noche y me los pasó sin más explicación. Los sujeté sin saber qué hacer, a la vez que la pequeña parecía haber reconocido el delicioso líquido blanco. Entonces comenzó a chillar y se abrazó a mi costado. Me reacomodé sobre la cabecera de madera, la acomodé sobre mis muslos flexionados y ensarté con torpeza el biberón dentro de su boca. Nina lo tomó entre sus manos, bebiendo desesperadamente y dejando salir unos hilillos de leche de su boca, que pronto empaparon el escaso pelaje de su pecho.

Marie, que entre tanto fingía dormir, se había percatado por completo de cada uno de mis movimientos. Estiró entonces su mano hacia mí, señalando el trapo que aún permanecía doblado sobre la cama.

—Pónselo debajo de la barbilla, John. La estás mojando.

—No nací para esto, querida —aseguré nervioso sin perder de vista a Nina—. Me has dado un trabajo difícil.

Ella sonrió y volvió a extender su brazo para acariciar la cabecita de Nina.

—No tengas miedo, John; es solo un bebé —susurró melodiosamente, logrando que apartara por unos instantes la vista de Nina, para mirar sus ojos azul celeste, que por primera vez proyectaban una maravillosa feminidad que me aceleró el pulso. Volví la mirada hacia los ojos atentos de Nina y luché por serenar ese cúmulo de sensaciones que se habían agolpado dentro de mí. Y ella, al percatarse de mi absurda reacción, bajó la vista con timidez, atrapando el resplandor del farol que se filtraba por la cortina que colgaba sobre la ventana.

—Ten mucho cuidado, John —precisó, bajando la voz.

—¿De qué hablas, Marie? —volví mi mirada hacia ella, que seguía hipnotizada por las luces del exterior.

147

—A esos hombres no se les ablanda el corazón con nada —suspiró, mortificada—. Tengo miedo de que les lleguen a hacer daño, John. Son verdaderas bestias. Deberían marcharse de aquí cuanto antes —sugirió, mirándome fijamente a los ojos.

—Comprendo tu preocupación, Marie, pero —estiré mi mano para acariciar su cabello que cubría la almohada como un manto dorado—, estamos a bordo de este barco y a estas alturas no podemos abandonarlo. Esto ha llegado demasiado lejos y alguien tiene que detener tantos crímenes —expresé con indignación—. Si ya llegamos hasta este punto, donde ha muerto tanta gente por esta causa y hasta han dado su vida por nosotros, seríamos muy cobardes si huyéramos, ¿no lo crees? Además, te confieso que... —fijé mi mirada en la profundidad de sus ojos—, es la primera vez en la vida que algo me ha motivado y dado una razón de ser. Y créeme que estoy decidido a llegar hasta las últimas consecuencias.

—Pero, John —rebatió, apretando los labios—, ¿y qué pasará si mueren en el intento? ¿Qué van a lograr con ello? ¿Ser mártires o qué? ¿De verdad vale la pena exponerse? —insistió.

—Ya estamos aquí —precisé, bajando aún más la voz—. Ya tenemos bastante material para exponer el problema a nivel mundial. Estoy seguro de que todo lo que hagamos, poco o mucho, será de gran ayuda para la conservación de la riqueza natural de Tanzania —volví mi mirada hacia Nina que me miraba atenta mientras succionaba su biberón de leche con gran entusiasmo. Aparté mi mano del cabello de Marie y acaricié el contorno de la cara de la pequeña Nina, que se estremeció y cerró los ojos por unos instantes, volviendo a dejar rodar unos hilillos de leche de su boca, que ahora caían sobre el empapado paño blanco que cubría su cuello—. Ahora entiendo por qué te enamoraste de África.

Marie guardó silencio y reflexionó por unos momentos. Después rompí el silencio, aventurándome a preguntarle sobre su vida. Y ella, sin más rodeos, respondió con la mirada perdida en la nostalgia de sus recuerdos—: Nací en la provincia francesa, en un pequeño poblado llamado Le Vaucluse, donde viví con mis padres y mis tres hermanos mayores. Nuestra casa estaba dentro de un precioso campo de lavanda, un negocio familiar por generaciones, al igual que las trufas, mmm... —las saboreó por unos instantes y cerró sus ojos—. Viví toda mi infancia recorriendo esos valles de color lila, que olían... —volvió a suspirar—, a casa...

—Y, ¿por qué dejaste Francia para venirte a vivir a un lugar como África? —pregunté intrigado.

—Porque siempre amé a los animales y por eso me fui a París a estudiar para veterinaria, zoóloga y terminé especializándome en primates. Después de concluir la carrera se me presentó la oportunidad de venir a Tanzania por unos meses, junto con un grupo de especialistas, para sacar adelante la Reserva de Papio, que estaba en una de sus peores crisis de la historia.

—¿Y Phillipe? Supongo que es uno del grupo, ¿no es así? —sondeé el terreno que andaba pisando el engorroso belga.

—Así es —manifestó, sin percatarse de mi antipatía hacia él—. ¿Por qué?

—No, nada más... —comenté con disimulo—. Te lo pregunto porque he notado que al hombre no le cae nada bien que me acerque a ti.

Sonrió, moviendo la cabeza: —¡No, cómo piensas eso, John! —aclaró—. Phillipe es solamente un buen compañero. Él está casado y tiene su familia en Bélgica, aunque de todas maneras, sabe perfectamente que conmigo solo tiene cabida en relaciones laborales —añadió, completamente decidida—. Y volviendo a Papio... —recapituló—, en aquel entonces predominaban más los chimpancés, los cuales habían contraído una epidemia de viruela símica. Pero la situación se fue de control al complicarse con un virus que a varios les afectó el corazón, matando a un tercio de la población. De ahí terminé por dirigir la administración de la reserva hasta que, ya encarrilada de nuevo, me mandaron a llamar de Gambala para apoyarlos en la causa que ahora tú conoces.

—¿Y no piensas regresar algún día a tu país, después de haber saldado los problemas de Papio y de Gambala? Porque por lo visto, ya estás completamente instalada en este continente, ¿no es así? —pregunté. Marie volvió a sonreír con nostalgia.

—Durante todo este tiempo he regresado a casa para pasar algunas vacaciones muy cortas y visitar a mi familia, pero… —apretó los labios y volvió a extender su brazo para tomar tiernamente la mano de Nina entre las puntas de sus dedos—, definitivamente este es mi hogar y me llena más de vida de lo que cualquiera pudiera imaginar. Sé que parece extraño, pero cada quien tiene una vocación y sin duda alguna, yo he encontrado la mía aquí.

La miré por unos instantes con mucho detenimiento, atrapé su mano y la llevé hasta mis labios, logrando que esquivara una vez más su mirada con timidez. Se hizo un largo silencio que terminó por convertirse en un martirio. Ambos nos internamos en nuestros pensamientos hasta que Nina rompió aquel suplicio. Al terminar de tomar su biberón de leche, quedó postrada sobre mis piernas. Tras varios minutos de permanecer en la misma posición, Marie se acercó a mí, la tomó entre sus manos y la deslizó sobre la cama para cambiarle el pañal y luego depositarla dentro de una canastilla de madera que se encontraba junto a ella. La arropó con su frazada de franela y quedó dormida bajo nuestras miradas.

Al concluir con aquel ritual, Marie volvió a recostarse sobre la cama, por lo que mi primera reacción fue despedirme de ella para regresar al dormitorio, pero algo dentro de mí me impidió irme de su lado. No quería moverme de donde estaba, ya que su cercanía me producía un placer que no quería perderme por nada en el mundo. Titubeé por unos instantes como un adolescente y, armándome de valor, sin querer desaprovechar aquella oportunidad, me recliné sobre ella y le hablé en voz baja, mientras ella permaneció inmóvil. Pude percibir que sentía esa misma atracción, pues al encontrarnos cuerpo a cuerpo, pasé mi brazo por debajo de sus hombros y en completa simultaneidad, Marie se recostó sobre mi pecho. Hipnotizado y sin poder apartar mis ojos de su piel desnuda, que se iluminaba con la escasa luz del farol, exacerbó por completo cada uno de mis sentidos mientras mi corazón latía aceleradamente. Recorrí mi mano por su brazo hasta atrapar su hombro y luego su cuello, cubierto con su cabellera dorada que enmarcaba sus bellas facciones. La fui acercando más y más a mí, exaltado con sensaciones que luchaban por explotar dentro de mi pecho. Uno a uno, fui engarzando mis dedos en su nuca, atrayendo el contorno de su mandíbula a mis labios. Al recorrerla hasta llegar a las profundidades de su cuello, bajé por su mejilla hasta atrapar su boca, robándole el beso que había deseado hacer mío desde el primer día que la conocí. Marie desabotonó lentamente mi camisa, acarició mi pecho y nos entrelazamos seductoramente. Las horas transcurrieron sin que ninguno quisiera abandonar el viaje que habíamos decidido emprender juntos. Marie había logrado abrir mi corazón y hacer que me olvidara de todos aquellos fantasmas que por años me mantuvieron alejado de todo lo que implicara un compromiso.

Entrada la madrugada, Nina se despertó, sobresaltada, y comenzó a chillar, agazapándose temblorosa en un rincón de su cajón de madera. Me levanté de un salto, Marie encendió la lámpara de su mesa de noche, que alumbraba menos que una vela, y reclinándose frente a la cuna, nos dimos cuenta de que Nina seguía gritando descontrolada, agitando desesperada sus pequeñas manos en el aire.

—¿La habrá picado algo? —levanté de inmediato la frazada de su cama, mientras Marie la sujetaba sobre su pecho.

—No lo sé, John —recorrió con su mano el cuerpo de Nina, en tanto yo alzaba el colchón de la caja para cerciorarme de que no hubiera ningún insecto dentro de esta.

Nina seguía aterrada, se retorcía entre los brazos de Marie, estiraba desesperada sus manitas hacia mí. La tomé de los brazos y entre quejidos que no lográbamos apaciguar, se afianzó con angustia a mi cuello. Marie y yo nos miramos, desconcertados, ante aquella extraña reacción y, buscando calmarla, le di su biberón de leche, pero esto no le dio ningún consuelo, ya que seguía exaltada y sin control.

Capítulo 17

Luego de la ajetreada velada, al fin comenzó a amanecer. Me levanté de la cama sin hacer ruido y me asomé por la ventana para contemplar, por unos minutos, los primeros rayos de luz que habían comenzado a teñir el cielo de rosado y violeta, salpicándolo de esponjosas nubecillas esparcidas por kilómetros a la redonda. Absorto ante semejante paisaje, alcancé a ver un par de impalas que merodeaban sigilosamente por los alrededores, percatándome que ya había movimiento de trabajadores que recorrían las jaulas de los babuinos adultos.

El bochornoso calor de aquella mañana nos obligó a abandonar la habitación. Nina había logrado serenarse después de permanecer inquieta por varias horas. Ahora se encontraba aún recostada junto a Marie y me miraba atenta, sin apartar de mí sus redondos ojitos negros, como temerosa de que si los cerraba en algún momento, me fuera a desaparecer de su vista. Temía que aquellos lazos que se habían forjado entre la pequeña Nina y yo fueran difíciles de sobrellevar a mi partida. Deseaba que Nina no llegara a sufrir otra pérdida más, luego de haber quedado huérfana, por lo que le confesé a Marie mi preocupación: —No puedo hacerle esto, Marie —tomé la mano de Nina, mirándola con una incomprensible ternura—. Cuanto más tiempo pase con ella va a ser peor y sabes bien que pronto regresaré a Londres. Creo que no sería justo.

Marie desvió la mirada, internándose por unos instantes en sus pensamientos. Dio un largo suspiro y trató de sonreír sin lograr conseguirlo.

—Yo también te voy a echar de menos, Johnny —confesó abiertamente—. Pero sé que así es la vida… —por primera vez, Marie me llamaba como mi querida Manny, robándome una enorme sonrisa. Apretó sus labios y murmuró con un dejo de tristeza—: Pertenecemos a mundos tan diferentes, John.

—Voy a regresar por ti, querida, no lo dudes —prometí, dándole un beso en la frente—. Por primera vez en la vida he descubierto algo mucho más grande y profundo dentro de mí, ese algo que por fin me permito sentir y que estoy dispuesto a compartir. Te aseguro que no dejaría pasar por nada en el mundo esta oportunidad.

—Si es que algún día vuelves a Tanzania, John, será para quedarte aquí, porque de lo contrario… —ladeó la cabeza y apretó los labios—, nunca abandonaré África y como te dije anoche, esta es y será mi casa por siempre. Aquí quiero vivir y morir —finalizó con mirada melancólica—. Espero que de verdad algún día vengas a visitarme —acarició mi mejilla con su mano—. Te estaré esperando, John.

Era evidente que a partir de esa noche, aquella bella mujer me había robado el corazón y sabía que me sería difícil apartarla de mi mente y de mi vida.

Antes de que dieran las ocho de la mañana, nos vestimos, tomé a Nina entre mis brazos y salimos de aquel sitio, que era testigo de aquello que había estado evadiendo durante tanto tiempo. Cuando emprendimos camino hacia el pabellón principal, alcanzamos a ver mucho movimiento de gente frente a una de las jaulas exteriores. Nos miramos con desconcierto al mismo tiempo que escuchamos que algunas mujeres lloraban, tapando sus rostros, horrorizadas.

—¿Qué pasó? —preguntó Marie, corriendo hacia ellos, dejándome atrás con Nina en los brazos.

—Gatto está muerto —señaló Bantú con semblante pálido y desencajado, llevándose la mano a la cabeza.

—¡No puede ser! —exclamó Marie, consternada—. Pero, ¿qué le sucedió? —insistía para que alguien le explicara lo ocurrido.

—No lo sabemos, doctora. Parece ser que ocurrió en la madrugada. Tiene un golpe en la cabeza —respondió otro hombre desde el interior de la jaula, el cual examinaba detenidamente el cuerpo sin vida.

Cinco años haciendo lo mismo a diario y ahora Gatto se encontraba allí tirado, bajo las miradas asustadas de los babuinos que permanecían silenciosos, arrinconados en una esquina de la jaula. Por lo que pude escuchar, era la primera vez en la historia de la reserva que se suscitaba una muerte de alguno de los trabajadores. Me acerqué a Turner que estaba rodeado por Peter, Mike y Mummbar, que por lo visto, estaban tan impresionados como el resto de los presentes. Por las palabras de Turner supuse que no había sido meramente un accidente como algunos mencionaban, deduciendo que los animales no atacaban a las personas que les daban de comer. Para la comunidad de Gambala, el hecho resultaba ser sumamente extraño.

Un fuerte malestar me embargó al suponer que la muerte de Gatto habría tenido que ver con lo ocurrido la noche anterior en el aeropuerto de Gajha. Y por las expresiones en los rostros de Mummbar y Turner, no me quedó la menor duda de que no solo yo sospechaba que el asesino tenía que ver con la UMAG.

Marie entró en la jaula y examinó cuidadosamente el cuerpo de Gatto, para informar después de algunos minutos, que también tenía una lesión en el estómago.

Parecía que lo habían apuñalado, rematándolo después con un golpe en la cabeza.

Aquella mañana, la reserva se había paralizado por completo. Nadie quería volver a su trabajo. Estaban asustados y no dejaron de hablar entre dientes; desconfiaban unos de otros, sospechaban que había un asesino entre ellos. Turner trató de apaciguar los ánimos, pidiéndoles que mantuvieran la calma, anunciándoles que a pesar de las circunstancias, tendría que dar parte a las autoridades para que resolvieran el caso. Por lo visto, todo se complicaría más de la cuenta y no teníamos la menor idea de cómo terminaría de resolverse el caso. Alcancé a percibir algunas de las miradas de los lugareños que nos traspasaban a Peter, a Mike y a mí, como si nosotros hubiéramos tenido algo que ver en el asesinato de Gatto. Presentí que las cosas no iban del todo bien durante nuestra estancia en Gambala. Fue evidente que para varios de ellos, nosotros éramos los principales sospechosos, ya que realmente nadie sabía con certeza cuál era el motivo de nuestra visita.

Al cabo de algunas horas y en medio de un completo caos, le pregunté a Peter cómo se sentía después de la picadura de la araña. Él solamente apretó la boca y contestó que un poco mareado y que el dolor de la mordida seguía ardiendo como un demonio. Al tiempo que Peter me daba la reseña de sus síntomas, intempestivamente llegó un operativo de oficiales a comenzar una investigación y a armar toda una retahíla de preguntas, haciendo largos interrogatorios a los residentes de la reserva, de los que tampoco nosotros pudimos librarnos. Ante tantas preguntas, solamente respondimos que éramos ingleses y que veníamos en un safari fotográfico, invitados por Mummbar y Turner, los cuales ratificaron nuestras declaraciones para que nos dejaran en paz. Fueron horas y horas de entrar y salir de los pabellones, tomando infinidad de notas y buscando pruebas para atrapar al asesino, que se sospechaba estaba escondido entre todos los que vivíamos en Gambala.

Mientras se llevaba a cabo la investigación, algunas de las asistentes de Marie se encargaron de alimentar a los animales, ya que muchos de los trabajadores hicieron huelga ese día. Las mujeres parecían hormigas, cargando cazos llenos de frutas, en tanto otras, iban y venían con cacerolas repletas de botellas de leche para los más chicos. Entre tanto, Peter y yo sacamos las cámaras y decidimos empezar a filmar y a tomar fotos de aquel desorden. No queríamos desaprovechar la oportunidad, pues si lo sucedido era culpa de la UMAG, no podíamos dejar pasar la más mínima oportunidad para denunciarlos.

Me alegró ver que Mike ya se encontraba más repuesto y eso ayudó a que no se levantara ninguna sospecha sobre lo que le había sucedido hacía unos días. Habría sido extremadamente complicado explicar la historia del balazo en su hombro sin entrar en un peligroso cuestionamiento. "¿Qué hubiéramos dicho?", pensé. No podíamos inventar que había sido una bala perdida y mucho menos confesar que lo habían tratado de matar en Gajha. Todo se hubiera venido abajo, puesto que no sabíamos quiénes dentro de la misma policía eran cómplices de nuestros enemigos. Cuando Peter se adelantó unos pasos con Mike, me quedé rezagado, tratando de rebobinar una cinta de la cámara.

Entonces Phillipe aprovechó para abordarme, diciendo con voz áspera: —Desde que llegaron ustedes, los problemas no han parado ni un minuto. No sé cómo Turner y Mummbar fueron tan inconscientes como para traerlos aquí. Únicamente han venido a complicarlo todo —agitó la cabeza con disgusto—. Además —arrugó la boca—, te advierto que tengas mucho cuidado con Marie. Ella es mujer de un solo hombre.

—¿Qué quieres decir con eso? —levanté la vista de

inmediato de mi cámara—. ¿Qué tienes que ver tú con ella? —clavé mis ojos como dagas en los suyos.

Phillipe levantó una ceja, se encogió de hombros y sin decir media palabra, me dejó plantado como a un verdadero idiota, aguantándome las ganas de partirle la cara.

Inmediatamente después de haber cateado a todos y revisar hasta el último rincón del albergue se escuchó un grito de alerta que provenía de nuestro dormitorio. En seguida apareció por la puerta del corredor uno de los policías, sujetando con un pañuelo, una navaja que tenía todavía rastros de sangre.

—¡Oh Dios! —exclamamos al unísono, azorados ante aquel descubrimiento.

—¿Quién duerme en esta sección? —preguntó el hombre negro, con mirada intimidante y voz cavernosa, mostrando la navaja.

Nos miramos unos a otros en silencio, sin creer lo que escuchábamos de aquel hombre de facciones duras. Por lo visto, la intención de aquel sujeto era llevarse entre las patas a alguno de nosotros. Era más que obvio que habían plantado el arma para culparnos y deshacerse del peligro que representábamos. Sin contestar aún, nos ordenó a los tres, incluso a Turner y a Mummbar, que procediéramos a reconocer a quién pertenecía la cama del responsable que había escondido la navaja bajo el colchón. Entre tanto, Phillipe, quien permanecía parado a unos pasos de nosotros, meneó la cabeza con una mueca incisiva, con la cual denotaba que tenía la razón sobre lo que me había dicho hacía unos minutos. Al mismo tiempo —y haciendo caso omiso a su actitud arrogante— tuve el presentimiento de que nos culparían a alguno de los tres.

Al abrir la puerta, el hombre se paró en medio de la

habitación, titubeó por unos momentos y luego apuntó meramente al azar, hacia una de las camas que estaban aún sin tender —menos la mía, que había permanecido intacta desde el día anterior. Tragué saliva, sosteniendo todavía entre mis brazos a Nina, que ni chistó ni mustó, como si percibiera que tenía que permanecer quieta ante el peligro inminente. El comandante, entre tanto, se dirigió hacia la cama de Peter, ante las miradas de todos los allí reunidos. La expresión de asombro de Peter era evidente. Pasmado, dejó caer la mandíbula y exhaló una bocanada de aire por la boca, bufeando con franca indignación, desmintiéndolo de inmediato.

—No es posible, comandante... Todos son testigos que estuvimos con Gatto anoche y que luego él se marchó mucho antes que nosotros. Ni siquiera sabía dónde se encontraba. Además de todo, ¿cuál podría ser mi motivo para asesinarlo? Estamos aquí de paso. Somos turistas —alegó, reprimiendo su rabia. Y cuando se dio cuenta de que los oficiales no se retractaban en incriminarlo, exclamó—: ¡Me han tendido una trampa!

—¿Qué quiere decir con eso, señor? —el oficial arremetió, proyectando unos ojos amenazadores en contra de Peter—. ¿Está insinuando que soy un mentiroso? ¿No sabe con quién se está metiendo, verdad? Está hablando con la autoridad y le advierto que tenga mucho cuidado con sus palabras. Y por su actitud, puedo confirmar mi sospecha de que usted quiere zafarse del crimen que cometió.

—¡Pero, no es justo; tiene que haber un error...! —profirió Peter, al momento que el comandante le ordenaba a su subalterno que lo esposara y lo llevara al automóvil en el que habían llegado.

En ese preciso instante, Turner salió en defensa de Peter, explicándole al policía que mostraba actitud prepotente, que Peter era inocente del cargo que se le imputaba, ya que únicamente estábamos de paso por la reserva. También añadió que Gatto se había despedido la noche anterior de todos sin avisar adónde se dirigía, añadiendo que tanto Peter como Mike, habían permanecido recluidos en sus habitaciones poco después de que Gatto se había marchado. El imperturbable hombre respondió que a él no le importaba lo que dijéramos, que él solo se atenía a los hechos. Tuve la corazonada de que por más que nos esforzáramos, no encontraríamos la manera de disuadirlo.

Sin embargo, Mike se interpuso en su camino, levantando la mano para detenerlo a mitad del corredor: —¡No pueden llevárselo así nada más; esto es una arbitrariedad! —exclamó, desesperado ante aquella injusticia—. Debe haber alguna otra forma de arreglar este error que se está cometiendo, oficial.

—Lo siento, pero la ley es la ley —reprimió bruscamente sin ningún miramiento—. Lo llevaremos de aquí a la jefatura de policía de Shinyanga y supongo que por ser extranjero, en los próximos días lo remitirán al ministerio de Dodoma o de Dar es Salaam. Todavía no lo sé con certeza —dijo, rehuyendo su mirada de Mike. Era evidente que el oficial era parte de toda esa treta para culpar a Peter, ya que salió a paso veloz, seguido de nosotros, que continuamos acosándolo con preguntas, hasta que se subió a una patrulla, en donde Peter aguardaba, mirándonos implorante desde la parte trasera del auto.

—¡No te preocupes, amigo, iremos por ti! —exclamé, al momento que arrancaban a toda velocidad, ante las miradas impotentes de todos.

Marie se acercó a mí en silencio y extendió sus brazos hacia Nina, comentándome dentro de mi preocupación y mi completa abstracción, ante la tragedia por la que estaba atravesando Peter, que la policía se había llevado ya el cuerpo de Gatto. A su vez notificó a Mummbar y a Turner, quienes aseguraron que de inmediato avisarían a sus familiares para que dispusieran de sus restos, más tarde en la morgue.

Agitando la mano, Turner llamó a Bantú que nos miraba a lo lejos, desde el interior del retén de la reserva.

—¿Qué pasó, señor? —llegó corriendo.

Alcancé a escuchar a Turner pedirle que mandara al otro guardia hasta Shinyanga para cerciorarse de que Peter se encontrara en la jefatura de policía, tal como lo había asegurado el oficial que lo había arrestado.

Durante aquel día, lleno de agonía e incertidumbre, permanecimos reunidos Mummbar, Turner, Mike y yo, en la estancia del pabellón principal del albergue, discutiendo cuál sería el siguiente paso para evitar a toda costa levantar cualquier sospecha y poder rescatar a Peter sano y salvo. Todo indicaba que las cosas no serían tan fáciles como suponíamos, por lo que Mummbar expresó, afligido, que la vida de Peter corría un gran peligro.

Habían transcurrido horas y horas de espera, cuando al cabo de las cuatro de la tarde, llegó un aldeano, extremadamente alto y delgado, que llevaba un pendiente dorado en la oreja izquierda. Y con la respiración entrecortada, apenas pudo explicar en un inglés muy precario, que Peter nunca había llegado a su destino en Shinyanga, donde aquellos hombres habían dicho que lo llevarían.

Capítulo 18

Turner se levantó de inmediato y dio varias vueltas por la estancia, como si fuera un león enjaulado. Se llevó el puño apretado a la boca, para luego expresar, mortificado, que era un hecho que Peter se encontraba en peligro, ya que si no lo habían llevado a Shinyanga, como afirmaba el guardia de la reserva, lo habían trasladado directamente a la jefatura de Dodoma, o en su defecto, a Dar es Salaam, donde la UMAG tenía algunas relaciones clandestinas y corruptas con la policía de aquella localidad.

Me sentí con la obligación de rescatar a Peter lo antes posible; sabía que si no tomaba esa determinación, el tiempo estaría en contra nuestra. Sin pensarlo dos veces, le pedí a Turner que alguien me llevara de inmediato a la capital a buscarlo, ya que supuestamente allí era donde podía estar detenido. Mike también se apuntó en la expedición, a lo que me negué rotundamente, alegando que él no estaba todavía en condición de viajar. Les aseguré a todos que los tendría al tanto de mis investigaciones y que si se suscitaba algún imprevisto, les avisaría de inmediato para pedir refuerzos. Por la reacción de Mike me pude dar cuenta de que se sintió excluido e insistió, una y otra vez y con gran convicción, en que también era su responsabilidad buscar y liberar a Peter de las manos de aquellos criminales. Por eso volví a explicarle que no valía la pena que nos arriesgáramos los dos —aparte de que no me perdonaría si algo malo le sucedía.

—Quédate tranquilo, Mike —traté de calmarlo en un tono relajado—. Apenas estás saliendo de una, de la que todavía no te has librado muy bien que digamos y ya quieres meterte en otra. Además de que no estoy dispuesto a ser el mensajero de ninguna mala noticia para Sarah, quien no sé cómo aguanta tu terquedad —bromeé.

Mike movió la cabeza con un gesto de resignación y sin objetar en lo absoluto, terminó por sonreír, diciendo:
—Ay, hermano... —suspiró—, definitivamente contigo no se puede discutir.

Encogí los hombros y alargué una apretada mueca. Por otro lado, sin haber siquiera escuchado nuestra conversación, Turner parecía maquinar en silencio. Luego de darle vueltas al asunto, aceptó mi petición, indicando que al día siguiente saldríamos en la avioneta en la que habíamos llegado y que aparte del piloto, me acompañaría Roger, su único hijo, que en la actualidad se encontraba viviendo en Mwanza, a un par de horas de camino. Explicó que él era el indicado para apoyarme en aquella situación, ya que aparte de ser abogado —aunque temporalmente se dedicaba a la exportación de pimienta y jengibre a Europa— era el único que tenía experiencia en lidiar con esa gente. Sin entrar en discusiones se dirigió a un transmisor muy antiguo que permanecía sobre un escritorio y, luego de varios intentos de buscar alguna señal, contestó una voz ronca que reconoció de inmediato la de Turner.

—¿Qué pasó, papá? —preguntó Roger parcamente—. Estoy un poco ocupado en estos momentos...

—Lo siento, hijo —se disculpó—, pero sabes que si te hablo es por algo sumamente importante. De otra manera, ten por seguro que no estaría molestándote —hizo una pequeña pausa, para luego aventurarse a plantear su petición—. Te ruego que vengas de inmediato a Gambala, hijo. Me urge que estés aquí cuanto antes.

Mike y yo nos miramos con desconcierto, ante la poca, casi nula, relación que parecía existir entre padre e hijo, ya que Turner aparentaba estar a la expectativa de su reacción. Era evidente por el tono de la voz de Roger que su padre no era "santo de su devoción". Después de largos minutos de explicación sobre lo ocurrido aquella mañana, ambos hombres intercambiaron palabras y después del último reclamo que Roger le hizo a su padre, Turner le suplicó que hicieran una tregua y dejaran sus problemas personales a un lado, al menos por el momento. Le explicó concretamente el motivo de nuestra visita en aquel continente, aparte de informarle que él, junto con Mummbar, nos habían pedido establecernos unos días en Gambala para poder llevar la problemática de Gajha a la luz mundial, haciendo énfasis en que se trataba de una situación de vida o muerte.

Roger, irritado ante la súplica de su padre, guardó un largo silencio, para posteriormente concluir aquella conversación, expresando tajantemente: —Habíamos acordado desde hace varios años, papá, y te lo repito por si no lo recuerdas, que esta relación permanecería distante por el bien de ambos.

—Lo sé, lo sé, pero… —Turner insistió una vez más, sin darse por vencido—, te lo pido como algo extraordinario, Roger. Esto no tiene nada que ver conmigo directamente. Se trata de la vida de un inglés inocente que ha venido a salvar el norte de Tanzania y a ponerle fin a una cadena de abusos por parte del gobierno y de los mineros rebeldes de Gajha. Te juro que esta será la última vez que te pida algo en la vida, hijo.

Un silencio sepulcral invadió el ambiente y tras mucho esperar una respuesta del otro lado de la línea, la voz de Roger retumbó por la vieja bocina del transmisor:

—Está bien —manifestó con desagrado—. Arribaré allá esta misma noche —y apagó la radio sin despedirse.

Meditabundo y con mirada distante, Turner apagó el transmisor y dejó escapar un suspiro de alivio. Roger había accedido, aunque a regañadientes, a acompañarme el día siguiente a Dodoma o hasta Dar es Salaam, a salvar a Peter de manos de sus captores.

—Siento mucho que hayan presenciado la situación que existe entre mi hijo y yo, pero es una larga historia de la que no quisiera hablar ahora —bajó la mirada, recordando algo que evidentemente lo afectaba sobremanera.

—No te preocupes por nosotros —manifesté sin ningún asombro—; cada familia tiene sus propios conflictos.

Fingió una sonrisa que de inmediato se esfumó de su rostro. Nos aseguró que haría todos los arreglos para que el piloto nos llevara a Dodoma a primera hora de la mañana. Tomó nuevamente el transmisor, ajustó el canal y después de varios intentos en busca de alguna señal, se escuchó una voz lejana, entre ruidos intermitentes y una molesta interferencia: —Jamal, confirmando conexión… —y Turner procedió a explicarle la situación de inmediato, pidiéndole que hiciera los arreglos pertinentes para salir al alba. Sorpresivamente el piloto lo interrumpió y argumentó que por el momento estaban reparando el tren de aterrizaje de la avioneta. Turner, por su parte visiblemente exasperado, tomó aire, entrecerró los ojos y le ordenó que encontrara la manera de llevarnos a Dodoma al amanecer. El piloto guardó silencio mientras aparentaba pensar en la manera de hacer aquel viaje que Turner le exigía sin darle margen a una negativa. Estuvimos varios minutos a la expectativa, antes de escucharlo decir nuevamente que la única opción era llevarnos en una avioneta Cessna 177, pero advirtió que se utilizaba únicamente en vuelos locales, de corta distancia, por lo que no estaba seguro de que estuviera en las mejores condiciones para llegar hasta ninguna de las dos ciudades.

Turner se fue desesperando e, impaciente, subió el tono y el volumen de su voz, exigiéndole por última vez que verificara de inmediato con el técnico para que hiciera los arreglos necesarios para que esa avioneta estuviera lista temprano. Sin tener otra opción, el piloto accedió y le confirmó que todo estaría preparado antes de las nueve de la mañana. Turner colgó el auricular hoscamente y, dándonos la espalda por unos minutos frente al transmisor, apoyó ambos brazos sobre el escritorio y entrelazó sus manos. Luego recargó la barbilla sobre sus puños apretados, cerró los ojos y guardó un incómodo silencio.

—Todo se ha complicado más de la cuenta —manifestó apesadumbrado—. Solo espero que Roger y tú, John, lleguen a tiempo para rescatar a Peter. Me preocupa mucho que esté en manos de esta gente y cada minuto que pasa… —volvió a hacer una pausa—. No se sabe qué puedan llegar a hacer para cubrirse las espaldas.

Por las palabras y el tono de su voz, pude confirmar una vez más que Peter corría peligro. Y lo peor de todo era que por el momento estábamos atados de pies y manos. Mike y yo nos miramos con impotencia y esa frustración recorrió mis venas como una llamarada de ansiedad.

Varias horas más tarde, después de compartir una cena que pareció un velorio —entre rostros apagados y uno que otro bocado que apenas pude probar— se asomó por la puerta un tipo alto, corpulento, de tez rosácea, cabello rubio y ondulado, que caminó con total seriedad hacia nosotros con un portafolio en la mano. Turner se levantó de inmediato de la mesa y fue a encontrarse con él a medio camino, donde ambos hablaron en voz baja. Después de un largo rato de verlos deliberar, claramente disgustados, regresaron hacia nosotros y antes de que llegaran a la mesa, Turner nos presentó a su hijo, tratando de aparentar total cordialidad entre ellos. Roger, casi inexpresivo, se presentó amablemente con Marie, con Mike y conmigo, dándome la impresión de que en el fondo era un buen tipo, a pesar de la mala relación que tenía con su padre. Fue más que obvio que padre e hijo tenían serios problemas personales. Sin embargo, cada uno por su cuenta hizo su mejor esfuerzo para guardar las apariencias.

Evitando a toda costa juzgar aquella relación, me dirigí hacia Roger, mientras él acercaba una silla para sentarse a la mesa. Le expusimos con detalle el motivo real por el cual nos encontrábamos en Tanzania y la situación que se había generado a raíz de nuestra visita a Gajha. Por lo que planteaba Roger, debíamos presentarnos primero en la embajada de Inglaterra, exponerles el caso y conjuntamente, emprender la búsqueda de la prisión preventiva, donde probablemente tendrían a Peter. Mencionó incluso, que estos centros de hacinamiento habían tenido serios problemas de retrasos en los juicios, además de confesarnos que las condiciones de reclusión eran duras en África por el abuso de autoridad por parte de los dirigentes de los penales.

Hizo una pausa y continuó: —Este proceso de búsqueda quizá podría tomar algunos días o semanas antes de dar con su paradero real, ya que los funcionarios que están encargados de hacer cumplir la ley, si es que están coludidos con la UMAG como suponemos, tratarán a toda costa de evitar su liberación. Y sin querer ser fatalista —opinó, exhalando un suspiro—, tenemos que tomar en cuenta que esto no será un trabajo fácil. Por desgracia, la mafia que está involucrada detrás de todo esto hará hasta lo imposible para hallar pruebas en su contra —reflexionó por unos momentos—. De cualquier forma, no me gustaría adelantarme a los hechos. La embajada tendrá que buscar la manera de resolver el caso habida cuenta de las circunstancias.

Por las palabras de Roger, intuí que las cosas no se veían venir tan bien como hubiéramos deseado y con gran desesperación, cerré los ojos por unos instantes.

Seguido de un intenso cuestionamiento y preguntas que aún quedaron sin respuesta, acordamos emprender nuestro viaje en cuanto la avioneta estuviera lista para volar. En el ínterin, nos iríamos a descansar, ya que nos esperaban días muy difíciles. Luego de levantarnos de la mesa, nos despedimos con la incertidumbre de lo que nos depararía el siguiente día. Cada uno de los presentes, con semblante abatido, emprendió camino a su respectivo dormitorio en completo silencio. Noté que Mike se nos adelantó con paso veloz, por lo que aproveché para pedirle a Marie que me acompañara a ver a Nina antes de irme a dormir.

Al llegar a su habitación, la encontramos completamente dormida dentro de una jaula que estaba sobre la mesa junto a la ventana. Justo al escuchar mi voz, entreabrió, soñolienta, un ojo y al descubrir que se trataba de mí, se sentó con torpeza y comenzó a chillar, apoyando su arrugado hocico contra los barrotes de metal. Sonreí y me acerqué a ella, introduciendo ambas manos dentro de la jaula. Nina se aferró con fuerza a mis muñecas, mientras yo la sostenía en el aire frente a mí. La acerqué a mi pecho, me senté al pie de la cama de Marie y le pedí que cuidara mucho a Nina durante mi ausencia, confesándole mi temor sobre el bienestar de Peter. No podía creer que estuviéramos atravesando por esa situación, manteniéndonos a la expectativa de todas las implicaciones que podía acarrear todo aquello.

—Comprendo que estés así, Johnny… —Marie se sentó a mi lado y pasó su mano por mi espalda—. De verdad espero que junto con Roger y la intervención de la embajada, puedan liberar a Peter cuanto antes. Pues sabemos que, gracias a la impunidad de la que goza esa gente, se podría llegar a desenlazar una fatalidad.

—Me indigna que hayamos venido hasta aquí con la intención de ayudar y, en cambio, terminemos involucrados en un crimen que ellos mismos planearon en contra nuestra —apreté los labios con fuerza, sintiendo que la furia subía a mi cabeza.

Marie apoyó su mejilla sobre mi hombro y, acariciando el pelaje de la espalda de Nina, añadió:
—No puedo ocultar este miedo, John. Sé que este viaje va a ser difícil, pero lo que más me asusta, es verte vinculado con esa gentuza y…

—¿Y qué, querida? —posé mi mano sobre su cabeza, sintiendo una inexplicable ternura que me obligó a darle un beso en la frente.

—La verdad, ya no sé qué pensar —murmuró—. Tengo miedo de que al sentirse acorralados, puedan llegar a matarte. Eso es lo que más me asusta, John —confesó afligida—. Pobre Peter… Espero que lo puedan rescatar rápido.

—Eso espero yo también, Marie. Y si te soy sincero —bajé ligeramente la mirada—, mi mayor preocupación es que… —sentí que me faltaba el aire—, le hagan daño.

—No pienses en eso ahora, Johnny —me alentó—. Hay que ser positivos y confiar en que Roger y tú lleguen a tiempo para evitar cualquier desgracia.

Involuntariamente me dejé caer de espaldas lentamente sobre la cama, viendo cómo Nina se sujetaba a mi camisa con ambas manos, trepando hasta mi cuello, arrastrándose como un gusano sobre mis costillas. Guardé un rato de silencio, atraído por el chirrido de un *gecko*, un pequeño lagarto verde fosforescente, que cruzaba sigilosamente el techo de mampostería, salpicado con unas manchas negruzcas que quizá abría dejado la humedad de una gotera durante alguna de las épocas de lluvia en la árida sabana. Mi mente se dejó atrapar por los pasos lentos y cadenciosos del pequeño reptil, hipnotizándome a lo largo de su trayecto por el techo.

Después de casi una hora de haber permanecido con Marie y luego de haberle dado su biberón de leche a Nina —sintiéndome todo un experto— me despedí de Marie, a pesar de que por dentro era lo que menos deseaba hacer. Cuando me levanté de la cama, ella estiró su mano y me pidió que no me marchara, que le hablara más sobre mí. Sonreí y le guiñé un ojo sin saber por dónde empezar. Mi historia no era la más interesante, pero con la intención de complacerla, le conté superficialmente sobre mi trabajo, mis pasatiempos y sobre mi viejo Morris. Pero evité a toda costa entrar en detalles de mi pasado que aún me incomodaban.

—Y... —preguntó disimuladamente—. ¿Estás o estuviste casado, John? ¿Tienes hijos?

Aclaré con nerviosismo mi garganta, desviando instantáneamente la mirada llena de culpabilidad, hice una pausa sin saber qué responder. No quería hablar de Jackie Guirmand porque era como echarme en cara nuevamente la cobardía de no haber dado la cara por ella y por la criatura que esperaba. ¿Qué pensaría Marie si le contaba todo aquello?

Tuve miedo de responder a su pregunta con honestidad, así que solo repuse: —No, no estoy casado, ni lo he estado. Sin embargo, tuve una historia algo complicada, pero en definitiva, solamente te puedo confesar que tengo un conflicto con el compromiso... —respiré, afectado por mis propias palabras—. Tristemente, no tuve la familia ideal que me marcara un patrón de conducta a seguir. Pero en definitiva, últimamente me he dado cuenta de que me he perdido mucho en mi vida.

—Lo siento, John... —bajó la barbilla y sin ninguna pretensión de seguir interrogándome, añadió con total naturalidad—: Quédate esta noche conmigo... —estiró su mano hacia mí, al tiempo que volvía a recostarme junto a ella.

Capítulo 19

Un poco antes de las ocho de la mañana, nos encontrábamos todos reunidos frente a la camioneta que nos llevaría a Roger y a mí a la pista, donde tomaríamos la avioneta y viajaríamos a Dodoma. Mike, entre tanto, se acercó a mí con el pasaporte de Peter en la mano, pidiéndome que tuviéramos cuidado y dándome una palmada de ánimo en la espalda, dijo:
—Verás que todo va a salir bien, hermano. Peter te está esperando.

Ante aquellas palabras, apenas pude esbozar una sonrisa que de inmediato se borró de mi rostro. Me despedí de Marie, dándole un beso espontáneo en la boca, frente a las miradas sorprendidas de Turner, Mummbar y Mike. Sin importarme en lo absoluto lo que ellos pensaran, terminé por subir a la camioneta, donde ya esperaba Roger sentado en el asiento delantero, haciendo algunas anotaciones en una libreta que apoyaba sobre su portafolio. Subí al asiento trasero y cerré la portezuela detrás de mí. Bantú encendió con dificultad el motor del todoterreno y nos alejamos, levantando el polvo de la brecha, cuando escuché a lo lejos la melodiosa voz de Marie, diciendo: —Cuídense mucho…

Después de casi media hora de camino sin decir palabra —por estar abstraídos cada uno en nuestros pensamientos y preocupaciones— al fin llegamos a la pista de aterrizaje a la que habíamos arribado hace más de una semana atrás. Al descender de la camioneta, Bantú nos informó que tenía que darle un recado a Jamal, el piloto, de parte de Turner, antes de que partiéramos. Se adelantó con paso veloz hacia el hombre que llevaba puesta una camiseta color neón, en la que apenas se podía distinguir el signo de amor y paz, por tantos agujeros que dejaban ver su negra piel.

Roger y yo caminamos al mismo paso, rumbo a los dos hombres que se encontraban parados a un costado de la avioneta roja con techo blanco. Al llegar descubrimos que otro individuo yacía de espaldas sobre el suelo, revisando la parte inferior del fuselaje. Al vernos llegar se levantó de inmediato e informó con propiedad que todo se encontraba listo para emprender el vuelo. Se dirigió al piloto, el cual aún permanecía dándonos la espalda y, extendiéndole amigablemente la mano, le deseó un buen viaje. Jamal se volvió hacia nosotros para darnos la bienvenida, guardó nuestros maletines dentro de un compartimento en la parte posterior de la avioneta y, después de dar algunas vueltas, abrió la puerta trasera para que subiera. Roger ocupó el asiento del copiloto, comentando —después de casi una hora sin haber abierto la boca— que tenía un mal presentimiento con respecto a lo que pasaría en los siguientes días.

—¿Qué piensas de todo esto, Roger? —inquirí, mirándolo sentado frente a mí—. ¿Crees que le hayan hecho algo a Peter?

—De verdad espero que no, John —inhaló con fuerza, sin apartar los ojos de enfrente—. Sé cómo se manejan estos clanes y te aseguro que sus tácticas no son aquellas con las que uno desearía enfrentarse nunca en la vida. Sé que para silenciar o amedrentar, abusan de su fuerza y su poder sin ningún remordimiento y puedan llegar a… —titubeó antes de proseguir.

—¿A matarlo, no es así? —pregunté, dejando a un lado los rodeos.

Asintió antes de responder: —Me temo que sí, John. —Reflexionó por unos segundos más y añadió—: Hace más de un año, llegó un grupo de italianos que en realidad venían en un simple safari fotográfico. Habían viajado desde el Serengeti, pasando por Ngorongoro, recorriendo la ruta hacia Gajha, sin siquiera sospechar en lo más mínimo sobre la situación de la zona. Y en su total ingenuidad, de extranjeros hambrientos de aventura y acción, traspasaron los límites de la región que domina la UMAG, motivo suficiente para amenazarlos y agredirlos, como supongo lo estarán ahora ustedes y…

—¿Y qué? —se acrecentó mi temor por Peter.

—Tres días más tarde, los encontraron muertos en las afueras de Shinyanga. Y lo único que se supo públicamente fue que el gobierno mandó de vuelta los cuerpos a sus respectivos países y declaró que sus muertes habían sido causadas por un enfrentamiento narcodelictivo, colocándoles pequeñas dosis de cocaína en los bolsillos. E incluso, a un par de ellos se les encontraron restos de droga en los orificios nasales.

—Me impacta ver hasta dónde esta gente es capaz de llegar —meneé la cabeza—. Por lo visto, nos enfrentaremos con verdaderos terroristas…

Roger asintió una vez más, en tanto nuestro piloto subía a la avioneta y colocaba hábilmente los audífonos sobre sus orejas, tapadas por su esponjosa cabellera rizada. Luego nos dio algunas instrucciones sobre el vuelo y el cinturón de seguridad —cuyo broche estaba oxidado— y lo vi ajustar varios botones y palancas en el tablero de mando. Echó a andar el ruidoso motor de la nave y nos deslizamos, poco a poco, sobre la pista de tierra hasta alcanzar una velocidad suficiente para despegar y elevarnos, rozando la copa de algunos arbustos y acacias que afortunadamente logramos esquivar.

De repente me percaté que a lo lejos se encontraba parado un sujeto que llevaba la misma chamarra roja con la franja amarilla que aquel hombre que había llevado a cabo el trueque en la pista de Gajha.

—¡Jamal, Jamal! —llamé de inmediato la atención del piloto—. ¿Quién es ese hombre? —señalé con mi dedo a un costado de la pista. Jamal entrecerró los ojos para enfocar mejor.

—¿Phillipe, no es así…? —Dudó unos segundos antes de volver a asegurar—. Sí, sí, efectivamente es Phillipe, el veterinario de la reserva, señor.

—No puedo creerlo. ¡Es un descarado! —exclamé sobresaltado.

—¿Qué pasa, John? —preguntó Roger.

—¡Phillipe es el mismo tipo que llevaba el maletín con el dinero cuando Dormonth hizo sus negocios en la pista clandestina de Gajha! —agité la cabeza—. Ese miserable es el soplón que está en contubernio con la UMAG y el gobierno. Todo este tiempo ha sido un maldito farsante. Estoy seguro de que por culpa de él han ocurrido tantas desgracias en los últimos días. Todavía ayer tuvo el descaro de recriminarme que éramos los culpables de todo lo que había pasado en Gambala. Tenemos que avisarle a Turner y a Mummbar, ¡cuanto antes! —espeté exaltado.

—Está bien; tranquilo, John —dijo Roger—. En cuanto lleguemos a Dodoma, nos comunicaremos con mi padre. Por el momento guarda la calma; ya llegará la oportunidad de atraparlo y hacer que pague, si es quien dices que es… Te juro que de eso me encargaré yo mismo —aseguró.

Bufando aún del coraje, ascendimos diagonalmente por algunos minutos sobre la sabana indomable. No podía creer todavía que Phillipe fuera un traidor. Mi cabeza no paró de pensar una y otra vez en lo que había ocurrido: Gambala tenía su peor enemigo en casa. Me preocupaba haber descubierto su verdadera identidad y pensar que andaba suelto sin que nadie se percatara de sus verdaderas intenciones. Me volví hacia la ventanilla, apoyé mi frente sobre ella y observé cómo nos íbamos alejando de Shinyanga. A escasos minutos de vuelo descubrí en el horizonte, la descomunal mina de oro que sobresalía en el paisaje como un gigante amenazador que pareciera decirme: "Hasta nunca…". Reviví con gran malestar aquella noche donde habían muerto dos hombres honorables, quienes dieron su vida por una causa, la cual aún no sabíamos si algún día daría algún fruto. Apreté mi mano extendida sobre el vidrio que me "separaba" de Gajha, a la que deseaba ganarle la batalla algún día. Alejé lentamente la mirada hasta atrapar la interminable sabana a la que nos dirigíamos. Salpicada de árboles de poca altura, hierba y matorrales diseminados a todo lo largo y ancho del territorio. Abstraído en mi propia reflexión, me pregunté si podía haber algo más sorprendente que estar en el lugar donde alguna vez apareció la primera criatura humana sobre la tierra y la simbiosis, que esa misma criatura hizo con la espectacular naturaleza que la rodeó.

Medité por algún tiempo sobre ese tema cuando atrajo mi atención una pareja de leones, que como un rito salvaje, se encontraban en pleno acto de apareamiento, compenetrados en su instinto animal. Kilómetros más adelante —ya habiendo olvidado por un rato mi rabia contra Phillipe— alcancé a ver bajo nosotros, un reducido grupo de leopardos que, a pesar de la gran altura a la que nos encontrábamos, corrían espantados ante la ruidosa turbina de la avioneta, que como un tractor amplificado, ahuyentaba a una manada de ñúes azules que caminaban apacibles entre los matorrales. Por la escena que pude apreciar desde mi asiento, todo indicaba que pronto habría un gran banquete. Y a pesar de que los felinos corrían despavoridos en dirección opuesta a su cena, intuí de inmediato que les habíamos fastidiado la posibilidad de acecho. Sonreí al pensar que por algunas horas les habíamos alargado la vida a aquellos pobres animales, aunque desafortunadamente, pronto volverían a ser bocado de sus incansables cazadores.

Con la mirada perdida en la lejanía, medité por largos minutos sobre el perfecto orden de la naturaleza, del cual me había hablado Turner hacía unos días. Comprendí que aunque unos tenían que matar por el solo hecho de sobrevivir, otros tenían que morir para alimentar a sus predadores. Así sucesivamente, junto con esa perfecta, aunque cruel dinámica ante nuestros ojos, todos se prestaban a mantener el equilibrio del ecosistema. En cambio, sentí náuseas al comparar al hombre con su hábitat, su proceder y sus desequilibradas leyes antinaturales —tanto hacia otros hombres como hacia los animales. Todo lo que éramos se basaba en el deseo y el poder y arrasábamos sin misericordia alguna aquello que pudiera interferir su paso. Concentrado en mis pensamientos, el recuerdo de Marie irrumpió espontáneamente, obligándome a reclinar mi espalda en el asiento. Dejé caer la cabeza hacia atrás y cerré los ojos por largos minutos, mientras que la imagen de su rostro me robó por unos instantes el aliento y me hizo pensar en lo que sería mi vida sin ella cuando regresara a Londres.

Repentinamente volví a la realidad al adentrarnos en una turbulencia que sacudió la avioneta de un lado a otro, haciéndonos saltar, a pesar de los cinturones de seguridad. El piloto, con las mandíbulas apretadas y sus manos agarradas al volante de la incontrolable avioneta, inspeccionó los instrumentos frente a él. Evidentemente nervioso, con la punta de su dedo comenzó a golpear el acrílico del altímetro, cuyo indicador giraba en contra de las manecillas del reloj.

—¡¿Qué sucede, Jamal?! —le preguntó Roger,

asustado, al ver que nuestro piloto se mordía los labios con ansiedad.

—Algo no está bien —clavó su mirada en la hélice delantera—. Estamos perdiendo altura y no logro mantener la avioneta estable.

Al mirar por la ventanilla contraria adonde me encontraba sentado, me percaté que parte del ala izquierda se había desgarrado y ondeaba como si fuera una hoja a punto de desprenderse del fuselaje. Escasos minutos después estaba volando por los aires y, aterrado ante mi descubrimiento, le avisé de inmediato al piloto, quien giró su cabeza rápidamente para cerciorarse de lo que le decía.

—¡Esto era lo único que nos faltaba! ¡Maldita sea! —profirió alterado—. ¡Yo se lo advertí! ¿Por qué la gente puede llegar a ser tan irresponsable y testaruda?

—¿A quién te refieres, Jamal? —preguntó Roger con el rostro lívido.

—A su padre, ¿a quién más? —manoteó furioso sobre el volante—. Le previne al señor Turner que esta avioneta vieja se utilizaba exclusivamente en vuelos locales y para cortas distancias, pero no me escuchó y mire en el aprieto que estamos metidos.

—Hijo de… —Roger se arrepintió de lo que estaba a punto de decir, al mismo tiempo que se llevaba desesperadamente las manos a la cabeza—. El viejo nunca aprenderá.

Sumamente nervioso, nuestro piloto trató de contactar a alguien por la radio y después de varios intentos, una voz ronca se escuchó en el otro extremo, confirmando su identidad. Jamal lo interrumpió, indicándole que haríamos un aterrizaje forzoso a ciento ochenta y cinco kilómetros al noreste de Shinyanga, con rumbo a Dodoma. Súbitamente, la señal se interrumpió y comenzamos a descender vertiginosamente, viendo con terror, cómo la imponente sabana africana se iba acercando ofensivamente hacia nosotros.

Al tratar de liberar mi mano engarrotada que sujetaba el asiento debajo de mí, exhalé el pánico que oprimía mi pecho, el cual por segundos parecía asfixiarme. Y llevándola al frente, cerré los ojos para evitar ver el desenlace. Me persigné por primera y quizá por última vez en mi vida.

Capítulo 20

Después de permanecer inconsciente por un tiempo que no pude determinar, con un dolor ensordecedor en la cabeza y en la pierna derecha, fui emergiendo de un viaje delirante. De entre mis recuerdos, recordé que la avioneta había perdido por completo el ala izquierda y casi todo el costado del mismo lado, lo que dejaba descubiertas las ramas espinosas de un matorral que se incrustaban en el interior de la cabina. Lentamente, el dolor que se había hecho presa de mí, me hizo bajar la vista; no había descubierto que tenía la parte inferior de mi pantalón de mezclilla completamente ensangrentada. Me sentí mareado, viendo girar todo a mi alrededor. Tembloroso, subí la mirada, percatándome que Jamal permanecía completamente inmóvil en su asiento. Tenía la cabeza colgada hacia el frente y ambos brazos tendidos a sus costados. Escuché un resollar que desvió mi atención hacia Roger, que jadeaba con dificultad.

Después de luchar por varios minutos contra mi propio dolor, desabroché mi cinturón de seguridad y al moverme del asiento, sentí que mi pierna se desgarraba debajo de mí, haciendo que soltara un intenso alarido que rebotó como un eco dentro de mi cabeza. Volví a entrecerrar los ojos, con la esperanza de que el martirio pasara pronto, sin lograr conseguirlo. Tras varios intentos logré sobreponerme un poco y me arrastré con dificultad hasta los asientos delanteros. Estiré mi mano hasta tocar el cuello de Jamal y comprobé que no tenía pulso. Y al ver que aún tenía los ojos abiertos, pegué un brinco y me dejé caer nuevamente de espaldas sobre el asiento; no había comprendido hasta entonces que las cosas estaban mucho más graves de lo que imaginaba. Luego de quedar postrado y sin querer moverme, escuché entre mis delirios de dolor, la voz de Roger, que preguntó con voz casi inaudible: —¿Estás bien, John?

—No... —suspiré, aún aturdido—. ¿Y tú?

—Mal... —se quejó lastimeramente—. Creo que de esta no saldré bien librado —su voz parecía perderse dentro de su garganta.

A pesar del brutal malestar y el dolor que perforaba mi pierna, me incliné hacia Roger, descubriendo que un pedazo de metal del tablero se había incrustado como una lanza en su pulmón izquierdo. La angustia se apoderó de mí al darme cuenta de que la herida del pecho de Roger era mortal. Temía que si trataba de extraer el trozo de acero de su cuerpo, se desangraría en pocos segundos, además de que el dolor lo mataría de todas formas. No sabía qué hacer; estaba realmente confundido y desesperado. Por un lado, Jamal estaba muerto y por el otro, Roger podría estarlo también en poco tiempo. Me asomé por lo que había quedado de mi ventanilla, percatándome que estábamos en medio de la sabana sin fin, en medio de la nada. Busqué la radio para dar aviso de nuestro accidente, pero para mi desgracia, el transmisor estaba completamente destrozado y por lo visto, estábamos incomunicados. Totalmente perdidos...

Roger volvió a tomar aire y con voz agonizante, me pidió que lo escuchara antes de morir: —John, tienes que ser fuerte... —respiraba débilmente—. No te des por vencido. Resiste hasta que te encuentren. Antes de que me vaya... —guardó unos momentos de silencio—, te pido que si tienes la suerte de salir de aquí —su voz se entrecortó—, hables con mi padre y le digas que lo siento, que en verdad lamento no haberle permitido darme ese abrazo antes de marcharnos de Gambala. —Prosiguió con desaliento—: Sabía que lo castigaba de esa manera y te confieso que disfruté al hacerlo sufrir tanto como él me hizo sufrir a mí en el pasado. Pero por desgracia, nos hicimos pagar un precio muy alto para terminar de esta forma... Nunca le perdoné que nos abandonara a mi madre y a mí cuando se vino a vivir a África. En ese entonces, yo era tan solo un niño de diez años de edad y mi padre pensaba que con mandarnos dinero, todo estaría resuelto. Por otra parte, él había consagrado su vida a salvar el norte de Tanzania; un verdadero héroe, aaah... —suspiró, meneando ligeramente la cabeza—. Salvar a los animales fue su prioridad —aseguró, entre tosiduras que lo asaltaban al hablar—. Y después de haber vivido toda mi vida en Edimburgo, me fui a estudiar leyes a Alemania, de donde es mi madre, y de ahí... —volvió a toser entre fuertes estertores—, la vida me mandó a trabajar al lado de mi padre, a Mwanza. Qué irónica es la vida, ¿no crees?

Al parecer, Roger había recapitulado su vida antes de morir, quizá para al final perdonar al hombre que le había dado la vida.

—No sé qué decirte, Roger —expresé con pesar—. En verdad lo siento...

—Se me está acabando el tiempo, John... —gruñó como un animal herido antes de morir—. Salva a Peter. Busca los papeles que están en mi portafolio... —hizo una pausa—, y dile a mi padre que a pesar de todo, y aunque no fue el mejor papá ni yo el mejor hijo, sé que me quiso a su manera. Por favor convéncelo de que viva en paz. Libéralo de cualquier culpa. —Alcancé a ver en su perfil, cómo las lágrimas recorrían su rostro. Cerró apretadamente los ojos y murmuró—: Sé que volverás tarde o temprano a Gambala, John —mordió sus labios, completamente abatido—. Te ruego que cuando veas a mi padre, lo tomes entre tus brazos y le digas que me vi entre ellos antes de morir...

Me llevé las manos a la cara y un temor desencadenado me hizo perder la objetividad. No quería enfrentar aquello que estaba viviendo y bufeé con desesperación, al presenciar el doloroso deceso de Roger frente a mí. Todo resultaba claro; la vida me estaba dando lecciones para cambiar el rumbo de mi camino. Roger, sin siquiera imaginárselo, me había enseñado en unos cuantos minutos, el verdadero valor de la vida.

Los dos cuerpos inertes frente a mí me paralizaron por algunas horas. Me encontraba asustado y más solo que nunca, sencillamente a merced de un territorio inhóspito, infestado de bichos y animales salvajes. Esperaba que alguien hubiera cuadriculado el área que el piloto había notificado, con relación al kilometraje transcurrido entre Shinyanga y nuestra posición a la hora del accidente. Las horas transcurrieron con una lentitud apabullante. Cada minuto que pasaba sin escuchar las voces de Jamal ni de Roger me demostraba que no había sido una pesadilla, sino una espantosa realidad de la que sabía que tenía que buscar la forma de salir.

Inspeccioné el entorno para decidir cuál sería mi siguiente movimiento. Levanté mi pantalón y me di cuenta de que tenía una herida profunda en la pierna, de donde se proyectaba una astilla puntiaguda del hueso de mi tibia; de ella fluía un hilo de sangre que no dejaba de correr, que empapaba por completo el resto de mi pantorrilla. Respiré profundamente para serenarme y pensar por unos momentos qué hacer. Entonces afiancé el cinturón de seguridad que colgaba de mi costado y, sujetándolo entre mis manos, tiré de él hasta arrancarlo del soporte, para luego desgarrarlo a tirones y solo obtener la banda sin los extremos de metal. Lo pasé por debajo de mi muslo y lo amarré, apretándolo con fuerza, tratando de crear un torniquete para evitar desangrarme durante las siguientes horas. Seguí buscando dentro de la cabina algún botiquín de primeros auxilios. Deseaba encontrar algo que me pudiera ayudar a aminorar el dolor y el riesgo de infección, pero fue inútil.

Luego de conseguir la presión necesaria que disminuyó la hemorragia, me arrastré hasta el lado opuesto y me escabullí por el enorme hueco que había quedado en la cabina, hasta encontrarme de pie en el exterior de la avioneta. La temperatura había ascendido lo suficiente como para desear desesperadamente resguardarme bajo alguna sombra. No tenía la menor idea de lo que me depararía el destino, pues sabía que con mi pierna herida era imposible llegar demasiado lejos. Tenía la esperanza de que alguien hubiera escuchado con claridad el mensaje del piloto y a esas horas estuvieran buscándonos. Pese al panorama poco alentador, creí que no moriría, que poseía una fuerza que me sacaría tarde o temprano de aquel infierno. Traté de caminar algunos pasos, pero el dolor hizo que me desplomara, cayendo de bruces al suelo. Quedé postrado boca abajo, tragando aquel polvo arcilloso, sintiendo que los rayos del sol calcinaban lentamente mi cuerpo. En tanto, mi pierna se había paralizado, evitando que me moviera de aquella posición.

No recuerdo cuánto tiempo permanecí resoplando como un animal herido, cuando en una fracción de segundo, escuché un intenso bufido que me hizo levantar la cabeza. Con la mirada borrosa, traté de dilucidar qué era aquello que se movía entre los arbustos, mientras mi corazón comenzaba a galopar, percatándome que un bulto oscuro e indefinido se iba acercando, amenazante, hacia mí.

Capítulo 21

Entrecerré los ojos para observar aquella inmensa sombra que avanzaba directamente hacia mí. Con sobresalto, descubrí que se trataba de un rinoceronte negro que se acercaba con paso amenazador. Mi instinto de supervivencia me anunció que debía levantarme cuanto antes y huir para salvar mi vida. La adrenalina había logrado anestesiar momentáneamente mi pierna y, tras vencer mi débil resistencia, apoyé mis brazos sobre la tierra, descansé una de mis rodillas sobre el suelo mientras que con la otra, me fui arrastrando casi sin fuerza, hasta lograr enderezarme lo suficiente como para ponerme en pie. A pesar de sentirme mareado, comprendí que mi única escapatoria era correr de regreso a la avioneta, pero al girar sobre mi hombro, me percaté que no podía volver a subir a la cabina por estar completamente descubierta y deshecha del lado en el que me encontraba. Vacilante, caminé de espaldas, hasta encontrarme a escasos metros de la nave. Impulsivamente di media vuelta y corrí para salvar mi vida hacia el otro lado de la avioneta, descubriendo que aún permanecía intacta una de las alas que estaba reclinada diagonalmente sobre el suelo. Al emprender mi huída de aquel animal, alcancé a bordear la hélice frontal, logrando escabullirme debajo del reducido espacio que quedaba entre el fuselaje y el ala. El feroz rinoceronte comenzó a aporrear el extremo opuesto a mi escondite, logrando sacudir la avioneta como si fuera un juguete. Sentí que toda aquella interminable guerra acabaría conmigo tarde o temprano.

Luego de un largo rato de tener "el corazón en la boca" y pensando qué hacer, se hizo un completo silencio que me desconcertó; contuve la respiración para seguir escuchando mejor. Aguardé varios minutos, alojado en mi guarida, esperando que el rinoceronte hubiera desistido su arremetida al no encontrar un agresor con quien enfrentarse. Casi sin aliento y aún conmocionado por el intenso embate del rinoceronte, terminé por recostarme sobre la tierra, agotado por la tensión.

El calor del medio día ascendía sin cesar. Por desgracia pude ver que no habíamos quedado cerca de ningún poblado ni de algún charco donde pudiera conseguir agua. Cerré los ojos y recorrí mentalmente la parte interior de la cabina, pensando en dónde podría encontrar alguna cantimplora o algún líquido para aminorar la sed que se acrecentaba como un suplicio para mí. Casi una hora había transcurrido desde que el animal había dejado de golpear la avioneta. Salí con cierto temor, mirando en todas direcciones para no ser sorprendido. Caminé, arrastrando la pierna con un dolor que me hacía trastabillar y por eso tuve que apoyar mi mano a lo largo de la cabina. Al lograr bordearla, me introduje de nuevo dentro del mismo hueco, gracias al cual comprobé que el rinoceronte había descargado toda su furia.

Ya en el interior, volví a sentarme frente a los dos cuerpos sin vida de Jamal y Roger, que con la sacudida que habían recibido, se encontraban ladeados, con sus cabezas y cuerpos completamente abatidos sobre los asientos. Me recosté una vez más en el asiento trasero mientras que a mi mente llegaban pensamientos tortuosos, que inconscientemente habían venido para quedarse. De lo único que tenía certeza en ese momento, era de intentar encontrar la manera de sobrevivir hasta que alguien diera con nuestro paradero; si es que ese alguien nos encontraba antes de que mi pierna comenzara a infectarse. Busqué con la mirada algo que contuviera agua para mitigar mi sed y reparé que a un costado del asiento de Jamal se encontraba una botella de plástico que contenía un líquido ligeramente espeso y anaranjado. Me arrastré hasta allí y, extrayéndola de un soporte metálico, abrí la tapa para oler su contenido, cuyo aroma dulce me confirmó que se trataba de una bebida de alguna fruta tropical. La llevé a mi boca para tomar un sorbo, sintiendo un inexplicable placer al saborear el delicioso zumo de papaya dentro de mi boca. Cerré los ojos y, dando pequeños sorbos, traté de prolongar la sensación que daba a mi paladar. Segundos después me di cuenta que había dejado la botella vacía. Sentí pánico de quedarme sin agua durante el tiempo que me esperaba ahí. Mi obsesión se hizo tal que, a pesar del exasperante dolor en mi pierna, seguí buscando agua por todos los recovecos de la avioneta, sin encontrar absolutamente nada que pudiera siquiera parecérsele. Evidentemente me había tomado el último trago con el cual, al menos por el momento, podía sobrevivir.

El tiempo pasó y en cuanto la luz comenzó a disminuir, tuve la certeza que en unas cuantas horas estaría completamente a oscuras, por lo que me dediqué a buscar alguna linterna, sin hallar más que un encendedor dentro de una red, sujetada al costado del asiento de Jamal. El calor que se reflejaba y absorbía el recubrimiento del fuselaje calentaba el interior de la cabina, obligándome una vez más a abandonar la avioneta para regresar a mi guarida bajo el ala restante. Me recosté boca arriba, cerré los ojos y —tratando a toda costa de rechazar los terribles pensamientos obsesivos que me acosaban— me quedé profundamente dormido, exhausto de tanto dolor.

No supe a ciencia cierta cuántas horas dormí, pero cuando desperté, tenía escalofríos y un sudor que perlaba toda mi frente. Mis sienes dejaban escurrir gotas de sudor que bajaban por mis patillas, que al desprenderse del borde de mis mandíbulas, empapaban mi camisa. El sol de fuego que comenzaba a esconderse tras el horizonte, rebosante de un colorido infernal, fue perdiendo su incandescencia hasta cubrirse con un manto gris, dando comienzo al ocaso que antecedía a una noche muy oscura. Estaba a escasos minutos de verme inmerso en medio de la noche, plagada de predadores nocturnos en busca de comida. En ese preciso momento, y con una crudeza aberrante, pasó por mi mente, que si no nos rescataban pronto, los cuerpos tanto de Jamal como de Roger se irían descomponiendo y sin poder esconderlos en algún sitio para resguardarlos, serían, tarde o temprano, botín de alguna hiena o de cualquier bestia salvaje. El solo hecho de pensar en eso me estremecía. Era vital que Turner, después de lo que me había confesado Roger sobre sus problemas personales, lograra recuperar el cuerpo de su hijo intacto para darle cristiana sepultura, aunque, de cualquier forma, sería brutal el impacto de encontrarlo ya sin vida.

Absorto en mis pensamientos, miré mi reloj y me di cuenta de que dentro de unos cuantos minutos serían las ocho de la noche. Por más que pensaba qué hacer para ocultarme, decidí tratar de abrir el compartimiento exterior que se encontraba atrancado por el impacto. Luego de varios minutos de batallar con la palanca, al fin pude abrirla. Saqué mi maleta, la coloqué sobre la tierra y luego de tirar del cierre, tomé algo de ropa y la acomodé bajo el ala, donde me agazapé para pasar la noche.

Solo unos minutos antes de que el sol se ocultara por completo y aquello se convirtiera en una "boca de lobo", volví a examinar mi pierna. Al subir el pantalón de mezclilla que estaba empapado de mi sangre, advertí que el área que circundaba la herida, se había vuelto morada. Comprendí que el torniquete estaba cortando la circulación de mi pierna y temí que si la mantenía tan apretada, terminaría por gangrenarse. Pero por otra parte, si la liberaba de la presión, probablemente me desangraría en unas cuantas horas. Por unos minutos, zafé el nudo que ejercía presión, para cerciorarme si la sangre seguía brotando sin control. Al poco rato me di cuenta de que se había formado un gran coagulo sobre la herida, el cual aminoraba considerablemente la hemorragia. Tomé la manga de una de las camisas que llevaba conmigo, la desgarré y amarré sobre la punta del hueso que se salía de mi piel. Entre intensos dolores que no cesaban de extenderse desde mi pantorrilla hasta mi rodilla, pensé con horror que si la ayuda no llegaba cuanto antes, podría llegar a perder la pierna; esa idea me paralizó y me quedé estático sobre mis espaldas.

La sed volvió a asaltarme, creándome la sensación de tener un puñado de arena dentro de la boca. Sabía que por lo pronto, tenía que aguantarme, ya que la noche era evidente y la oscuridad dificultaba aún más la posibilidad de encontrar agua. Sin poder conciliar el sueño, permanecí por horas enteras en una angustiante vigilia, que me recordaba, una y otra vez, que aquel desastroso accidente no había llegado a su fin. Ante aquel panorama que había cobrado dos vidas, me tomó nuevamente por sorpresa mi incansable cuestionamiento sobre la verdadera existencia de Dios. Y al recapacitar sobre mi falta de fe, por primera vez en la vida sentí un nudo en la garganta, donde se quedaron ahogadas las lágrimas que no logré desahogar en ese momento. Me sentí profundamente infeliz, pues sabía que mi mundo no estaría tan sombrío si por lo menos tuviera la esperanza que aquellos devotos y religiosos aseguraban ver en momentos de oscuridad. Sin embargo, mi escepticismo y absoluta rebeldía me tenían amordazado, impidiéndome conectarme con ese mundo espiritual que tanta falta me hacía. En un abrir y cerrar de ojos, me sentí pequeño y con nostalgia de mi infancia. Vinieron a mi mente los momentos que había pasado con Gwyn, que aunque tres años mayor que yo, indiscutiblemente había sido mi compañera en la vida, tanto en las buenas como en las malas. Adentrándome más y más en mis recuerdos, recordé cuando mi padre llegaba ebrio a casa y cómo al escuchar la voz que horripilaba salir de su boca, gritando enfurecido, Gwyn y yo corríamos a escondernos dentro del ropero de mi habitación, pensando inocentemente que jamás nos encontraría. Y si corríamos con suerte y no nos sacaba a empujones para seguir descargando su ira, terminábamos dormidos sobre los zapatos hasta que mi madre, después de haber librado una batalla más, nos iba a rescatar, nos cargaba entre sus brazos y nos arropaba en nuestra cama, dándonos a cada uno la bendición, que para ella era una especie de protección frente a los arranques de mi padre.

Nunca fui creyente a pesar de haber sido hijo de una mujer excepcionalmente religiosa, por lo que siempre pensé que si Dios en realidad existía, como tantos creían, no habría ni dolor ni maldad. Pero al ver la perfección y la magnificencia del mundo que tenía frente a mis ojos, era indiscutible que el que había creado tanta perfección tenía que ser un ser bondadoso, lleno de amor y sobre todo, poderoso, más allá de toda concepción humana. Quizás él mismo me había concedido la gracia de recibir el amor y la entrega incondicional de mi abuela —a la que eché de menos más que nunca, recordando el amor que tenía por la vida. En ese preciso instante, vino a mi memoria aquella frase que nunca paró de repetir hasta su muerte: "El que perdona, ama, y el que ama será bendecido por la luz de Dios". Agradecí una vez más todo aquello que me entregó a manos llenas y que quedaría plantado en mi corazón como una semilla en la tierra, la cual sentía que comenzaba a germinar dentro de mí. Después de una larga lucha entre mi conciencia y esa fuerza interna que parecía clamar por ayuda, perdí el conocimiento durante varias horas.

Ya entrada la madrugada, desperté con la piel de gallina porque algo recorría agitadamente mi pierna, subiendo a intervalos hacia mi muslo. Contuve la respiración, saqué lentamente el encendedor de mi bolsillo y, al lograr encenderlo por encima de mi pecho, quedé completamente petrificado.

Capítulo 22

Aguanté la respiración por completo, encogí lentamente mis brazos, alcé el encendedor, alumbré y percibí un gigantesco escorpión marrón, que alzaba sus tenazas en el aire con determinación. Atraído por el resplandor de la luz que se reflejaba en su brillante coraza, arremetió a toda velocidad hacia mi pecho, donde lo recibí con un revés que lo fulminó, lanzándolo por los aires. Luego me arrastré hacia el exterior del ala, donde logré pararme y caminar como un zombi sin rumbo fijo. Solo faltaban unas horas para el amanecer y el frío de la madrugada que se había colado a través del delgado pulóver que traía debajo de mi chamarra, caló dentro de cada uno de mis huesos, haciéndome titiritar sin control.

A pesar de sentirme mareado y débil, caminé en dirección opuesta a la avioneta, impulsado por la absurda creencia de encontrar un lugar más seguro para terminar de pasar la noche. Cuando a escasos quince metros, mi pierna me impidió dar un paso más. Me colapsé nuevamente y caí al suelo, quedando completamente inmóvil y con un dolor insufrible que me hizo pegar un alarido que retumbó en la inmensidad de la sabana. No pude pensar en otra cosa más que en la maldita idea de haber viajado a África para terminar herido en medio de la nada. Tirado de espaldas en el suelo contemplé la belleza del mundo salvaje que tenía frente a mí, un mundo misterioso y hostil en el cual me encontraba sumergido, del que no sabía ni siquiera si lograría salir con vida.

Algo dentro de mí hacía que no me resignara a morir en aquel lugar, como tampoco permanecer con la incertidumbre de no saber si nos encontrarían a tiempo, antes de que yo también muriera, tanto por la infección de mi pierna, como por no tener ni una gota de agua ni de comida. Comprendí que tenía posiblemente tres días para hacer algo, antes de que se me presentara un panorama todavía más aterrador. Sin tener muchas opciones, de lo único que tuve certeza fue que debía encontrar la manera para sobrevivir, ya que Peter confiaba en que lo rescataríamos. Además, después de lo que me había dicho Roger antes de morir, me obligaba a entregarlo en manos de su padre; asimismo pensé en regresar a informarles que Phillipe era un traidor y que corrían peligro a su lado.

Entonces vinieron a mi mente mis profundos senti-mientos hacia Marie. Estaba seguro de que aquella hermosa chica de ojos azules, tarde o temprano sería mi mujer. A pesar de lo que estaba pasando, por primera vez permití que mi corazón hablara por sí mismo, dejando a un lado la razón que siempre me había controlado, alejándome de la felicidad. Hasta entonces no había comprendido, con tristeza, que la verdadera felicidad es la compartida. Por unos momentos me quedé literalmente atrapado por la película de mi vida, que comenzó a pasar de nuevo en cámara lenta por mi mente, haciendo un recuento exhaustivo de mis culpas, mis pérdidas, mis prioridades y, sobre todo, haciéndome recapacitar sobre el gran vacío que me había empeñado en construir adentro y afuera de mí. Mis miedos me habían convertido en un hombre soberbio, que vivía para satisfacer su propio ego, el cual me había llevado a cometer un error tras otro, buscando desesperadamente y de manera equívoca, ese algo que vagamente sabía que podía encontrar en mi interior. Logré con ello quedarme preso de esa soledad que por mucho tiempo me acompañó. Me encontraba completamente solo, perdido, herido y quizás —como diría Mike en su propio lenguaje— ese sería mi karma. Por designios de la vida, mi fin llegaría de igual manera que había vivido mi vida: en la soledad.

Me sentí abatido y con el estómago encogido, comprendí con vergüenza que había sido arrogante de mi parte el haber pensado hacía unas cuantas horas, y con absoluta certeza, que no moriría. Por largas horas me adentré en ese infierno del que había escuchado hablar desde niño y del cual afirmaban que después de morir, ahí iríamos a pagar nuestros pecados con dolor y sufrimiento eternos. El fuego de esas calderas abismales fueron consumiéndome lentamente, hasta hacerme sentir sumamente impotente y asustado como un niño en medio de la nada.

Después de haber recorrido, por decisión propia, un largo camino con fortaleza, por fin bajaba la guardia, sintiéndome completamente vulnerable. Comprendí que no podía regodearme más en mi propio pasado. Abrí mi corazón y, en completa humildad, me permití hablar con ese Ser Todopoderoso, lamentando no haber sido capaz de sentir su magnificencia, que tanta falta me había hecho a lo largo de mi vida. Tuve la necesidad de pedirle que me liberara de mis remordimientos y de todos los rencores que había cargado por tanto tiempo y, sobre todo, de aquella interminable rabia contenida durante años. Pero en especial, rogué que me perdonara por el dolor que había causado a tantas personas que habían sufrido por mi culpa, incluyéndome a mí mismo. Inmerso en mi confesión y en mi propio arrepentimiento, frente a la insólita conversación con Dios y conmigo mismo, comencé a sentirme mucho más tranquilo. Deseé que ese momento perdurara hasta el momento de mi muerte. Mis miedos se fueron disipando lentamente. Era increíble, pero a pesar del panorama que se veía venir y del dolor de mi pierna —que por minutos me volvía loco— decidí confiar en lo que me deparara el destino.

Permanecí tendido sobre la tierra, con la mirada clavada en la inmensidad de aquel cielo estrellado que parecía darme la bienvenida. Tras incontables horas de silenciosa reflexión, al fin aparecieron los primeros destellos de luz en el horizonte. Traté de enderezarme, sintiéndome mareado y nauseabundo. Volví a examinar el estado de mi pierna, dándome cuenta de que tenía un halo rojizo alrededor de la herida. Todo sugería que la infección había aumentado. Asustado, volví a taparla con el trozo de tela y caminé a duras penas de regreso a la avioneta, suponiendo con ingenuidad que pronto me rescatarían. Tenía mucha sed y mi estómago se contrajo del hambre. Miré en todas direcciones, alcanzando a ver un grupo de suricatos, que observaban atentos cada uno de mis movimientos, parados en sus dos patas. Al percatarse que los había descubierto, corrieron a resguardarse hábilmente en sus madrigueras subterráneas, dejando ver solamente un par de cabecitas que sobresalían por encima de la superficie de la tierra.

Seguí mi camino con una extraña debilidad en ambas piernas y brazos, hasta verme frente al hueco que había dejado el costado del ala izquierda, encontrando sorpresivamente la sola presencia de Roger. ¡Jamal había desaparecido de la avioneta sin dejar rastro! Desesperado, volví a salir de la nave en busca del cuerpo del piloto, alcanzando a ver en la lejanía, bajo un árbol seco, tres buitres que devoraban los vestigios de lo que había sido una cena macabra. Sin querer acercarme más allá del campo de batalla, regresé tembloroso a la cabina y tomé asiento en el interior, llevándome ambas manos a la cara con repulsión.

Miré mi reloj y vi que eran cerca de las nueve de la mañana. El tiempo pasaba con una lentitud abrumadora y el silencio de la sabana aparentaba ser mi peor enemigo. Cerré los ojos por unos momentos, tratando de desconectarme de mi cruda realidad. Respiré profundo y trasladé mi mente a la habitación de Marie, especialmente en aquella noche donde nos habíamos entregado el uno al otro.

Capítulo 23

Tras de haber regresado de un sueño absurdo y de estar inmerso en una realidad inexistente, abrí los ojos y volví a quedar mudo. Fijé la vista en la cabeza ladeada de Roger y me impulsé a idear la manera de resguardar su cuerpo antes de que tuviera el mismo final que Jamal. Me quité la chamarra y cubrí su cabeza. No podía permitir que otro animal carroñero o alguna otra bestia nocturna regresara por él.

Salí una vez más de la avioneta, en busca de cualquier cosa que hubiera quedado a la redonda. Y después de una caminata muy corta, reparé en un matorral espinoso donde alcancé a ver un trozo de metal que había quedado insertado en su interior como una navaja de afeitar. Me paré frente a él, y buscando la manera de extraerlo dentro de aquella maraña de follaje, me dirigí hacia un árbol cercano, en donde logré desgajar una rama muy larga que sobresalía de la parte media del tronco. Apoyando mi peso en aquel bastón que me había confeccionado en tan solo unos minutos, arrastré la pierna, sintiendo que la dejaría rezagada a medio camino. Detuve mi paso y me llevé ambas manos al muslo, deseando aminorar el malestar que parecía empeorar a cada momento. El calor venía acompañado de unas oleadas bochornosas que empeoraron aún más mis movimientos. Sentí que los rayos del sol traspasaban mi cabeza, ocasionando que mi mente comenzara a desvariar. Y sin lograr hilar las ideas, mi cabeza comenzó a dar vueltas, adentrándome en un torbellino que me truncó la respiración. Mi corazón latía pausadamente dentro de mi pecho mientras que un sudor frío penetraba por mi nuca, como queriendo apagar el fuego que seguía ardiendo sobre mi cabeza. En medio de mi agonía pude advertir en el horizonte a dos leonas con tres cachorros, que deambulaban aún sin percatarse de mi presencia.

Exhausto y sin poder dar un paso más, me detuve frente al arbusto que albergaba el trozo del ala, pensando en construir con ella una valla dentro de la cabina para resguardar el cuerpo de Roger. Tomé la rama y la inserté entre el follaje, empujando el canto de aquel trozo de metal hasta lograr inclinarlo hacia el otro extremo. Después de varios empujones, se fue ladeando hasta desplomarse y caer en el suelo. Bordeé el matorral, sujetando a duras penas la punta del afilado recubrimiento, que fui arrastrando, poco a poco, hasta el hueco de la avioneta. Aún tambaleante por el esfuerzo, permanecí de pie, sintiendo que mis piernas temblaban y mi vista se distorsionaba, generándome una gran angustia. Por unos instantes me recosté en el fuselaje, deseando reponerme para dar el último tirón y tapar así la entrada de la cabina. Pero de repente escuché un rugido a mis espaldas que me paralizó por completo.

Con toda la adrenalina que había recorrido mi cuerpo, giré velozmente sobre mi hombro, percatándome que varias leonas habían decidido hacerme una visita. Ellas se encontraban acechándome a unos escasos veinte metros y sus lomos encorvados eran la señal de que no me auguraba nada bueno. Con extremo sigilo sostuve la pesada lámina entre mis manos y sin chistar, caminé de puntillas hasta encontrarme en el interior de la cabina y acomodé aquel trozo del ala que podría salvarme la vida. Entonces escuché un rugido por el resquicio que había quedado de la compuerta y allí apareció un ojo amenazador, cuya pupila incisiva logró atrapar la mía, para convertirse inmediatamente en una violenta fiera que arremetió contra el pesado metal. Luché con todas mis fuerzas por mantener firme el armazón que nos dividía y, entre desesperados zarandeos, la compuerta se desplomó abruptamente, alcanzando a golpear el cuerpo del animal, que salió huyendo entre rugidos hasta perderse nuevamente en la lejanía.

Mi corazón parecía salir por mi boca. Aquella tierra que aparentaba ser un paraíso no era más que un campo de guerra, en donde sobrevivía el más fuerte. Mis fuerzas habían llegado a su límite. Estaba agotado de lidiar una y otra vez con un medio inhóspito. Temía que si permanecía por más tiempo, moriría a causa de la herida de mi pierna o en las fauces de alguna bestia salvaje. También tenía que buscar la manera de encontrar agua y mitigar la sed que se había convertido en una obsesión compulsiva. Mi cuerpo había comenzado a deshidratarse y debía hacer algo por conseguir aunque fuese solo unas gotas antes de que fuera demasiado tarde.

Cerré los ojos por unos instantes y al volverlos a abrir, percibí con la mirada perdida, una bolsa de plástico enrollada debajo del asiento de Roger. Sujeté la punta y tiré de ella, recordando que en mi niñez había visto uno de los programas de exploradores con mochila que lograban sobrevivir en lugares desérticos obteniendo agua de la superficie de la tierra. Estos escavaban un agujero suficientemente profundo, en donde colocaban un contenedor en el interior. Luego lo cubrían con un plástico, sujetando los cuatro extremos con algunas rocas o palos, y por último, ponían una piedra justo en el centro del recipiente que se encontraba debajo, para que el calor del día lograra condensar la mucha o poca humedad de la tierra y posteriormente el vapor goteara dentro de la vasija. Con un tubo que sobresalía de la cabina, que estaba casi destrozada, desprendí la base de metal en la que Jamal traía su botella de agua y salí de la avioneta. Aún nervioso por el intempestivo enfrentamiento con la leona, inspeccioné con la vista los alrededores para que no me sorprendieran de nuevo. Ante las miradas atentas de un par de jabalíes que se detuvieron a corta distancia de donde me encontraba, me quedé estático para no llamar demasiado su atención, hasta que finalmente perdieron todo interés en mí y prosiguieron su marcha. Una vez más, tenía que cuidarme las espaldas. Al volver a mi labor, arranqué cuatro ramas de un arbusto y me senté en el suelo, acomodando la vasija de metal, el plástico y la piedra en el centro de este, deseando que hubiera algo de humedad para lograr mi cometido.

Al terminar de acomodar aquel "recolector" de agua, regresé de nuevo a la avioneta, coloqué lo mejor que pude la lámina sobre la abertura para evitar cualquier enfrentamiento animal y me tiré de espaldas sobre los dos asientos traseros para resguardarme del abrasante calor. Mi respiración se hizo pesada y sofocante. Me sentí ansioso, ya que solo me llegaba un hilo de aire a los pulmones y mi corazón volvió a galopar sin control. Sentí que la temperatura ascendía por mis piernas y se alojaba como una bola de fuego dentro de mi cabeza, la cual se sentía que estallaría en cualquier instante como un globo de helio. Mi flequillo empapado dejó caer francas gotas de sudor, hasta que unas horas más tarde, luego de encontrarme dentro de aquel horno de metal, me di cuenta de que mi cuerpo estaba flotando en mis propios líquidos corporales, por lo que supuse que mi tiempo de supervivencia se había acortado. Prácticamente, ya no podía moverme de donde me encontraba. Estaba ardiendo de fiebre y un brutal malestar recorría incesantemente mi cuerpo, haciéndome sentir intoxicado, como si hubiera comido algo en muy mal estado.

Con fuertes palpitaciones, logré imponerme una vez

más a mi cuerpo enfermo y, arrastrándome lentamente, me fui incorporando hasta quedar recostado, apoyando mis manos sobre la compuerta de metal. Tiré enérgicamente de ella hasta desplomarla de la cabina y salí tambaleante, sintiendo el calor exterior como una ráfaga congelada sobre mi piel. Me dirigí hacia donde había puesto el recolector, con la esperanza de encontrar rastros de agua. Levanté la piedra y al asomarme por debajo del plástico vi con gran euforia que la vasija de metal había colectado unas cuantas gotas de agua. Extraje el recipiente, cuidando de no derramarlo, lo llevé a mi boca con sumo cuidado y, alcanzando a beber solo un pequeño sorbo, sentí como mis labios agrietados apenas se hidrataron hasta que, con gran frustración, advertí que el pocillo se encontraba ya completamente vacío. Con angustia, comencé a sacudirlo sobre mi boca, deseando obsesivamente exprimirle hasta la última gota.

El tiempo siguió su curso inalterable, sin ningún indicio de alguna avioneta que pasara a kilómetros a la redonda. Entre más pasaban las horas, mi esperanza de volver con vida se iba desvaneciendo. La depresión se apoderó de mí, haciendo muy difícil cargar con aquel estado de debilidad en el que me encontraba. Como un muerto viviente, caminé zigzagueando y sin rumbo fijo hasta sentarme bajo la sombra del árbol más cercano, que estaba repleto de afiladas espinas. Bajé la mirada y observé con detenimiento una roca de mediano tamaño que estaba junto a mí. Me recliné sobre mi costado y la empujé hasta alzarla de lado. Entonces descubrí un hervidero de lombrices y larvas blancas que se retorcían por debajo. Con repulsión y pese a las náuseas que me generaba el solo verlas, escogí la más gorda y nutritiva, la tomé entre la punta de mis dedos, la sujeté en el aire frente a mí y, titubeante, cerré los ojos para evitar ver aquello que introducía dentro de mi boca. Al sentir que se retorcía y la peculiar tersura de su piel sobre mi lengua, cerré las mandíbulas de tajo, eliminando instantáneamente a la víctima dentro de mi boca. Al masticarla y percibir su desagradable sabor a tierra, sentí unas enormes ganas de vomitar. Sin embargo, sabía que ese pequeño bicho repugnante podía proveerme de un poco de energía para alargar, aunque fuese un poco, mis escasas posibilidades de sobrevivir. Así seguí, con una larva y otra, viendo cómo las lombrices se desprendían de la roca y a toda velocidad se zambullían dentro de las grietas levemente húmedas de la tierra, como si intuyeran que se convertirían en mi siguiente bocado.

Luego de un verdadero festín vomitivo y con sumo cuidado de no ser pinchado por alguna espina, me recliné en el tronco del árbol y me quedé dormido. Nuevamente abrí los ojos cuando el sol se había escondido casi por completo, dejando un espeso brochazo naranja que se mezclaba con trazos color lila, que tejían el azul del cielo. Contrario a la belleza salvaje de un atardecer tanzano que cualquiera hubiera anhelado presenciar, odié la sola idea de ser parte de ello y de pensar que en cuestión de minutos, se me avecinaba otra noche plagada de predadores en busca de "presas". Sin más fuerza para siquiera ponerme de pie, me arrastré hasta la avioneta, entré y tapé la entrada de la cabina que comenzaba a oler a cadáver. Con el estómago revuelto y sin saber qué hacer, terminé por cerrar los ojos. Mi cuerpo desgastado parecía haber entrado dentro de una turbina, retumbando desde la punta de los dedos de mis pies hasta la última neurona de mi cerebro. Mi mente comenzó a desvariar, provocándome una dolorosa contracción en el estómago que me hizo vomitar compulsivamente, perdiendo una vez más el sentido.

Transcurrieron horas o quizás días, en donde solo tuve conciencia por algunos minutos. Recordé entre sueños haber contemplado el recubrimiento oxidado que cubría el techo de la cabina y un conjunto de cables que colgaban desorganizadamente sobre mí. Sumido en un profundo estupor, momentáneamente un chispazo cegador me devolvió a mi realidad. Advertí vagamente dos figuras paradas a contra luz, que pronunciaban huecamente mi nombre.

—John, John…

Sin lograr enfocar los rostros que tenía frente a mí, balbuceé: —Estamos muertos.

—No, John —escuché una voz grave y profunda que me tomaba del brazo—, estás vivo, hijo.

Lo único que recuerdo fue que alguien me arrastró pesadamente de los pies y me recostó de espaldas sobre una superficie plana mientras que los rayos del sol me deslumbraban, obligándome a apretar los ojos.

—¿Me escuchas, John? Todo va a estar bien —una voz insistió, al tiempo que sentía un objeto en mis labios que comenzó a vaciar un líquido dentro de mi boca y, sin poder tragar siquiera una gota, comenzó a derramarse por mi cuello, logrando que se acrecentara mi desesperación al sentir que me ahogaba. De momento, todo se oscureció y me vi dirigirme apaciblemente hacia una luz que anunciaba un largo pasillo.

Capítulo 24

Al recobrar la conciencia me encontraba recostado en un cuarto iluminado por una ventana cubierta con una persiana desvencijada que tapaba parcialmente los rayos del sol. Pude ver que de mi cuerpo entraban y salían toda clase de sondas y cables que me conectaban a un ruidoso monitor, que producía un molesto sonido intermitente. Mis párpados aún pesados lograron entreabrir una rendija, por donde pude recorrer con la mirada aquella habitación, reparando en alguien que permanecía sentado en un rincón con la cabeza agachada. Cuando quise hablar, me di cuenta que de mi boca salía un tubo de plástico verde que me conectaba a un respirador. Alcé la mano y entre quejidos, logré llamar la atención de quien estaba frente a mí.

—¡John! —exclamó una voz sorprendida.

Al desear responder, mi voz quedó apagada dentro de mi pecho. Al cabo de unos minutos, entró un séquito de personas vestidas con batas blancas que me rodearon, proyectando una luz blanca dentro de mis ojos. Mientras que uno de ellos escuchó mi corazón y pulmones con un estetoscopio. No alcancé a reconocer ninguna de las caras, pero de pronto, alguien tomó mi mandíbula y extrajo el tubo del interior de mi garganta, al mismo tiempo que me alentaba a hablar.

—¿Dónde estoy? —pregunté, con un fuerte escozor en las cuerdas vocales.

—En el hospital de Shinyanga —informó uno de ellos, elevando lentamente la cabecera de la cama—. ¿Cómo se siente, John?

—No sé… —respondí, confundido y débil.

En ese instante, mi corazón dio un vuelco al ver que Marie se abría paso entre aquel grupo de médicos de rostros negros.

—¡Oh, John…! —se llevó ambas manos a la boca—. No puedo creer que hayas vuelto después de tanto tiempo.

—¿Tanto tiempo? —pregunté, extrañado.

Los médicos dieron un paso atrás e indicaron que esperarían unos momentos afuera. Marie se sentó a mi lado, me tomó de la mano y me explicó lo sucedido:

—Cuando te rescatamos, casi cuatro días después del accidente, caíste en estado de coma… —ahuecó los labios—. Y para ser exactos, dormiste por poco más de tres meses.

—¿Queeé…? No puede ser —agité la cabeza—. ¿Cómo pudo ser posible? ¿Y Turner? ¿Logró recuperar el cuerpo de Roger?

Marie asintió y luego continuó: —Sí, pero fue algo horrible, John. No sabes lo que fue el haber encontrado a Roger en aquel estado. Fue un trauma espantoso tanto para él, como para todos los que lo vimos así. De todas maneras —levantó las cejas con un gesto de compasión—, afortunadamente pudo darle santa sepultura en Gambala. Le hicieron una ceremonia tan emotiva que de solo recordarla se me eriza la piel. Pobre Turner; ha estado completamente destruido desde entonces.

—Me lo imagino —tomé su mano—. De verdad ha sido por mucho la peor experiencia que he vivido. Pensé que nunca nos encontrarían. ¡¿Y Peter?! —recordé exaltado—. ¿Pudieron rescatarlo?

Marie bajó la vista, mordió su labio inferior y guardó un largo silencio.

—¿Qué pasó, Marie? ¡Dímelo ya, por favor! ¿Pudieron rescatarlo? —insistí. Mis palabras se atropellaron saliendo con desesperación todas al mismo tiempo.

—Lo siento, John… —acarició el dorso de mi mano, desviando la mirada—. Peter murió.

Pasmado, suspiré con angustia, sintiendo un dolor en el pecho que me paralizó por unos momentos. No podía creer lo que Marie había dicho y volví a preguntarle:

—¿Estás segura de lo que dices? ¿Quién les dio la noticia? ¿Recuperaron su cuerpo?

—Al parecer, Turner recibió una llamada hace casi dos meses de la cárcel estatal, donde le confirmaron que lo habían…

—¿Que lo habían qué, Marie? ¡Basta de rodeos! —exclamé.

—Lo siento mucho, John, pero aseguraron que lo había asesinado otro recluso durante una riña nocturna.

—¿Y su cuerpo? ¿Quién fue por él? Porque me imagino que lo recuperaron, ¿no es así? —pregunté, traspasando sus pupilas como una lanza. Marie se encogió de hombros, se levantó de la cama y dio un par de vueltas por el cuarto con semblante acongojado—. ¡Habla ya, mujer! —exigí—. ¿Por qué tanto silencio?

Suspiró, afligida, y se paró al pie de mi cama antes de contestar.

—Todo se supo demasiado tarde, John, y para entonces…, su cuerpo fue a dar a la fosa común.

—¡¿Qué…?! ¿Qué me estás diciendo? —bufé con rabia—. ¿Por qué tenía que pasar esto? ¿Cómo es posible que Mike y Turner no hicieran nada para salvarlo? No puedo creerlo… —golpeé la cama con el puño cerrado.

—Entiendo que estés así, John. Pero las cosas no fueron nada sencillas —intervino en defensa de ambos hombres. Lo buscaron incansablemente durante aquellas semanas, viajando de un lugar a otro, sin lograr dar con su paradero. Y por lo que escuché, los desgraciados que estaban implicados en todo esto, lo trasladaban por varios lugares para que nadie lo encontrara. Es más, Turner y Mike suponen que quizás lo mataron desde antes y para no levantar sospecha, decidieron manejarlo como un asesinato entre reos, pero están casi seguros que las cosas no fueron así.

—Es inconcebible lo que me dices —mis ojos se inundaron de lágrimas de impotencia. Seguía sin poder creer aquella historia que Marie me contaba—. ¿Y le avisaron a Claire, su mujer? ¿Mike habló con ella? ¿Qué le dijeron? ¡Santo cielo…! —apreté mis ojos, restregando mi cara con desesperación.

—Mike regresó hace un par de meses a Londres para darle la noticia personalmente —explicó—. Y por cierto, John, Mike llama casi todos los días para preguntar por ti. El pobre hombre parece estar entre la espada y la pared; no está ni aquí ni allá. Aparentemente no ha podido recuperarse del dolor que le ocasionó la muerte de Peter y tu accidente… —continuó con la mirada perdida en sus recuerdos—. Mike la pasó fatal, John. El corazón se me estrujaba de solo verlo. Supongo que esperaba fervientemente que volvieran juntos a Inglaterra.

—Necesito pararme ahora mismo, Marie. Debo volver a Londres cuanto antes —al querer reacomodarme sobre las almohadas, me quedé paralizado del pánico, mientras mi corazón parecía estar a punto de detenerse.

Capítulo 25

Marie se dirigió hacia mí con el rostro desencajado mientras yo me llevaba las manos a la pierna, sintiendo que la vida me abandonaba una vez más.

—¡Mi pierna! ¡Mi pierna…! —vociferé—. ¿Qué me han hecho, Dios mío? ¿Por qué…?

Por primera vez en mi existencia, lloré, inconsolable, presa de un dolor que por segundos me cegaba la razón. Cerré los ojos, engañado por mi propia memoria. ¿A qué hora había sucedido aquello?

—Comprendo tu dolor, John —expresó Marie con la barbilla temblorosa.

—¡Por supuesto que no lo comprendes, Marie! ¡Nadie puede entender una cosa así! —grité frenéticamente, frotando mi muslo con ansiedad. Las lágrimas de Marie no paraban de rodar por sus pálidas mejillas.

—Quisiera compartir esta pena contigo, John, pero sé que es imposible. Hubiera deseado que nunca te dieras cuenta de ello, pero…, tuvieron que hacerlo para salvarte la vida. Fue un milagro que no perdieras toda la pierna. No tienes idea del estado en que te encontramos aquel día —luchó por reprimir el llanto—. Pero a pesar de que sabíamos que sería una desgracia para ti, por fortuna la… —luchó unos instantes por encontrar una palabra que no hiriera mis sentimientos.

—¡La amputaron! ¡Dilo tal cuál! —expresé con tono mordaz, aniquilándola con la mirada—. ¡¿Cómo pudieron haberme hecho esto, Marie?! ¿Cómo lo permitiste? —espeté con ira—. Mejor me hubieran dejado morir —horrorizado, pasé mi mano por el muñón que había quedado debajo de mi rodilla—. Me han dejado lisiado de por vida —me compadecí de mí mismo.

—Sé que lo que diga en estos momentos no te dará ningún consuelo, John, porque quizá yo estaría igual o peor que tú —con el dorso de su mano, limpió las lágrimas que no dejaban de correr—. Solo piensa que una parte de tu pierna no te quita ser quien eres. No controla tu mente ni tu corazón. Ni tampoco te impedirá moverte, ni mucho menos te alejará de tu propia esencia. Por el contrario, todo lo que te ha pasado durante estos meses te ha dotado de mucha dignidad y enorme respeto.

—¡No quiero que nadie me tenga lástima y mucho menos tú! Mejor vete, Marie; no soporto que me veas así. No quiero que estés aquí —le exigí, desviando la mirada.

—Está bien, John —tomó su bolso y se dirigió con paso decidido hacia la puerta, haciendo una pausa antes de girar nuevamente hacia mí—. Te dejaré solamente por hoy, porque entiendo que necesitas estar solo para procesar lo que ha pasado. Pero mañana vendré, ¡y eso sí te lo advierto, Jonathan Carmichael…! —expresó tajante—. No permitiré que me vuelvas a echar jamás de tu lado.

Tras haberse marchado, rompí en un sollozo que se prolongó por horas enteras, hasta caer exhausto en un sueño en el que me veía succionado por un tornado. No pude dormir profundamente; desperté a media noche mareado, bañado en sudor y con muchas náuseas. En la penumbra del cuarto busqué el botón para llamar a la enfermera, que pronto llegó con una bandeja de plástico. Vomité un par de veces y sin permitirme un respiro, insertó un termómetro en mi boca para tomar mi temperatura. Un par de minutos después lo extrajo, diciendo sin mayor asombro: —Está bien, señor; no hay fiebre —dio media vuelta y salió por donde había entrado, dejándome más solo y vacío que nunca, obligándome a enfrentar una vez más a mis propios fantasmas.

Con el paso de los días, mi pena dio paso a una incomprensible resignación, la cual agradecí sin desear ahondar en el porqué. Comprendí, que desde aquel encuentro conmigo mismo —que había experimentado durante el tiempo que estuve en la sabana— algo muy especial se había transformado dentro de mí.

⚬⚬⚬⚬

Durante el proceso de recuperación, en el que permanecí recluido en el hospital, seguí recibiendo las constantes visitas de Marie, Mummbar y Turner, el cual seguía hundido en una profunda depresión. Mi presencia le recordaba a Roger, por lo que en una de sus visitas, al encontrarnos solos en mi habitación, le narré con mucho respeto las últimas horas de vida de su hijo y el recado que me había pedido darle, si es que yo sobrevivía a aquel fatal accidente.

Para concluir mi relato, extendí los brazos y dejando a un lado toda mi timidez, expresé: —Roger me pidió como último deseo que te diera el abrazo que no te dio antes de marcharse.

Mudo y con la vista apagada, se acercó a mí con recelo, para luego permitirse quedar entre mis brazos, tal como un padre con su hijo, rompiendo en un llanto lastimero que me hizo sentir profundamente desolado. En perspectiva, mi problema parecía pequeño ante su gran dolor.

—Lo siento tanto, Roger... —Turner se refirió a su hijo como si estuviera presente. Se fue separando poco a poco, secó sus lágrimas con la manga de su camisa, se levantó y, caminando reflexivamente hacia la ventana, por unos minutos me dio la espalda, para luego decir en voz baja—: Gracias, John; te agradezco este gesto. Es muy importante para mí el que me hayas dicho que Roger me perdonó antes de morir.

Nos quedamos en silencio un buen rato; sabía que Turner necesitaba tiempo y espacio para digerir tantas emociones, tal como lo había necesitado yo hacía unos días. Luego de unos minutos de permitirle reposar su dolor, agregué: —Sé que no es el momento para darte más preocupaciones, pero... —vacilé antes de proseguir.

—Dilo, John... ¿Qué más dolor puedo recibir? —dijo, sentándose en una silla frente a mí.

—Antes del accidente descubrí que Phillipe no es quien dice ser.

—¿A qué te refieres? —frunció el ceño y entrelazó sus puños, apoyando los codos sobre sus muslos.

—¿Sabías que Phillipe es el mismo hombre que acompañó a Dormonth la noche en que se hizo la transacción en la pista clandestina? Aquel que llevaba el portafolio con el dinero, ¿lo recuerdas?

Agitó la cabeza con franco desconcierto: —¿Cómo lo sabes? ¿Lo viste? ¿Lo reconociste?

—Reconocí su chamarra roja con la franja amarilla —aseveré—. Era exactamente la misma que llevaba puesta el día que Roger y yo salimos de Shinyanga. Estoy seguro de que es el traidor que ha provocado tantas desgracias. Recuerda que todos tenemos un precio —hice una pausa—. Y al parecer, Phillipe encontró el suyo.

—No, no puedo creerlo, John. Lo has confundido con alguien —refutó, escéptico, y se levantó de la silla—. Aunque Phillipe no esté en la plantilla de la reserva porque vive viajando de un sitio a otro, todos sabemos que es un médico respetable y su carrera lo avala. Nos lo ha demostrado por años; es un hombre íntegro, un profesional.

—Pues eso puede ser en apariencia —comenté—, pero yo estoy seguro de que tiene otras intenciones. Yo nada más te informo quién es ese hombre en realidad. Pero la responsabilidad es tuya y tú sabrás qué hacer con lo que te acabo de decir.

Inhaló evidentemente contrariado: —Phillipe se marchó hace más de un mes a Bélgica a ver a su familia y no volverá hasta dentro de un par de meses a Gambala —mordió sus labios y reflexionó por unos momentos antes de volver a decir—: Pero está bien, John. Si lo que dices es verdad, te prometo que haré algo al respecto. Te doy mi palabra de que no me cegaré ante aquello de lo que aún estoy convencido. Pero lo único que te pido a cambio es que no comentes tus sospechas con Marie ni con nadie hasta que tengamos pruebas contundentes que lo incriminen.

—De acuerdo, Bill. Lo haremos a tu manera —concluí.

Capítulo 26

Luego de una semana y media de haber recuperado la conciencia, finalmente salí del hospital de Shinyanga, apoyado por un par de muletas de madera, que pronto aprendí a utilizar con absoluta maestría. Regresé a descansar un tiempo más a la reserva, donde, día por día, luché por asimilar la idea de que viviría así por el resto de mi vida. Mi nueva apariencia física me costó muchas lágrimas de frustración y profundos sentimientos de aversión, pero poco a poco, con la ayuda de Marie, fui recuperando el ánimo para seguir adelante, pese a que el dolor por la pérdida de Peter era mucho más fuerte que yo mismo. No podía creer que no volvería a verlo nunca más y, al pensar en lo que habría sufrido en manos de sus ejecutores, me asaltaba una furia y una culpabilidad sofocantes que me perseguían por las noches como una intensa alucinación. Su solo recuerdo me empujaba obsesivamente a vengar su muerte. Estaba completamente decidido a dedicar el tiempo necesario para llegar hasta las últimas consecuencias.

Mi relación con Marie fue haciéndose cada vez más fuerte y su presencia me era imprescindible. Definitivamente sabía que no era solo por sentirme lisiado, ni por el inmenso agradecimiento que le tenía. En realidad, aquello que sentía por ella iba más allá de todo eso.

Durante mi estancia en Gambala, por un lado me dediqué a fortalecerme en todos los aspectos para aguantar el largo viaje de regreso a Londres, y por el otro, gocé por estar de regreso en la reserva, al lado de Marie, y para volver a ver a Nina. Ella había crecido una enormidad; pero aun después de más de tres meses de ausencia, me reconoció inmediatamente. Cuando la tuve frente a mí, lloró desesperadamente, robándome la primera sonrisa espontánea que apareció en mi rostro después de tantos meses. La tomé entre mis brazos, como quien carga a su hijo luego de regresar de un largo viaje, y al sostenerla por unos segundos en el aire, estiró ansiosamente sus brazos hacia mí. La acerqué a mi pecho y después de restregar su cabeza en mi pulóver, con toda la curiosidad posible, espulgó con sus dedos arrugados el interior de mi crecida barba.

Luego de disponer una bandeja y algunos utensilios para afeitarme, Marie empezó por cortar hábilmente mi cabellera desaliñada, viendo a la vez, caer los mechones de cabello por todos lados.

—¡Santo cielo! —exclamé con asombro—. Nunca hubiera imaginado llegar a estar tan peludo. La persona que me haya visto en la calle ha de haber pensado que se trataba del hombre lobo de Tanzania —había comenzado a recobrar un poco el sentido del humor que había perdido.

Cuando vi a Marie parada frente a mí, con aquel vaporoso vestido blanco, no pude evitar contemplar la femenina redondez de su silueta y sus pechos que sobresalían del ligero escote. Me recordaron de inmediato que aún seguía siendo un hombre, un hombre vivo. Solté una de las manos que sostenían a Nina sobre mi regazo, la dirigí lentamente hasta atrapar el contorno de su cintura y, acercándola hacia mí, tuve el impulso de besar su vientre. Ella se apartó, sosteniendo las tijeras en el aire.

—¿Cuáles son tus intensiones, Jonathan Carmichael?

—Perversas... —entrecerré los ojos y con un divertido juego de miradas que fueron atrapándola por debajo de mis pestañas, la tomé del brazo y la atraje hacia mí para darle un beso, sintiendo la humedad y la calidez de su aliento en mi boca. Hipnotizado por su cercanía y sus besos, prometí—: Regresaré en poco tiempo por ti, querida. No puedes negarte. Tú sabes que... —hice una pausa y me armé de valor para confesar aquello que jamás había pronunciado—, te amo.

Marie se sentó en la orilla de su cama, se inclinó ligeramente hacia mí y al tomar mis manos entre las suyas, dijo: —Yo igual te quiero, John, pero... —apretó sus labios—, tenemos vidas tan distintas y tan extremas, en toda la extensión de la palabra que... —expresó con tono resignado—, creo que nuestros caminos serían difíciles de compaginar. Como te comenté hace tiempo, yo escogí esta vida, decidí quedarme en este lado del mundo y... —desvió la mirada hacia la carita atenta de Nina, que nos observaba sin siquiera parpadear, acarició su cabecita y declaró—, este es y seguirá siendo el motor de mi vida, Johnny. De verdad no me veo en ningún otro sitio que no sea en África. Este es mi hogar.

Abatido ante su decidida confesión y sabiendo que quizá yo no podría cambiar mi vida de una manera tan radical —es decir, de una ciudad como Londres a una recóndita reserva en mitad de la nada— no pude evitar sentirme realmente frustrado. Entre tanto, en el fondo del cuarto sonaba la música que por unos momentos me llevó a reflexionar sobre lo que sería de mí lejos de Marie, quien había sido mi motor después de tanto dolor. Ella era la única mujer que me había importado lo suficiente como para hacerme reflexionar y pensar en dejarlo todo para seguir a su lado.

—Tan pronto Mike y yo concluyamos con nuestro proyecto, logremos desarticular a la UMAG y vengar la muerte de Peter y los demás, te juro que regresaré.

—Qué bueno que tocas el tema, John —dijo. Luego se dirigió hacia una cómoda de madera, abrió el último cajón y sacó mi cámara del interior—. Le pedí a Mike que me la dejara antes de marcharse, pues estaba segura que en algún momento despertarías y preguntarías por ella.

—Muchas gracias —la tomé de entre sus manos y la fotografié una y otra vez, pensando, como cuando era niño, que su imagen y su esencia se quedarían conmigo para siempre. Proseguí, rompiendo la tensión de mi propia seriedad—: Cuando vuelva, por lo que veo, no me quedará otro remedio que convertirme en niñero de monos, pues me he vuelto un experto en el arte de cambiar pañales y dar biberones de leche todo el día.

—Ya veremos cuando regreses, Johnny —dio un suspiro mientras me analizaba por unos momentos—. Lo que sí puedo decirte es que serás un buen papá —arrugó los labios con un aire de ternura.

Luego de que Marie terminó de cortarme la melena y afeitar mi barba de vikingo, fuimos a dejar a Nina a la jaula común de infantes, donde podía jugar con un par de babuinos menores que ella y a los que pronto dominó con autoridad. No pude dejar de sonreír, divertido, al verla transformada en una niña mandona.

—Se parece a su madre —comenté riendo.

Marie alzó las cejas, me miró por debajo de sus pestañas y, sacudiendo la cabeza, esbozó una sonrisa chispeante.

⁕

Después de dos semanas de reposo y mucho más fortalecido física y anímicamente —gracias a mi maravillosa doctora francesa que no hacía otra cosa

215

más que impulsarme a no darme por vencido— llegó el día de volver a casa. Para entonces, mi hogar empezaba a estar ya en Tanzania junto a Marie. Por fortuna, ya no tenía que cargar con aquellas pesadas cajas de acero, las cuales Mike había llevado de vuelta a Londres, por lo que exclusivamente llevaría un pequeño maletín y mi cámara al cuello como todo un turista japonés.

La noche anterior a mi partida de Gambala hablé nuevamente con Turner sobre Phillipe, notificándole que al llegar a Londres me encargaría de investigar a fondo sobre él —ya que no estaba dispuesto a echar mis sospechas y mis convicciones dentro de un "saco roto"—, además de llevar a cabo la reseña sobre lo ocurrido en Gajha, como también exponer, sin caer en el amarillismo, el abuso y el asesinato de Peter. Para entonces, Mike había comenzado sus primeros disparos acertados al blanco, movilizando a la prensa y despertando la atención de la ONU. Por lo demás, sabía que mi intempestivo arribo a Londres sería un verdadero impacto para todos, pero en especial para Mike y Gwyn, que me creían al borde de la muerte.

Turner estaba acabado física y moralmente. No le importaba ya nada después de la muerte de Roger. Era obvio que su tristeza lo había hundido en una profunda depresión y lo había hecho apartarse de su objetivo en la vida. Deseé que ese estado fuera pasajero y continuara más adelante con lo que tanto había luchado por construir. Pero por el contrario, Mummbar estaba más que alentado y dispuesto como nunca a seguir con lo planeado, sin que su corazón desmayase.

—John —agregó Turner por último—, de verdad, todos lamentamos lo ocurrido. Nunca imaginamos que sucedería tanta tragedia. No solo has perdido una pierna sino también a un excelente amigo, por lo que siempre viviremos en deuda contigo y con Mike.

—Lo sé y te lo agradezco —estreché su mano. Su semblante apagado denotaba sentirse culpable, a lo que solo añadí, dándole una palmada en la espalda—: Tú, por desgracia, también has sufrido las consecuencias de esta guerra tanto como nosotros. No te mortifiques más, Bill. El tiempo ayudará a curar las heridas. Debemos tener valor y mucha fuerza para sobreponernos y seguir adelante, pues tenemos todavía mucho por hacer. Igualmente quiero darte las gracias por todo lo que hiciste por mí durante estos meses que estuve internado en el hospital y lo mismo aquí en Gambala. No tengo palabras para decirte lo que esto ha significado para mí.

Turner asintió con una vaga sonrisa y me dio un abrazo fraternal. En ese momento apareció Mummbar para notificarnos que volaría conmigo a Dar es Salaam, para llevarme personalmente hasta el aeropuerto.

—Es lo menos que podría hacer por ti, John. Es más… —se dirigió al escritorio donde permanecía el transmisor apagado—, aquí están los papeles que pudimos recuperar de la avioneta el día del accidente —revisó una pila de papeles—. Aquí está tu pasaporte y el de Peter; supongo que Claire, su mujer, querrá conservarlo.

—Seguro que sí. Gracias, Mummbar. Ni siquiera había pensado en ello —los tomé de su mano y los introduje en el bolsillo trasero de mi pantalón.

A la mañana siguiente —después de haber permanecido el mayor tiempo posible con Marie, a la que le dejé la cinta de música que había grabado antes de emprender mi viaje— le aseguré que aquellas canciones nos mantendrían unidos en la distancia y le prometí, una vez más, que pronto volvería a su lado. Después de escuchar todas sus recomendaciones, le di un beso. Y como quería llevarme un recuerdo vivo que me hiciera recordarla durante el tiempo que estaríamos alejados, inhalé el perfume de su piel, deseando volver a verla lo antes posible. Me sentí temeroso de emprender mi viaje de regreso a Dar es Salaam en la avioneta de Gambala.

El solo hecho de imaginarme nuevamente en el aire y cruzando la sabana me hizo estremecer.

Me despedí de cada uno de los habitantes de la reserva, incluso de Nina, por la cual sentí una tristeza profunda, pues sospechaba que cuando regresara en unos meses, quizá no me reconocería. Nunca me imaginé que un animalito salvaje hubiera podido llegar a tener tanta importancia en mi vida. Tomé a Marie entre mis brazos sin quererla dejar ir. Sentí que aquellos meses serían eternos sin su compañía. Por un lado, sentí mucha indignación por la forma en que habían acaecido las cosas para todos. Pero por el otro, me sentí afortunado y agradecido de haber tenido la oportunidad de encontrar a la mujer de mi vida.

Sin desear hacer aquella despedida más larga, Mummbar y yo subimos al todoterreno. Me incliné sobre el asiento, acomodé las muletas sobre el piso y cerré la puerta detrás de mí.

Pero Marie se apresuró, con Nina en brazos, y extendiendo su mano a través de la ventanilla, dijo:
—Te voy a extrañar.
—Y yo a ti. Cuídate y cuídala mucho —respondí mientras Nina alargaba su manita hacia mí—. Me mantendré en contacto, te lo prometo.

Bantú aceleró, dejando una espesa estela de polvo a nuestras espaldas. Estábamos abandonando Gambala, dejando una gran historia anclada en aquel lugar.

Capítulo 27

Luego de un largo camino llegamos a la pista de aterrizaje donde nos esperaba un nuevo piloto, junto a la avioneta. Este rápidamente nos dio la bienvenida: —Señor John, qué bueno que está mejor. Usted no me conoce, pero yo lo conozco a usted muy bien. Fui yo quien piloteó la avioneta el día que lo encontramos en...

—Muchas gracias —interrumpí, sin querer ahondar en el tema que de alguna manera me seguía afectando.

El hombre bajó la vista al verme caminar con las muletas y expresó apenado: —Lo siento, señor —dio un paso atrás—. Siéntase tranquilo que este vuelo será seguro. La avioneta está en perfectas condiciones.

—Así lo espero, mi amigo —me detuve a tomar un respiro.

Mummbar se alejó, caminando unos pasos junto al piloto. Al parecer le daba algunas instrucciones sobre el itinerario del día. Y luego de un rato, ambos regresaron a la avioneta.

—Todo va a estar bien, John —aseguró Mummbar, tranquilizándome—. Y nuevamente te pido disculpas. Por lo visto, los trajimos a vivir una pesadilla, un verdadero infierno, por lo cual espero que algún día logren perdonarnos.

—Ni hablar —respondí, fijando la mirada en el tramo inexistente de mi pierna—. Nada está escrito, Mummbar. Así es la vida. No fue culpa de ustedes lo que le pasó a Peter, como tampoco lo de mi accidente, donde también perdieron la vida Jamal y Roger. Quizás a estas alturas solamente debería pensar en dar las gracias porque aún estoy vivo. Pero sí te digo una cosa... —apreté la mandíbula con rabia—, los que mataron a Peter, tarde o temprano, la pagarán muy caro. De eso me voy a encargar yo mismo aunque tenga que dedicar mi vida entera para lograrlo.

Mummbar asintió y esquivó mi mirada, atraído por la presencia del piloto, que nos indicó que ajustáramos nuestros cinturones de seguridad para iniciar el despegue. Con incontrolable nerviosismo cerré los ojos. Por primera vez en mi vida sentí la necesidad de orar en silencio. El resonar de los motores trajo a mi mente imágenes trágicas del accidente que, al entrelazarse unas tras otras, provocaron que mis manos comenzaran a sudar frío.

Después de haber alzado el vuelo, fui abriendo los ojos lentamente, relajando de manera consciente cada uno de los músculos de mi cuerpo que se habían engarrotado por completo. Y tras exhalar una bocanada de aire, aquella planicie infinita en su extensión, plagada de una calma absoluta, comenzó a acogernos en su corazón. Por unos minutos esquivé la mirada de Mummbar que parecía haber percibido mi nerviosismo.

—Relájate, John. De verdad, todo está bajo control —reiteró—. Te juro que esta vez llegarás a salvo a Londres.

La sonrisa se me congeló en el rostro. Fijé la mirada una vez más en la temible sabana, recordando por unos instantes aquel accidente que le había arrebatado la vida a Jamal y a Roger, esperando algún día poder borrar aquella pesadilla de mis recuerdos.

Al cabo de algunas horas de surcar el territorio tanzano, repleto de nubes que tapizaban desordenadamente el cielo —y luego de tragar saliva que parecía atascarse dentro de mi garganta— felizmente aterrizamos en el mismo aeropuerto por donde habíamos llegado casi cuatro meses atrás. Agradecido de haber llegado sano y salvo a mi penúltimo destino, tomé mis muletas, descendí de la avioneta y respiré profundamente, recuperando poco a poco la calma. A cierta distancia, una camioneta que permanecía aparcada junto a la pista, arrancó a toda velocidad, parándose frente a nosotros.

—¡Señor Mummbar! —se trataba del mismo chofer que nos había recogido a Peter, a Mike y a mí, a nuestra llegada a Dar es Salaam. Era un viejo de andar ágil, atlético, esbelto y de excepcional altura, que esbozó una amplia sonrisa, dejando entrever una dentadura muy blanca—. ¡Qué gusto verlo por acá de nuevo! Escuché que han tenido algunos problemas por allá. Espero que las cosas se arreglen pronto.

—Gracias, Sansón —dijo Mummbar, estrechando su mano—. Eso mismo esperamos todos.

El chofer se volvió para mirarme y, dándole una discreta ojeada a mi pierna, apresuradamente me ayudó con mi maleta, abriendo la portezuela trasera de la camioneta.

—Pase usted, joven —tomó mis muletas y las acomodó a un lado de mí.

Durante un largo tramo de carretera sin pavimento, Sansón siguió haciéndole preguntas a Mummbar sobre los pormenores de la situación de la reserva.

Este lo interrumpió y, dirigiéndose a mí, comentó: —¿Sabes por qué lo apodan Sansón, John? —sonrió, atrapando la mirada orgullosa del viejo que nos miraba a través de su espejo retrovisor—. Mi amigo es un masai. Fue un verdadero guerrero, un moran. —Alcé las cejas, atraído por el comentario—. En su juventud —prosiguió—, desafió a un enorme león que atacó a su hermano menor de ocho años e increíblemente lo venció cuerpo a cuerpo, salvándole la vida al infante.

—¿Y qué pasó con el león? —pregunté, tan azorado como divertido ante el sorprendente relato.

—Lo hirió y... —antes de que terminara de hablar, Sansón le arrancó la palabra.

—Lo maté con mis propias manos —manifestó el hombre, orgulloso de su proeza.

—¡Eso sí que es increíble! —exclamé con asombro.

Sansón sonrió ampliamente y prosiguió narrando con detalle la escena memorable, al menos para los habitantes de su aldea y de la gente que lo conocía.

Mummbar retomó la conversación: —¿Sabías, John, que el guerrero masai o moran solamente caza para exhibir su valor y nunca para comer? Asimismo se dice que Dios creó primero a esta tribu antes que a ningún otro hombre y luego al ganado para que vivieran juntos.

Fijé mi mirada escéptica en sus ojos negros.

—Es cierto lo que le dice el señor Mummbar —confirmó Sansón una vez más, dejando que este terminara su relato.

Continuó Mummbar: —Por eso mismo se sabe que todo el ganado del mundo es de ellos por derecho divino. Son los enviados de Dios que pueden predecir el futuro y atraer lluvias donde no las hay. Según ellos mismos, son la tribu perdida de Judá. Pero lo bueno no es solo eso... —me cerró un ojo discretamente, esforzándose por no sonreír—. Mi estimado Sansón es más que un héroe, John.

—¿Y eso? —lo miré, divertido.

—Tiene... —miró hacia arriba para luego rectificar—, es decir, posee cinco esposas, ni más ni menos. ¿No es así, Sansón, o me equivoco? —se dirigió a nuestro chofer, dándole crédito en la conversación.

Sansón, ni tardo ni perezoso, aclaró con gran dignidad y orgullo que había decidido desde hace varios años conservar exclusivamente a una, ya que había encontrado en la religión cristiana a Jesucristo y había tomado la decisión de abandonar la poligamia. Aseguró que desde las antiguas tradiciones masai adoraban a Engai, el Dios de los cielos y proveedor del ganado. Sin embargo, hacía menos de dos años, habían llegado a su aldea unos predicadores del cristianismo que le habían enseñado el amor a Cristo, pero básicamente, la abstinencia sexual indiscriminada.

—Ahora soy completamente fiel a Jecinta —concluyó, apretando el freno del vehículo hasta el fondo para esquivar a un vendedor que entre gritos lo maldijo. El hombre batía las manos en el aire, repletas de figurillas de marfil y máscaras de ébano, cayéndose y tirando una a medio camino. Sansón abrió la ventanilla y enfurecido, exclamó—: ¡Pero si parece que caminas como perro por tu casa! La próxima no respondo… —Alterado, volvió a subir el vidrio de la puerta, agitando la cabeza con indignación—. No lo puedo creer, se me echó encima el muy desgraciado.

Por lo visto, como el primer día que nos recogió en el aeropuerto, era obvio que Sansón no se dejaba intimidar por nadie. Tenía un carácter impetuoso después de todo.

Al pasar por la periferia de Dar es Salaam nos encontramos con un accidente en una de las bocacalles, que nos mantuvo horas atascados en medio de un crucero por el cual tomaríamos la desviación hacia el aeropuerto internacional de la capital. No podía parar de mirar mi reloj. Me preocupaba pensar que perdería el vuelo que me llevaría por fin de regreso a casa.

A menos de diez minutos de llegar a nuestro destino, nos topamos con un mercado al aire libre, en el que cientos de personas se arremolinaron entre los autos, tratando de vender un montón de baratijas de todo tipo. Intempestivamente, nos asaltó un grupo de hindúes que se pararon junto a mi ventanilla para explicar —con acento trabado, palabras atropelladas y en un inglés casi incomprensible— que la muchacha a la que señalaba uno de ellos, dentro de un automóvil, estaba a la venta a muy buen precio. Azorado ante tal ofrecimiento, cerré la ventanilla para evitar seguir escuchando los gritos apasionados de aquellos pregoneros locos, que nos seguían conforme íbamos avanzando.

Luego de largos minutos de espera, repentinamente atrajo mi atención un hombre andrajoso, que con paso lento y serpenteante, cruzó de largo frente a nosotros. Sin apartarle la vista de encima mientras caminaba todavía algunos metros, mi corazón dio un vuelco, impulsándome inconscientemente a abrir la portezuela de la camioneta, sacar una de mis muletas y bajar a toda velocidad, en busca de ese misterioso vagabundo que parecía perderse por instantes dentro de aquel mar de personas, que como olas, bañaban calles y aceras.

—¡Los alcanzo más adelante! —sin mirar atrás, les grité a Sansón y a Mummbar, que probablemente pensaron que había perdido completamente la razón.

Desesperado, buscando en todas direcciones, alcancé a ver que el hombre que seguía se detuvo y se recostó a un costado de la puerta de una taberna maloliente. Se dejó caer lentamente, resbalando su espalda sobre el muro hasta quedar en cuclillas con la mirada fija en el piso. Me acerqué, apoyado de mi muleta y al encontrarme de pie frente a aquel hombre, sin haber pronunciado palabra alguna, mi corazón comenzó a latir con fuerza. Me incliné hacia él y antes de que tocara su hombro, pareció haberme presentido, dirigiéndome una mirada recelosa. Al ver su cara y descubrir de quién se trataba, quedé conmocionado, dejando caer la mandíbula con total desconcierto.

Capítulo 28

Al observar aquel rostro casi sin vida —con la mirada perdida y una gran cicatriz sobre la ceja que se prolongaba hasta la hendidura de su sien— me dejé caer de rodillas a su lado, tomándolo de las manos.

—¡Peter, Pete…! ¿Qué te pasó, amigo? ¿Quién te ha hecho esto? —pregunté, contrariado, al verlo en aquel estado.

—¿Peter? ¿Quién es Peter? —temeroso y desorientado, zafó sus manos de entre las mías—. No sé de qué me habla, señor… Yo a usted no lo conozco.

—Pero, Pete, ¿qué dices? ¿No me reconoces? Soy John, John Carmichael; somos amigos —insistí, con la intención de que no le quedara la menor duda de lo que le decía.

—No conozco a ningún John —frunció el ceño con irritación—. Yo a usted no lo he visto antes —su cabeza oscilaba como un péndulo y sus pupilas estaban dilatadas. Era obvio que estaba bajo la influencia de alguna droga y que lo habían golpeado brutalmente, dejándolo en estado de amnesia.

A los pocos minutos, Sansón paró la camioneta frente a nosotros. Mummbar descendió a toda velocidad y nos encontró a ambos sentados sobre la banqueta.

Notablemente sorprendido de aquel descubrimiento, se acercó vacilante, reparando en el brutal aspecto de Peter. Y luego de contemplar aquella escena, lo tomó del brazo y lo alzó decidido, dejándolo sin posibilidades de escapar mientras que Peter, actuando como un animal salvaje, luchó por liberarse sin conseguirlo.

—¡Suélteme, suélteme…! —gritaba mientras force-jeaba, sin que la gente que pasaba por allí se inmutara.

—¡Tranquilo, hombre! —exclamó Mummbar con autoridad—. Nosotros somos tus amigos y estamos aquí para ayudarte. Te vamos a llevar a casa con Claire, tu esposa.

—¿Con Claire? ¿Claire…? —movía la cabeza como un robot—. Sí, recuerdo ese nombre…

—Así es, Peter —afirmó Mummbar—. Claire, tu mujer, la misma que te ha dado un hijo.

—¿Lo ves? —dije, en tanto que Sansón abría la puerta trasera sin comprender ni media palabra de lo que sucedía—. Te voy a llevar a casa, compañero. Todo este tiempo nos hicieron creer que habías muerto.

Sin expresar alguna emoción, terminó inmóvil como un bulto de piedras en el asiento junto a la ventanilla, bajando la guardia. Soltó el cuerpo, abrió la boca de par en par y comenzó a respirar con dificultad, repitiéndose a sí mismo obsesionado: —¿Yo, Peter…?

—Así es, hermano —saqué su pasaporte de mi maletín y le mostré su fotografía para convencerlo de lo que le decíamos.

Entrecerró los ojos tratando de enfocar la imagen y, examinándola minuciosamente, se llevó ambas manos a la cara con desesperación. Era evidente que su mente torturada e infestada de narcóticos luchaba por recu-perar el juicio, bajo la conciencia que permanecía oculta dentro de algún lugar de su cerebro.

—No te agobies más, Pete. Te prometo que al llegar a casa, cuando estés con tu familia, todo volverá a la normalidad —le di una ligera palmada en el brazo, mientras sus manos permanecían en reposo sobre sus muslos que parecían los de un esqueleto viviente. Entre la sobredosis que traía encima, el miedo y la inmensa confusión sobre su propia identidad, se echó a llorar, evidenciando su terrible estado anímico.

A pocos minutos antes de llegar al aeropuerto, Mummbar le ordenó a Sansón que hiciera rápidamente una parada en un motel, situado a media cuadra de donde nos encontrábamos, a la vez que miraba con detenimiento su reloj.

—Tenemos justo, mmm… —pensó—, quince minutos para darle un baño. Es imposible llegar así con él al aeropuerto. Tiene que cambiarse de ropa; parece un vagabundo. Tal vez con un poco de agua fría logremos que se despabile un poco.

Entre Mummbar y Sansón, bajaron con trabajos a Peter de la camioneta y lo dirigieron, aún tambaleante, hasta el recibidor del hotelucho, hasta donde yo me adelanté para explicarle al hombre —que nos miraba con repulsión desde la recepción— que necesitábamos un cuarto por unos cuantos minuto. El recepcionista discutió, contrariado, sobre la presencia de Peter y el costo del cuarto.

—¡No importa lo que cueste! —exclamé—. Denos el cuarto y listo. Le aseguro que en un rato estaremos fuera de aquí.

A regañadientes, el individuo giró para sacar la llave de una caja de madera y finalmente accedió: —Tomen la habitación siete. Está bajando la escalera al final del corredor. Pero primero el dinero, caballero —extendió su mano hacia mí.

Al mismo tiempo que yo pagaba la cuota por el cuarto, Mummbar se apresuró junto con Sansón y Peter, dejando la puerta del cuarto entreabierta. Entre Mummbar y Sansón le quitaron la ropa. El olor nauseabundo de su cuerpo había impregnado por completo el aire de la habitación. Era obvio que no había tomado una ducha desde que se lo habían llevado de Gambala. Al ver su torso sin ropa descubrimos con horror que lo habían torturado. Tenía grandes extensiones de su pecho y su espalda repletos de cicatrices y quemaduras que moteaban de negro sus hombros. Recuperándonos de nuestro asombro, lo dejamos derrumbado de espaldas sobre la cama, en tanto que Sansón se dirigía al baño a abrir el grifo de la ducha.

Mummbar por otra parte, comentó: —Si me permites, John, iré a sacar algo de ropa limpia de tu maleta. Necesitamos tirar a la basura la que Peter traía puesta.

Yo asentí. Luego Sansón logró llevar a Peter, casi a rastras, hasta lograr meterlo debajo de la ducha mientras este se resistía y gruñía como un animal acorralado. El agua estaba fría y al sentirla sobre su piel herida, comenzó a quejarse, con los ojos desorbitados, por el dolor.

—Perdone que le esté haciendo esto, señor —Sansón tosía repetidamente, conteniendo las náuseas—. Pero es lo mejor para usted y me temo que… —frunció la boca con asco—, para nosotros también, porque sin duda huele muy mal.

Sansón y yo hicimos oídos sordos a sus gemidos y después de un baño rápido y concienzudo, Mummbar lo estaba esperando ya con la toalla en la mano. Entre los dos lo vistieron y acicalaron lo más que pudieron, logrando que recuperara un poco la conciencia, después de haber estado perdido en un estado meditabundo como consecuencia de las drogas que le habían suministrado.

Con tiempo aún para tomar nuestro vuelo a Londres, por fin llegamos al aeropuerto. Mummbar se dirigió al mostrador a comprar el boleto de Peter, pidiendo que le asignaran un asiento junto a mí, además de una silla de ruedas con un ayudante para llevarlo hasta el avión. Me despedí de Mummbar, como un amigo entrañable que había dedicado sus últimos meses a reivindicarse y a cuidarme. Sabía que estaría agradecido a él para toda la vida. Estreché su mano y nos dimos un abrazo fraternal, prometiendo volver a vernos en un futuro cercano.

Cuando nuestro amigo tanzano se marchó, no pudimos escaparnos de las miradas curiosas de los pasajeros, a lo que yo, cansado de tanta indiscreción, exclamé: —¡Basta ya! ¡¿Qué, no se dan cuenta de que está enfermo?!

Uno que otro rostro enrojecido de vergüenza desvió su mirada en dirección opuesta a nosotros, dejándonos finalmente en paz. Esperamos sentados en la antesala, hasta que luego de un rato comenzamos a salir para abordar el avión. El asistente que había llevado a Peter hasta la puerta del avión, lo ayudó a levantarse de la silla de ruedas, al tiempo que uno de los sobrecargos lo tomó del brazo y lo escoltó hasta su asiento, donde lo recargó con una almohadilla sobre la ventana. Y justo antes de que despegáramos, Peter se había quedado dormido, con un aspecto demacrado, bajo una desaliñada melena y una barba que cubría sus labios agrietados, haciéndolo parecer un indigente.

Capítulo 29

Al regresar a Londres fui a recoger a mi entrañable Morris en casa de Gwyn, quien se quedó completamente impactada al verme sin mi pierna. Me dediqué una tarde entera a reconfortarla y ponerla al tanto de lo sucedido y de cuáles eran nuestros planes. Ella no pudo contener las lágrimas y lloró desconsoladamente al saber todo lo que había sufrido. Peter había ingresado en una clínica de rehabilitación y a pesar de que su memoria se iba recuperando muy lentamente, lo primordial era que Claire había sido la primera en resurgir en su mente amnésica, lo cual le proporcionaba, de alguna manera, un consuelo a su pasado tormentoso. Y en especial, la presencia de Christopher, su hijo de un mes de nacido, parecía haberle despertado una vez más el deseo de vivir. Sin embargo, yo seguía aún atrapado en su inconsciente, ya que ni siquiera lograba reconocer mi cara. Por eso decidí visitarlo casi a diario, con la esperanza de que en alguna de mis visitas, por fin me reconociera.

Una de esas noches, después de haber hablado solo un par de veces por teléfono con Mike desde mi llegada, decidí sin previo aviso, visitarlo en su extravagante departamento a unas cuantas cuadras de King's Road. Sin pensarlo demasiado, bajé del taxi, entré al edificio, de donde unos jóvenes iban saliendo, y me dirigí a su puerta, donde colgaba una campanilla de bronce. Al batir la cadena que colgaba de ella, mi amigo abrió la puerta, sujetando su guitarra en la mano. Al verme de pie frente a él, me dio un fuerte abrazo y me invitó a pasar. Era obvio que a pesar de saber que ya estaba de vuelta en Londres, la otra parte de él me hacía en aquella cama del hospital, en la que me había dejado moribundo varios meses atrás. Sorprendido por completo ante mi inesperada visita, me escoltó por un pasillo hasta llegar a un comedor al estilo *retro*, donde al pasar frente a una de las paredes de la sala, alcancé a ver que colgaban cinco enormes pinturas modernistas con los rostros de Los Beatles.

—¿Cinco? —reparé a medio camino, girando sobre mi hombro para volver a contar—. Lennon, McCartney, Harrison, Starr y… —solté una carcajada, al caer en cuenta que el quinto rostro era el de Mike.

—Eres el primero que en menos de un minuto lo descubre. Muchos los ven y ni siquiera lo notan. Han de pensar que ese galán es el quinto integrante del grupo —bromeó—. Esa fue idea de Sarah —aclaró—. Ya sabes que es todavía más excéntrica que yo.

Luego de comentar la anécdota sobre los cuadros, nos sentamos a la mesa. Mike sirvió dos copas de *bourbon* a la roca y nos sentamos a conversar, poniéndonos al día de lo que había ocurrido durante el tiempo que nos habíamos dejado de ver. Seguido de un brindis —en el que solo deseábamos recordar únicamente los buenos momentos que habíamos pasado juntos durante aquel viaje a Tanzania— Mike, sin lograr esquivar su mirada indiscreta hacia mi pierna, comentó sin más rodeos y con la rotunda seguridad que lo caracterizaba: —Te vi tan jodido en aquella cama del hospital que realmente creí que nunca saldrías del estado de coma. Pero mírate, hermano… —extendió su mano hacia mí, repasándome con la mirada—, te ves estupendamente bien y con todo y sin tu pierna…, sigues teniendo ese encanto tan irresistible para las mujeres. Bueno, supongo que en especial para Marie. Francamente qué bella mujer —reiteró sin perder el sentido del humor—. Ni siquiera te imaginas la dedicación que te tuvo durante todo ese tiempo en el hospital. Te confieso que me daba más pena verla a ella velando tus sueños que tú, que dormías perdido como dentro de un sueño. Marie lo sufrió —arrugó la boca, mientras encendía un cigarrillo—. Nos demostró a todos lo mucho que te quiere. Es una lástima que hayan tenido que separarse ahora.

—Lo sé —tomé un trago de mi copa—. Pero espero que no sea por mucho tiempo —su recuerdo me puso melancólico—. En cuanto hayamos concluido con el proyecto y logremos acabar con esos mal nacidos, regresaré no sé si para robármela o… —reí—, sencillamente para quedarme a vivir allá.

—¿Lo dices en serio, John? —preguntó con una mueca de incredulidad—. ¿Dejarías todo para irte a vivir a Gambala? ¿Y más aún después de lo que ocurrió en aquellas tierras?

Apreté la boca y ladeé la cabeza, al tiempo que levantaba los hombros con total resignación.

—Ya ves, amigo, la vida puede dar muchas vueltas.

—Dirás cambios drásticos —repuso sorprendido—. Es increíble que la francesita te haya robado de esa manera el corazón.

—¿De qué corazón y de qué francesita hablan?, que me voy a poner celosa, ¿eh? —preguntó Sarah, su mujer, que venía entrando por la puerta con una bolsa de estraza entre sus brazos. Su aspecto pálido y ojeroso denotaba su falta de salud.

—De Marie, la doctora que te conté que cayó redondita en brazos de John —aclaró Mike, yendo a su encuentro.

—Hola, Sarah —me levanté a saludarla—. ¿Cómo estás?

—¿John? —preguntó con asombro—. Yo estoy mejor, pero… ¡No lo puedo creer! —se dirigió hacia mí para darme un abrazo—. ¿Cómo estás, querido? ¿Cómo te sientes? Mike me contó todo lo que pasó en África. No sabes cómo lamento lo de tu accidente. Gracias al cielo estás vivo y te ves magníficamente bien —se llevó ambas manos a la boca—. Te felicito, John. Te felicito por estar aquí de vuelta y…, dentro de todo, tan guapo como siempre —sonrió débilmente, volviéndose para observar a Mike que regresaba a sentarse—. En fin, guapos, los dejo porque imagino que han de tener muchas cosas de qué hablar.

Se despidió, dándome un beso en la mejilla, a la vez que le avisaba a Mike que le había llamado un tal Charles Myers, de *Geo World*, para informarle que ya tenían listo el permiso para plantar las tarimas en el parque.

Después de que Sarah se marchó a su habitación, Mike me puso al tanto sobre los proyectos que tenía desde hacía casi un mes, con los cuales daríamos nuestro primer paso en contra de McMahon y Dormonth. Me explicó los pormenores de sus avances durante aquellos dos meses de arduo trabajo, que junto con un grupo de editores y redactores de *Geo World* —uno de ellos, el tal Charles que había mencionado Sarah— habían recopilado información y seleccionado por orden cronológico, fotografías, filmes, datos de interés, redacción del tema global e incluso, habían editado ya el documental, tomando en cuenta cada detalle de la investigación, que incluía un debate de expertos en la materia, así como comentarios propios y ajenos. Con todo esto lograron crear una historia relevante, que daría vida al programa que duraría casi una hora y con el que se proponía una lucha comunitaria por parte de *Geo World*, como del grupo de ambientalistas de la Unión Europea y organizaciones ecologistas mundiales, con el propósito de desenmascarar las sucias tretas de la UMAG y sus seguidores. De esta manera, se crearía una conciencia masiva que daría la vuelta al mundo, enfocada en la abrumadora problemática de Gajha, que afecta tanto al ecosistema de Tanzania como al de sus países vecinos. Incluido en todo eso estaba el desorden sociopolítico de aquella región, que se había convertido en una bola de nieve por la infinidad de actos ilícitos, corruptos y abusos indescriptibles de los derechos humanos que se iban sumando, vinculados primordialmente con el gobierno del presidente Cofy Mangandi. Quizás de igual manera, existían casos similares en otras miles de minas de oro a través del mundo entero.

Luego de concluir con la reseña de los planes, a los que Mike había dedicado gran cantidad de tiempo y esfuerzo, dijo: —Me tomé la libertad de bautizar nuestro proyecto como: "Amigos Unidos por Tanzania". ¿Qué te parece?

—Fenomenal —reconocí y levanté mí copa para brindar por ello.

—Para concluir con el tema —prosiguió entusiasmado—. Ecofriends y Amnistía Internacional han decidido sumarse a nuestro proyecto; ambas organizaciones, participan activamente en las Naciones Unidas. La primera se enfoca primordialmente hacia una multiplicidad de temas relacionados con la ecología y el medio ambiente mundial. Y como todos sabemos, la segunda se dedica activamente a defender los derechos humanos y dar ayuda humanitaria. Con estas estoy seguro que se logrará ejercer una presión sociopolítica significativa en Tanzania. Por otra parte, han prometido ayudarnos a recopilar, lo antes posible, las pruebas necesarias para no realizar un enfrentamiento sin estar lo suficientemente preparados.

En pocas palabras, Mike afirmaba que ambas organizaciones estaban dispuestas a apoyar nuestra causa, la causa de "Amigos Unidos por Tanzania", para así llevar a la luz pública mundial, la problemática de Gajha, cuya empresa se desentendía de toda responsabilidad inherente a la destrucción masiva ambiental y ecológica. Comenzaríamos con una exposición y una conferencia patrocinada por *Geo World*, que se llevaría a cabo en Hyde Park a principios del siguiente mes, para la cual faltaba muy poco y en la que se mostraría, en grandes pantallas exteriores, la temática del problema. Proyectaríamos tomas de la mina, los cientos de cadáveres de animales ocultos en sus instalaciones y en el lago Victoria, los cuales mueren día con día por culpa de la acidificación que ocasiona el cianuro y otros productos tóxicos en el agua. Expondríamos también la reseña completa sobre el laborioso trabajo humanitario que realizaba Gambala en aquel territorio.

—Además —añadió Mike—, hace un par de semanas solicitamos la colaboración de la Interpol para investigar a fondo los antecedentes tanto de McMahon como los de Dormonth, esperando que encuentren algún cabo suelto para poder deshacer su impunidad.

—¿Y has sabido algo al respecto? —pregunté.

—Todavía nada. Pero incluso, con la aparición de Peter en el mapa, se les informó ya a los medios sobre el ultraje perpetuado en su contra por parte del gobierno de Tanzania. Hace unos días, nuestro gobierno se enteró de lo ocurrido y ofreció sumar su apoyo a la causa, sacando apenas anoche, los primeros anuncios en los noticieros de radio y televisión. Y justo esta mañana, desplegaron algunos artículos en los periódicos. ¿Ya leíste alguno?

—No, ninguno —confesé—. No he tenido cabeza para nada.

Aproveché ese momento para comentarle mis sospechas sobre Phillipe, pidiéndole que avisara de inmediato a la Interpol para que indagaran sobre él, sus nexos con la UMAG y sus verdaderas intenciones hacia Gambala. Mike estaba atónito ante aquel descubrimiento y a pesar de tener sus dudas, al igual que Turner las tenía, prometió que notificaría aquello cuanto antes.

Después de una larga plática le comenté que había

tenido una cita ese mismo día con un técnico ortopédico para mandarme a hacer la prótesis lo antes posible.

—Te felicito, hermano. Se nota que eres un hombre aguerrido. No cualquiera tiene tu voluntad —palmeó mi espalda.

—Si no salgo adelante por mí mismo, ¿quién lo va a hacer? Me urge entrar en acción. No es fácil andar por la vida como un flamenco —me sorprendí de mi aplomo para hacer bromas de lo que en un momento pensé sería una tragedia por el resto de mi vida.

—Me enorgullece tener un amigo como tú, John —contestó Mike sin poder contener la risa ante mi sentido del humor.

—Gracias, Mike, pero volviendo a lo anterior —cambié de tema—. Lo que me preocupa es que... —apreté los labios e hice una pausa antes de continuar— ...nuestra confrontación, aunque valerosa, acarreará mucha rabia y quizá algunas represalias por parte de empresarios mineros, trabajadores y de un mundo de gente que se verá afectada. No se dejarán vencer tan fácilmente como pensamos. Esto te lo digo porque tenemos que estar preparados para lo que venga.

Mike asintió y añadió pensativo: —Lo sé, pero como tú bien dices: "Llegaremos hasta el final, caiga quien caiga...". —Luego alzó su copa para hacer un brindis—. Todo lo que he hecho hasta ahora, John, fue inspirado y dedicado de corazón tanto para Peter como para ti. Para serte sincero, creí que los había perdido para siempre, que jamás volvería a verlos y mucho menos a Peter, que todos lo creíamos muerto. ¡Qué suerte ha tenido! Es como haber encontrado una aguja en un pajar. Es increíble de verdad que lo hayas visto en una calle casi perdida de Dar es Salaam —meneó la cabeza aún incrédulo, dándole una calada a su cigarrillo—. No quisiera ni imaginarme lo que vivió durante aquellos meses de cautiverio, para que su mente hubiera decidido escaparse de la realidad.

—Uno no entiende por qué a veces las cosas suceden de cierta manera, Mike. Pero estoy convencido de que todo tiene un motivo. Supongo que tanto a Peter como a mí nos faltaba algo por hacer en esta vida… o quizá no nos hemos portado tan bien como para morirnos todavía —comenté, tratando de romper la solemnidad de la plática.

Aquella velada en casa de Mike me había creado grandes expectativas y una gran esperanza de poder ayudar a tanta gente afectada por personas sin escrúpulos que deberían estar tras las rejas. Me despedí de Mike, tomé mis muletas para caminar hábilmente hasta la puerta, cuando este comentó con su característico sentido del humor inglés, a la vez que hacía una mueca de diversión: —Cuidado, hermano. Fíjate por donde caminas, no te vayas a caer y puedas llegar a lastimar tu… orgullo.

Sonreí, pensando en lo primero que me vino a la cabeza para regresarle la broma: —No te preocupes, hombre. Yo por lo menos me vuelvo a levantar, aunque con un poco de trabajo. Pero tú lo perdiste por completo al poner tu foto junto a Los Beatles —di media vuelta para ver otra vez las cinco imágenes que colgaban de la pared.

Ambos soltamos la carcajada mientras Mike me acompañaba hasta la calle para tomar un taxi que me llevaría de regreso a casa. Quedamos en vernos al día siguiente a medio día para ir juntos a la clínica a visitar a Peter, donde probablemente seguiría internado por un buen tiempo.

Capítulo 30

Ala mañana siguiente, tal como habíamos acordado, Mike pasó por mí para dirigirnos a visitar a Peter. Traía consigo un álbum repleto de fotografías de nuestro viaje a Tanzania.

—¿Y esto? —pregunté, tomando el álbum azul del asiento.

—Quiero mostrárselas a Peter. Posiblemente, viéndonos a los tres juntos, su cerebro pueda establecer alguna conexión y recuerde algo —dijo sin apartar la vista de enfrente—. Es importante que nuestro hermano vuelva a la realidad, John. Lo necesitamos ahora más que nunca y sobre todo, no hay que olvidar que él fue la mente pensante de este proyecto.

—Lo sé —reconocí, desviando mi mirada hacia la avenida, donde había un mitin de liberales demócratas frente al Palacio de Buckingham—. Así estaremos en unos cuantos días…

—No, no, John —objetó—, nosotros vamos a tirarle mucho más alto que eso. Con una simple marcha o una huelga no llegaremos tan lejos como necesitamos. Tanzania está muy lejos, amigo.

Al llegar al hospital caminamos por aquellos largos corredores, iluminados por una molesta luz fluorescente.

Nos detuvimos frente al cuarto de Peter y tocamos a la puerta. Al no recibir respuesta, abrimos lentamente, asomándonos al interior. Peter se encontraba solo, sentado en una silla de ruedas frente a la ventana y, como hipnotizado, contemplaba a otros pacientes que deambulaban por el jardín de la clínica.

—Pete... —murmuré. Al escucharnos entrar y sin volver la vista atrás, levantó la mano sin mayor emoción.

—¿Cómo estás, hermano? —preguntó Mike, acercándose a él.

—Bien —contestó, ladeando la cabeza sin ninguna expresión en el rostro. Ambos nos sentamos a la orilla de su cama mientras él rodaba su silla hacia nosotros—. Sigo sin recordar casi nada —bajó la mirada, apesadumbrado—. Sé que son mis amigos, por todo lo que Claire me habla de ustedes y porque si no lo fueran, no vendrían casi a diario a visitarme. Lo único raro es que solo la recuerdo a ella y... —titubeó, con la vista perdida.

—¿Y a quién más? —encogí las cejas, inclinándome hacia él.

—Durante los últimos días, un rostro negro aparece noche tras noche en mis sueños. Alguien que se hace llamar Capitán, pero no puedo ubicarlo con certeza. Estoy todavía demasiado confundido.

Mike y yo nos acercamos, mostrándole al mismo tiempo el álbum de fotografías que traía consigo. Lo puso sobre sus piernas, que permanecían tapadas con una frazada térmica.

—¿Te refieres al capitán Mbongo? —pregunté. Encogió los hombros sin saber qué responder.

—Échale una ojeada a estas fotografías. Vamos, Peter, ya es tiempo de que regreses a la realidad —Mike lo alentó al abrir el álbum.

Peter tomó el álbum entre sus manos y lo hojeó pausadamente. Casi de inmediato, reparó en una de ellas que pareció conmocionarlo por completo. Apretó los ojos con fuerza y se llevó ambas manos a la cabeza, agitándola con desesperación.

—¿Qué pasa, Pete? ¡Tranquilo! —dije, al verlo completamente fuera de sí—. ¿Recordaste algo?

Peter parecía no escucharnos y emitiendo leves quejidos, siguió inmerso en una crisis nerviosa. Mike se paró de inmediato detrás de él y lo sostuvo con firmeza por los hombros.

—Aquí estamos, mi hermano, no estás solo. Todo lo que surja de tu mente, está bien, está bien… —repitió en voz baja, tranquilizándolo.

Los ojos entrecerrados de Peter se movían en todas direcciones. Aparentaba estar sumergido en una serie de recuerdos que iban y venían a toda velocidad. Me paré de inmediato a llamar a la enfermera. Abrí la puerta y estaba a punto de gritarle que viniera de inmediato, cuando Peter exclamó: —¡Espera, John!

Quedé estático ante la pronunciación de aquellas palabras. Por primera vez desde aquel día que lo habían secuestrado en Gambala, me llamaba por mi nombre con absoluta convicción. Me volví, ante la mirada atónita de Mike que seguía tranquilizándolo, apoyando sus manos sobre sus hombros. Caminé de regreso hacia Peter, me planté de pie frente a su silla de ruedas y fruncí el ceño con desconcierto.

—Recuerdo vagamente algunas cosas. Imágenes que han desfilado como una película de manera des-controlada —restregaba su rostro con ansiedad—. Sé que estuvimos juntos los tres en África y que las cosas se fueron de control cuando… —dudó por unos instantes, volviendo a cerrar los ojos para sumergirse en el pasado—. Si mal no recuerdo, los supuestos oficiales me llevaron a un rancho… Creo haber escuchado que hablaban de un poblado cercano a Dodoma. No lo sé con precisión porque me tenían con los ojos tapados. Me encerraron dentro de un cuarto que apestaba a estiércol y se escuchaba el ruido de animales. Tenía mucha hambre y no me daban más que unos cuantos sorbos de un agua maloliente que me hacían beber a la fuerza. Mi mente comenzó a desvariar gradualmente. Estoy seguro de que me daban alguna droga o algo parecido para que llegado el momento de hablar confesara toda la verdad. Eso me decían aunque no recuerdo a ciencia cierta a qué verdad se referían —abrió muy grandes los ojos, apretó la quijada y masculló—. Ahí empezó mi pesadilla.

Mike levantó las manos de sus hombros y se sentó frente a él mientras yo permanecí de pie, pasmado ante la súbita recuperación de la memoria de Peter.

—¿Y qué pasó después, hermano? —insistió Mike, bajando la barbilla con interés.

Peter frotaba su cabeza, una y otra vez, luchando por ordenar los sucesos.

—Creo que me tenían atado a una silla de metal, con los ojos tapados. Hasta que un día me arrancaron el trapo que cubría mis ojos y entre el resplandor y sombras a contra luz, apareció un hombre blanco al que no pude reconocer. Lo único que recuerdo es que me sujetó por la camisa y no paró de golpearme. Y después de dejarme casi inconsciente… —Peter volvió una vez más a internarse en sus recuerdos, que al parecer aún estaban bastante confusos—, me bombardeó con preguntas sobre una mina y sobre… —inclinó la cabeza, queriendo acordarse de algo—, nuestra relación con un tal Turman y otro nombre que no recuerdo.

—¿Querrás decir, Turner? —pregunté—. ¿Y quizás el otro hombre era Mummbar? ¿Lo recuerdas?

—No lo sé, tal vez… —parecía afectado por la falta de claridad en sus pensamientos—. Pero querían obligarme a confesar lo que, según ellos, había visto el día en la pista de aterrizaje o algo así… —Suspiró y continuó desalentado—: Al parecer les declararé una guerra de silencio y me apalearon. Sabía que si hablaba, de todas formas me matarían tarde o temprano...

—¡¿Y luego qué?! —pregunté, alterado.

Mike volteó a mirarme, preocupado: —Calma, John. No lo presiones; dale su tiempo.

—Lo lamento —expresé, dando un paso atrás.

Peter prosiguió con la mirada perdida: —Tengo muchas imágenes en la mente que todavía no entiendo... —Guardó unos momentos de silencio para luego decir—: Me torturaron física y mentalmente. Supongo que esperaban que confesara aquello que querían escuchar y darle fin al caso. Pero muy a mi pesar, eso no quedó ahí. Después de no haberme dejado dormir durante quién sabe por cuánto tiempo, decidieron continuar con el interrogatorio. Me zambulleron la cabeza una y otra vez dentro de una tina con agua helada —apretó los ojos con desesperación.

—¿Qué pasa, hermano? —Mike posó su mano sobre su brazo, preocupado.

—Hice una cosa horrible... —hizo una mueca de repulsión.

—Tranquilo, Pete —traté de calmarlo.

—Cuando me sentí acorralado y aún con las manos atadas a la espalda, logré zafarme de alguna manera y como una fiera me arrojé hacia uno de esos desgraciados, arrancándole la oreja con los dientes. —Después de varios minutos de permanecer callado, Peter pareció recordar algo más—. Incluso escuché varias veces mencionar a un tal McMahon y luego... —se llevó la mano a la frente—, sentí un golpe en la cabeza y así fue como terminó esa agonía. Días o semanas después desperté dentro del cuarto de una vecindad, no lejos de donde me encontraste, John. Estaba completamente desorientado y confundido. Ni siquiera sabía quién era yo mismo, ni mucho menos adónde ir. Pero por fortuna, apareció un joven humilde que me salvó la vida y se convirtió a partir de ese momento en mi protector. Me aseguró que me había encontrado casi muerto dentro de un tonel de metal donde botaban desperdicios tóxicos, a unos cuantos kilómetros de Dar es Salaam. —Suspiró, afligido, y continuó con su relato—: No tengo la menor idea de cuánto tiempo estuve metido dentro de aquel contenedor en el que, según este joven, tenía la mitad de mi cuerpo sumergido en un líquido violeta fosforescente. Y cuando desperté en aquella pocilga, comencé a sentir una ansiedad brutal. Fue cuando me percaté que mis piernas estaban cubiertas con llagas y tenía todos estos agujeros negros —estiró los brazos, mostrándonos sus venas aún amoratadas—. Recuerdo que en el rancho, además de hacerme beber aquella porquería amarga, me inyectaban una sustancia que al poco rato me hacía delirar… No tenía conciencia de nada en lo absoluto. Y para lograr sobrevivir a aquellos ataques de angustia y desesperación que surgieron a partir de mi cautiverio, mi protector me traía de comer y me conseguía algún narcótico para aplacarme. Fue terrible… —suspiró—. Mi cuerpo me pedía más y más droga —apretó los puños contra sus muslos, las venas sobresalían de sus manos—. Me estaba volviendo loco.

—¿Qué más escuchaste hablar sobre McMahon, Peter? —le preguntó Mike —. ¿Te acuerdas de él, en Gajha? El hombre que nos dio la reseña del proceso de la extracción del oro. ¿Lo recuerdas?

—Como un sueño confuso —dijo, esforzándose por recordar—. Jamás lo vi en persona durante mi encierro. Solo sé que estaba allí porque lo escuché hablar varias veces a lo lejos. Pero de lo que sí estoy seguro es que era uno de los líderes porque el día que llegaba a la granja, todos se congregaban para rendirle cuentas a él y a otro hombre al que llamaban jefe.

—Está muy claro que desde un principio, los desgraciados de McMahon y Dormonth, y quizás Kassim Mangandi, se habían confabulado. Ellos nos declararon la guerra, así que ahora nos toca a nosotros acabar con ellos. Eso denlo por hecho —aseguré con tono visceral.

Peter bajó nuevamente la vista hasta el álbum que seguía abierto sobre sus piernas, guardó un silencio largo y reflexivo, para proseguir hojeándolo mientras tragaba saliva ansiosamente. Estaba claro que su pasado había comenzado a resurgir, dándole sentido a sus palabras, aunque esta repentina coherencia de pensamiento lo había sumido en una mayor depresión. Me incliné hacia delante, apoyé mis codos sobre mis muslos y me llevé las manos a la cara, sintiendo una enorme compasión por él. Nuestro amigo aparentaba soportar una lucha interna, al tiempo que sus ojos se humedecían y su barbilla se contraía, tragándose el llanto.

—¡Este es el hombre que aparece noche tras noche en mis sueños! —señaló la imagen del capitán Mbongo junto a su esposa—. Indudablemente es él. Parecía estar preocupado por mí y empuñaba un revólver, exigiendo que me defendiera.

—El capitán es un buen hombre —Mike le explicó de quién se trataba. En resumidas cuentas le contó sobre nuestro viaje a Tanzania y lo ocurrido durante aquellos meses. Luego ahondó en nuestro proyecto actual, "Amigos Unidos por Tanzania".

Peter bajó la mirada hasta atrapar mi pierna y sin titubear, preguntó: —¿Y a ti qué te pasó en la pierna, John?

—Luché contra un león, pero por lo visto no soy tan fuerte como creía —reí de buena gana—. Esa es otra historia que te contaré en otra ocasión. Pienso que por hoy ha sido suficiente, ¿no crees? —concluí, levantándome de la cama para despedirme de ambos—. Mike, por mí no te preocupes; creo que después de esta conversación no me haría nada mal una pequeña caminata, aunque no sé hasta dónde lograré llegar así… —levanté mi pierna.

—¿Estás seguro, John? Yo te puedo llevar a casa —insistió.

—No gracias, amigo. Hablamos más tarde —me acerqué a Peter y le di una palmada en la espalda, felicitándolo por haber empezado su viaje de regreso a la realidad, a pesar de ser tan dolorosa.

—Aaah…, por cierto —Mike reprimió una sonrisa socarrona—, fíjate muy bien por donde caminas, ¿eh? Recuerda que no podemos permitirnos perder el estilo, hermano.

Paré mi paso, agité la cabeza y sin volver la vista atrás, sonreí, encaminándome hacia la puerta, donde me crucé con Claire que llegaba con un ramo de flores silvestres. Le di un beso y salí al corredor, atraído por un grupo de enfermeras que atendían a un joven marroquí, que gritaba fuertemente, perforándonos los tímpanos a todos. Estuve tentado a llevarme la punta de los dedos para tapar mis oídos, cuando intempestivamente —casi a punto de dar un paso por la puerta giratoria del hospital— una niña de escasos nueve años, entró por la misma como un bólido, mandándome a volar por los aires. Aterricé, como en cámara lenta, frente a uno de los guardias que custodiaba la entrada. Atolondrado por el golpe, quedé tirado por unos momentos ante las miradas azoradas de la gente y de aquella chiquilla.

Al ver lo que había hecho, la pequeña se acercó de inmediato a ofrecerme una disculpa. Se arrodilló a mi lado y preguntó, avergonzada: —De verdad no fue mi intención, señor. ¿Se encuentra bien? Lo siento tanto —entrelazó sus manos, suplicante.

—Tranquila, muñeca —dije, ante la carita mortificada de una niña pecosa que apretaba, afligida, los labios. Al mismo tiempo pensé en las palabras que Mike me había dicho hace tan solo un par de minutos—. Estoy perfectamente bien; no te preocupes. Estoy acostumbrado a este tipo de accidentes —dije, frotándome la rodilla.

—Sophie, ¿qué haces ahí, hija? —preguntó una voz aterciopelada detrás de nosotros.

—Sin querer choqué con el señor y lo tiré al piso —me señaló con su mano.

—Lamento mucho lo ocurrido —la voz melodiosa y de acento francés marcado aguardó a un costado de mí, ayudándome a pararme del piso—. Déjeme ayudarlo, por favor.

El guardia y la mujer me tomaron del brazo mientras yo tomaba mis muletas para apoyarme. Entre uno que otro intento logré levantarme, cuando de pronto, la mujer, cuyo rostro no había visto aún, exclamó: —¡¿John?!

Me desconcerté por completo. Al girar la cabeza para ver el rostro de aquella mujer que parecía reconocerme, quedé pasmado al darme cuenta de quién se trataba.

Capítulo 31

Absorto, traspasé sus ojos verdes que brillaban con una fuerza muy especial. Mi cabeza comenzó a dar vueltas dentro de una espiral, transportándome a un pasado que falsamente había enterrado en las profundidades de mi ser. Me obligué a enfrentarlo con la valentía que no había tenido en aquel entonces.

—¿Jackie...? —pregunté, dudoso con un nudo en la garganta. Me asaltó por segundos aquella culpa que había cargando a cuestas por tantos años—. ¿Qué haces aquí?

—Eso mismo te pregunté yo a ti —bajó discretamente la mirada a donde había estado algún día mi pierna—. ¿Qué te pasó, John? —me repasó con la mirada.

—Metí la pata donde no... —respondí con ironía.

—¡Santo cielo, John! De verdad lo siento —se llevó la mano a la frente.

—Yo también lo siento —tomé mis muletas y di unos pasos fuera de la mirada curiosa de la gente, que aún seguía a mí alrededor, seguido a escasos pasos de Jackie y su hija. "¡Su hija!" exclamé para mis adentros. Di un paso hacia atrás, me recosté sobre una máquina de refrescos, sintiendo que mi corazón dejaría de latir.

Por largos segundos que me parecieron una eternidad,

contemplé a aquella niña de ojos verdes como los de su madre, cabello castaño y pecas salpicadas en la nariz y las mejillas, que, desconcertada, preguntó: —¿Sucede algo? ¿Se siente bien, señor? ¿No quiere sentarse un rato antes de marcharse?

—No…, no gracias, querida —disimulé mi asombro, desviando la mirada hacia Jackie, que continuaba tan perturbada como yo.

—¿Qué haces aquí, John? —preguntó Jackie de nuevo, rompiendo hábilmente la tensión que había crecido en el ambiente.

—Vine a visitar a Peter, mi amigo fotógrafo de la Universidad. ¿Lo recuerdas?

—Creo que sí —respondió—. ¿No era el novio de Claire Spotiswoode?

—Ese mismo —afirmé—. Incluso terminó casándose con ella y está internado aquí. No me preguntes el porqué, porque de verdad es una larga historia —en ese instante deseé no entrar en detalles—. ¿Y tú? —seguimos el intercambio de preguntas, las cuales no lograban desviar mi atención de la presencia de Sophie.

Jackie miró a Sophie con discreción, respondiendo con evidente nerviosismo: —Yo trabajo aquí, John. Me especialicé en neurotraumatología. Tengo mi consultorio a dos cuadras, pero estoy a cargo del área de rehabilitación de la clínica desde hace ya casi seis años.

—Te felicito, Jackie. Sigues igual de guapa como siempre —la elogié, notando de inmediato que llevaba un anillo de oro en el dedo anular de su mano izquierda. Y sin poder esconder mi curiosidad, pregunté directamente—: ¿Te casaste?

—Sí —admitió, mordiéndose el labio inferior—. Me casé con un hombre maravilloso, el padre de Sophie —hizo hincapié, con un dejo de tartamudez poco usual en ella.

Ante mi enorme curiosidad, seguí con el cuestionamiento: —¿Y tienes más hijos?

Sophie intervino en la conversación: —No, yo soy hija única, pero… —ladeó la cabeza y preguntó sin la más mínima sospecha—, por lo visto ustedes se conocen desde hace mucho tiempo, ¿no es así?

—Así es, mi amor —Jackie presurosa concluyó la conversación, explicando que tenían que marcharse—. Me dio gusto verte después de tanto tiempo, John, pero desafortunadamente nos tenemos que ir —estrechó mi mano—. Espero que hagas algo que te pueda ayudar a recuperar la movilidad en tu pierna. Cualquier cosa que necesites, no dudes en llamarme.

—Gracias… —involuntariamente, me incliné hacia la hermosa mujer de ojos seductores para darle un beso en la mejilla, continuando con Sophie, que supuse desde un principio, sería la niña que aparecía noche tras noche en mis sueños, reclamándome mi falta de hombría. Luego de acariciar su cabecita, ante una carita alegre, sentí un hueco de angustia en la boca del estómago. ¿Qué pasaría después de aquel encuentro con las dos mujeres que habían sido o seguirían siendo parte de mi historia? ¿Algún día la vida me daría la oportunidad de enmendar mis errores?

En cuanto se marcharon, abandoné el hospital, meditabundo y sintiendo un extraño vacío que se prolongó por varios días. Me negaba a salir de mi apartamento en donde me recluí silenciosamente, evitando enfrentar el hecho de que había caído en una depresión profunda.

Capítulo 32

Luego de más de una semana de haberme aislado como un ermitaño en mi departamento junto con mi inseparable Morris, sentí de nuevo la energía suficiente para ponerme de pie. Sabía que era tiempo de terminar con aquel duelo y retomar una vez más mi vida. Durante aquellos días de profunda reflexión, en los que apenas vi los rayos del sol, decidí visitar al técnico ortopédico, con el fin de que confeccionara cuanto antes la prótesis de mi pierna para dejar de compadecerme y provocar lástima en los demás. Ya era hora de levantarme y entrar en acción.

En cuanto tuve ánimos nuevamente, regresé a la clínica, más que para visitar a Peter, para buscar a Jackie. Era indispensable para mí hablar con ella. Necesitaba que me perdonara por todo el daño que le había ocasionado al haber renunciado cobardemente a la paternidad de Sophie. No obstante, sabía que me arriesgaba a que me cerrara la puerta en la cara e indiscutiblemente tendría toda la razón del mundo para hacerlo. Parado en medio del recibidor del hospital, tomé aire y caminé por entre pacientes que deambulaban en batas blancas. Muchos sostenían soportes de metal, de donde colgaban bolsas de suero que se conectaban a sus venas. Cuanto más me acercaba a la puerta del ascensor que me llevaría al cuarto de Peter, más nervioso respiraba. Decididamente desvié mí paso hacia la sala de rehabilitación, donde esperé encontrar a Jackie.

Al divisar la entrada de la sala, mi pulso fue acelerándose hasta que toqué una ventanilla, donde cortésmente me recibió una enfermera y me preguntó qué se me ofrecía.

—Disculpe… —acerqué mi cara a la abertura de la ventanilla y bajé, lo más que pude, el volumen de la voz—, ¿se encuentra la doctora Guirmand…, Jackie Guirmand?

—¿Quién la busca? —preguntó, sosteniendo el auricular del teléfono sobre su hombro.

Nervioso, aclaré mi garganta antes de responder:
—John Carmichael.

—Un minuto, por favor —bajó la mirada y con la punta de su dedo, marcó un número e informó sobre mi presencia.

Más que ansioso, miré mi reloj varias veces, cuando al poco rato salió Jackie con un estetoscopio en la mano. De forma natural y con total control de sí misma, se dirigió hacia mí, clavando sus ojos verdes en los míos.

—¿Qué se te ofrece, John? Tengo varios pacientes adentro —señaló con su pulgar sobre su hombro.

—Lo siento, Jackie… —terminé de exhalar el aire que se había quedado atrapado dentro de mi pecho—. Me dio gusto encontrarte después de tantos años y por lo mismo, me gustaría que un día de estos, no sé… —dudé—, me permitieras invitarte a tomar un café.

Con un gesto de disgusto levantó una ceja. Me tomó sutilmente del brazo y me dirigió hasta el pasillo, donde entonces preguntó: —¿Y de qué vamos a hablar tú y yo, John? Todo quedó perfectamente claro desde hace casi diez años. No hay nada más que decir. Entiéndelo… Tú escogiste lo que querías vivir y yo escogí disfrutar del tesoro más grande del mundo, por lo que no me canso de darle gracias a Dios todos los días por haber tomado la mejor decisión de mi vida.

Bajé la mirada, apenado, sintiéndome culpable una vez más.

—Te admiro, Jackie —reconocí—. Aunque no lo creas, me arrepentí de aquella decisión, pero por desgracia fue demasiado tarde. Te busqué hasta debajo de las piedras, y... —encogí los hombros—. Desapareciste como un fantasma de la faz de la tierra y desde entonces...

—No es el momento para esto, John... —impidió que continuara con mi confesión y argumentó que la estaban esperando en consulta.

—Está bien, Jackie —reconocí que no era ni el lugar ni el momento para entrar en detalles, sobre aquel pasado tan doloroso que nos hacía daño a los dos—. Solo te suplico que me permitas hablar contigo en otra ocasión que consideres oportuna. Cuando puedas y quieras, por supuesto... No quiero presionarte en lo absoluto. Te juro que si me das esa oportunidad, jamás volveré a molestarte —saqué una de mis tarjetas de presentación de la cartera y la puse entre sus manos.

Jackie apretó los labios con desgano, miró el papel que sostenía entre la punta de sus dedos y, meditando por unos momentos, la guardó en el bolsillo de su bata blanca.

—Hasta la vista, John —me dio un beso, dio media vuelta y regresó por donde había venido.

Me sentí un estúpido por haberme atrevido a molestarla después del daño que le había causado. Cabizbajo, emprendí mi paso de regreso al elevador para subir a la habitación de Peter, en donde encontré a Claire y a su hermana, conversando solemnemente.

—Lo siento, Claire. Creo que no llegué en el mejor momento —expresé al cerrar la puerta tras de mí.

—Hola, John —Claire se levantó de inmediato a saludarme, mientras que su hermana únicamente agitó la mano desde lejos—. Peter está en una de sus terapias y supongo que lo traerán en unos cuarenta minutos. ¿Quieres esperarlo?

—No, no te preocupes —traté de ser prudente, dándole un beso en la mejilla—. Solo dile por favor que pasé a visitarlo y a decirle que Mike y yo seguimos con lo planeado; que todo va como esperamos y que lo mantendremos informado de todos nuestros avances.

Me despedí de ellas y abandoné el hospital.

Pasamos casi tres semanas, ajustando los últimos detalles del proyecto "Amigos Unidos por Tanzania", a la vez que hacía visitas constantes al técnico. Este seguía haciendo pruebas y ajustes a mi prótesis, que abarcaba una tercera parte de mi pierna. Me costó trabajo aprender a controlarla, pero sobre todo, a aceptarla como una parte de mí. Sin embargo, había recuperado la fortaleza y la esperanza de volver a caminar sin las fastidiosas muletas. En cuestión de menos de un mes y varias terapias de movimiento, logré paulatinamente deshacerme de una muleta hasta quedarme con un elegante bastón con empuñadura de plata que me había regalado Gwyn, al regreso de un viaje relámpago a Paris. Lo estrené el mismo día que se llevó a cabo la conferencia en Hyde Park. Era el día tan esperado para todos los involucrados en brindar ayuda para la causa del norte de Tanzania y, de igual manera, a aquellos países que sufrían situaciones similares. Era el momento y el lugar precisos para poner toda nuestra energía y corazón para conseguir el éxito que tanto anhelábamos.

Para entonces, felizmente había vuelto al volante de mi Volvo negro, que había permanecido estacionado frente a mi edificio por varios meses y en el que saboreaba recorrer las fantásticas avenidas londinenses, que creí jamás volvería a recorrer por mí mismo.

Entre más me acercaba a nuestro punto de reunión donde se llevaría a cabo la inauguración, iba sintiendo cómo la euforia corría por mis venas. Eché tanto de menos a Marie, imaginando lo mucho que ella habría disfrutado ese día, ya que de todos los involucrados, aseguraría que mi amada francesita era la activista consagrada del equipo. Decidí escribirle esa misma noche para darle los pormenores del acontecimiento.

A unas cuantas cuadras de Hyde Park estacioné mi auto en una calle aledaña a Knightsbridge y caminé por ella, entre la gente, hasta el parque. Luego de unos cuantos minutos llegamos al centro del parque, donde se encontraba una tarima perfectamente montada, circundada por gigantescas bocinas, pantallas y vallas espectaculares con fotografías, que habíamos tomado durante nuestro viaje, incluso una mía, sosteniendo a la pequeña Nina entre mis brazos, que de inmediato me recordó uno de los momentos más felices de mi vida: la llegada de la pequeña Nina y el amor que había encontrado en Marie.

Mike, que prácticamente había tomado las riendas del evento, no había olvidado ningún detalle desapercibido. Entusiasmado, apresuré mi paso hasta llegar a una tienda de campaña contigua al montaje, donde se encontraban reunidos Mike, Charles, de *Geo World*, y otras tres personas, que evaluaban la secuencia de los diferentes temas a tratar, todos relacionados con la explotación del oro en el mundo y la corrupción asociada con su extracción. Después de aclarar ciertos aspectos, al fin dieron las cinco de la tarde, hora que daría comienzo a la exposición. Para entonces, la explanada se encontraba atestada de espectadores, curiosos y turistas de todas razas y credos. Sentí una alegría indescriptible al ver el poder de convocatoria que "Amigos Unidos por Tanzania" había logrado en tan corto tiempo.

Los seis expositores subimos al podio y nos sentamos a una mesa rectangular, a la vez que Mike tomaba la palabra, dando la bienvenida a ese mar de personas que no paraban de aplaudir. Seguida de una pequeña pausa, la presentación comenzó...

Orgulloso de la elocuencia de Mike —quien narraba con detalle el desastre ecológico generado por la negligencia de las minas de oro en todo el mundo— vi cómo se comenzaron a proyectar las escenas grotescas de los cientos de animales muertos a las orillas del Urekewe, como también el impacto brutal en la población aledaña. Sin omitir nada en lo absoluto, aquellas fotografías que yo había tomado dentro de la estación 38, que causaron un tremendo impacto entre los presentes, quienes, horrorizados, iban transformando paulatinamente sus rostros.

Cuando Mike concluyó su exposición, me levanté de mi asiento y tomé el micrófono para hablar sobre el objetivo y la dedicación de Gambala y su activa participación por salvar la fauna del norte de Tanzania, en especial a los babuinos de aquella región. Presentamos un cortometraje, en el que primeramente aparecía rescatando a Nina de entre los brazos inertes de su madre, prosiguiendo con la transición de su recuperación, además de aquellos cientos de adultos y crías de todas las edades que eran rehabilitados, cuidados y puestos más tarde en libertad. Luego hice hincapié en la gran dedicación, compromiso e inversión tanto económica, como moral, de toda la gente involucrada en aquella causa.

Cuando giré para observar la enorme pantalla que se encontraba a mis espaldas, atrapé de lleno la imagen de Marie y continué explicando con detalle la responsabilidad que tenía Gambala ante sí, pidiendo conciencia social y política para detener el constante atentado químico-tóxico al ecosistema, el cual, en poco tiempo, provocaría la extinción de miles de especies salvajes.

Tras haber desarrollado mi tema, me relevó Ian Shiffer, un hombre mucho mayor que todos nosotros.

Se presentó a sí mismo como representante de Amnistía Internacional. Mostró el caso de Thabo, Galijha, Gatto y Peter, víctimas entre quién sabe cuántos millones de personas alrededor del mundo; todas víctimas de delitos y violaciones de los derechos humanos que llevaban a cabo los empresarios y organizaciones de trabajadores, en contubernio con los gobiernos de los países involucrados en la explotación de aquel metal precioso.

Casi una hora y media después de haberse iniciado el encuentro, Charles lo clausuró con algunas palabras, concluyendo con una frase dedicada a todos los responsables: —La ambición por el seductor oro, que ha convertido su apreciado brillo y valor en un río de sangre, pronto llegará a su fin...

Los seis expositores presentes nos pusimos de pie y agradecimos la presencia de las miles de personas que se habían tomado el tiempo de escucharnos y apoyar nuestra causa. Y ante una despedida tan efusiva, nos percatamos de que habíamos comenzado con el pie derecho.

Después de haber abandonado Hyde Park, Mike y yo, junto con algunos colaboradores, patrocinadores y amigos, festejamos en grande. Nos reunimos en la casa de Charles, ubicada en la elegante zona de Belgravia, donde nos esperaba ya un coctel. Para empezar tocó un grupo de gaiteros —entre cócteles coloridos y bocadillos deliciosos— seguido por un trío de *jazz* que ambientó la fiesta el resto de la noche. Ante esa exaltación grupal, donde brindamos, comimos y cantamos hasta entrada la madrugada, supimos de antemano que aquella conferencia masiva daría mucho de que hablar.

Un poco antes de las dos de la mañana, los invitados comenzaron a despedirse y yo hice lo mismo, dando fin a una velada muy especial. La noche estaba fría, la neblina cubría las calles y el cielo dejaba caer sus primeras gotas de lluvia, que rodaban sobre los techos de los autos estacionados a ambos lados de la calle. Abotoné mi chamarra hasta el tope y, parando las solapas, sumergí mi cuello lo más que pude, sintiendo que el viento helado se infiltraba por todos lados. Redoblé mi paso, casi dominando por completo mi pierna derecha, cuando en medio de las farolas que alumbraban las calles solitarias frente a la tienda de Harrod's, presentí que alguien me seguía a corta distancia. Me detuve un par de veces a mirar por encima de mi hombro y de pronto, percibí una sombra que se escondió en un callejón, provocando que mi pulso comenzara a acelerarse. Seguí mi camino, pero a escasos diez metros de mi auto, me percaté que el parabrisas estaba hecho añicos.

Me acerqué sigilosamente y, desconcertado ante aquella escena, me llevé ambas manos a la cabeza, sintiendo hervir la rabia en mis venas. Con gran indignación, tomé las llaves de mi bolsillo y las inserté en la chapa de la portezuela. Antes de dar un paso en el interior de mi auto, una mano cubierta con un guante negro me sujetó del hombro, cortándome el aliento.

Capítulo 33

Sin volver la vista atrás y a punto de girar para soltarle un puñetazo en defensa propia, escuché una voz fuerte preguntarme: —¿Se encuentra bien, señor?

Para mi alivio, había aparecido un policía, que alumbraba el interior de mi vehículo con una linterna muy potente. Agité las manos y contesté: —¿Y cómo quiere que esté oficial, si acabo de encontrar mi auto en este estado? Y mucho más a estas horas de la madrugada. Esto es una arbitrariedad —le mostré el asiento de al lado cubierto de añicos de vidrio—. E incluso, por lo que veo… —dirigí mi vista en todas direcciones, pasando la mano por el piso trasero del auto—, me robaron una carpeta con información muy importante —gruñí.

A pesar de su tono autoritario, me pidió respetuosamente los papeles del auto y mi identificación para llenar con gran lentitud un montón de papeles, informándome sobre los requisitos necesarios para levantar un acta en la jefatura de policía, esa misma noche. Exhausto y abrumado por tantos detalles, partí sin más contratiempos a la estación de policía, donde realizaron largos trámites mientras un perito verificaba el interior del auto. Al concluir con todos los formularios regresé a casa, suponiendo que la persona que había atracado mi auto sabía perfectamente a lo que iba. Pero por fortuna, los papeles que habían robado eran copias de los documentos originales que Mike guardaba en su departamento. "¿Pero quién habría tenido interés en ellos?" me pregunté, confundido.

Me senté frente a mi escritorio, abrí el cajón superior y saqué la foto que le había tomado a Marie antes de regresar a Londres, para introducirla dentro de un portarretrato de plata, herencia de mis padres. Lo sostuve entre mis manos y recordé los momentos que habíamos pasado juntos, los que me empujaron a tomar un papel y una pluma, para escribirle una carta, donde le detallaba nuestros avances y los pormenores de la conferencia en Hyde Park. Principalmente deseaba que no olvidara, ni por un instante, lo mucho que la amaba y la echaba de menos.

Durante el resto de la noche no pude dejar de dar vueltas en mi cama. La sola idea de lo ocurrido y la desaparición de aquellos papeles habían comenzado a obsesionarme. Indiscutiblemente se trataba de alguien que estaba en contra de nuestro proyecto.

Transcurrieron algunas semanas de mucha calma. Mi auto permaneció en la agencia y en los diarios aparecieron nuevos artículos sobre el impacto que había tenido "Amigos Unidos por Tanzania" en Hyde Park, con lo que surgieron nuevas pláticas, conferencias y un debate televisivo, en el que se asentarían nuevas propuestas por parte de interesados en la conservación y prevención de daños mayores a la biodiversidad africana. Aunque Gajha seguía siendo nuestra prioridad, esta no era la única compañía involucrada en arrojar residuos tóxicos al medio ambiente. También había otras industrias asentadas alrededor de las costas del lago Victoria que estaban involucradas a diferente escala y afectaban principalmente a Tanzania, Kenia y Uganda. Por otro lado, estarían presentes en el debate, especialistas extranjeros y expertos en el tema que enfrentarían, todos en equipo, a tres destacados empresarios mineros: uno de ellos canadiense, un peruano y por último, un argentino que resultó muy apasionado y que no dejó hablar a nadie, pues interrumpía con impertinencias a los otros invitados y trataba de convencer al telespectador de que habíamos llevado el tema al extremo, sin dejar de repetir un solo minuto que habíamos exagerado por completo. Era obvio que cada quien exponía su punto de vista, dependiendo de cuál era su posición sobre el tema. Pero de cualquier forma, se había generado una gran polémica, que a fin de cuentas era nuestro objetivo.

Después de varios meses de viajes e intensas presentaciones en busca de apoyo internacional, nuestra inversión de compromiso moral había comenzado a dar sus primeros frutos a través del mundo. La mina de Punta Peñasco en Sudamérica, una de las más reconocidas mundialmente, había sido clausurada luego de veinte años de estar provocando una devastadora contaminación a cientos de ejidos aledaños a la mina, que ocasionó la muerte indiscriminada de ganado vacuno y pérdidas multimillonarias a sus propietarios. De igual manera, varios países entusiastas y defensores de la causa compartieron la responsabilidad, llevando a cabo clausuras de minas, revisiones de control de calidad y apoyo para aquellas minas interesadas en cumplir con las leyes y tomar las medidas necesarias para evitar seguir contaminado el ecosistema. Todo apuntaba a un buen pronóstico tanto a corto como a largo plazo. Pero en cambio, Gajha seguía tras la sombra del gobierno tanzano, disimulando desvergonzadamente no tener nada que ver con el tema. Y sin sentirse aludidos ante las brutales imágenes expuestas del interior y exterior de sus inmediaciones, comprobamos que serían un hueso duro de roer.

Una de esas noches, luego de un intenso día de trabajo, decidimos celebrar que Peter había sido dado de alta después de casi cuatro meses de haber estado recluido en la clínica de rehabilitación. Y tras una carrera de resistencia contra la vida, que duraría siete largos meses desde su detención en Gambala, Mike y yo decidimos llevarlo al King's Horseman Pub, un bar donde solíamos reunirnos un par de veces al mes durante los últimos diez años. Esta vez lo usaríamos de sede para brindar con el mejor *bourbon* por los logros alcanzados durante el proyecto de "Amigos Unidos por Tanzania".

Durante la primera hora de la noche noté que Peter se perdía por momentos en sus pensamientos, mirando en todas direcciones. Tomando su copa, tembloroso, bebía uno que otro trago con los ojos desorbitados.

—¿Qué sucede, Pete? ¿Estás bien, amigo? —pregunté, preocupado.

—Sí... —dudó unos instantes, para luego contradecirse en voz baja—. No. Me están vigilando.

—¿De qué hablas, hermano? ¿Quién te está vigilando? —preguntó Mike.

—Un hombre negro me estaba mirando por aquella ventana —señaló con su dedo hacia la calle, mordiendo su labio con evidente paranoia.

Lo miramos con extrañeza y él, mirándonos de frente, replicó: —No estoy loco. Estoy seguro de que me vigilan. Alguien trató de matarme la otra noche en el hospital.

—¿De qué hablas, Pete? ¿Es en serio lo que dices? —me incliné hacia el frente, apoyando mis brazos sobre la mesa.

—Absolutamente —manifestó sin dudar ni un segundo—. Hace unos días, mientras dormía, me despertó una extraña sensación... —desvió una vez más su mirada hacia la ventana—, como si alguien estuviera observándome desde los pies de mi cama. Entre el sueño y la realidad, abrí un ojo y pude ver una silueta oscura que sostenía un bulto entre sus manos... En ese momento supuse que se trataba de una de las enfermeras que venía a verificarme los signos vitales, así que volví a cerrar los ojos, despreocupado. Después de un largo rato de escuchar pasos que iban y venían dentro del cuarto, volví a entreabrir los ojos y soñoliento, percibí que alguien se escondió detrás de una de las cortinillas. Entonces alcancé a percibir una respiración que se escuchaba en toda la habitación.

—¿Y..., qué pasó después? —insistí impaciente.

—Mi primer impulso fue preguntar quién era, pero me quedé mudo al ver cómo aquel sujeto retrocedía unos pasos atrás del resplandor de la luz que se filtraba por la persiana de la ventana. Presentí de inmediato que las cosas no estaban bien —aclaró su garganta, intranquilo—. Pero el maldito efecto de los narcóticos que me habían dado esa noche lograron que el sueño me venciera. Quién sabe cuánto tiempo pasó de eso, cuando sentí un golpe sobre la cara y al querer abrir los ojos, me di cuenta de que tenía una almohada encima que me impedía respirar.

—¿Y qué hiciste? —Mike interrumpió con impaciencia.

—Comencé a luchar contra aquello que me asfixiaba, lanzando golpes al aire. En medio del forcejeo logré alcanzar el timbre de la enfermera que colgaba de una de las barandas de mi cama. Supongo que el intruso se dio cuenta de inmediato y salió huyendo del cuarto.

—¿Pudiste ver de quién se trataba? ¿Le viste la cara? —Mike y yo preguntábamos, arrebatándonos la palabra.

—¡No, maldito sea! —agitó la cabeza y apretó los puños contra la mesa, distinguiéndose sus nudillos—. Todo fue demasiado rápido. Le grité a la enfermera que alguien había querido matarme y la muy ingenua, en vez de salir a pedir ayuda o llamar a la seguridad, solo trató de tranquilizarme, diciendo que seguramente había sido una pesadilla. —Exhaló una bocanada de aire antes de continuar—: Pero lo que más me preocupa es que ese individuo vuelva a intentarlo de nuevo.

Mike y yo nos miramos, contrariados. Entonces recordé lo sucedido hacía unos meses con mi auto y sospeché que tendría algo que ver con lo que nos había contado Peter. Luego comenzamos a hacer toda clase de suposiciones que solo lograron confundirnos más.

—¿Tendrá algo que ver con la batalla que les hemos declarado a los mineros de Gajha? —pregunté, dirigiendo mi mirada a Peter—. Y más aún si dices que viste a un hombre negro espiándote por la ventana.

—No lo dudo —coincidió Mike—. Hay demasiados intereses involucrados en todo esto. Y por lo visto, tenemos algunos enemigos que tratarán de detenernos.

—¿Y qué debemos hacer? —los miré a ambos—. Hemos llegado ya demasiado lejos y yo, la verdad, no estoy dispuesto a abandonarlo todo ahora. Aunque siendo realistas, tenemos que tener más cuidado que nunca y encontrar la forma de detener a estos criminales.

—El problema es que nuestros enemigos no tienen cara aún —expresó Peter, reflexivo—. Y mi mayor temor es que puedan llegar a hacerle daño a mi familia. A ellos no puedo arriesgarlos.

—Te comprendo, hermano —reconoció Mike—. Yo también estoy en tu misma situación y tampoco me gustaría que se acercaran a los míos. Gracias al cielo, mis hijos están muy lejos en el internado en Edimburgo, pero me preocupa que vendrán para las vacaciones. No me va a quedar otro remedio que ver cómo están las cosas para entonces.

—Podríamos avisarle a la policía, ¿no creen? —sugerí—. No perderíamos nada.

—Puede ser, pero el problema es que no tenemos ninguna prueba en concreto —Peter tomó el último sorbo de su copa—. Debemos tener los ojos muy abiertos y advertirles a Claire, a Sarah y quizás a Gwyn que no anden solas por la calle, por lo menos por ahora.

Todos parecíamos haber entrado en el mismo estado de paranoia que sufría Peter. Teníamos que hacer algo para evitar caer en el juego del gato y el ratón, que seguramente era lo que pretendían nuestros enemigos.

Cuando dieron las once de la noche —luego de algunos tragos que habían logrado distraer mi mente ofuscada— me despedí de Mike y Peter, pagué mi cuenta y salí del bar rumbo a mi departamento a unas cuantas cuadras de Sloane Square. Caminé por una calle aledaña al Palacio de Buckingham, sintiendo las primeras gotas de lluvia caer sobre mi chamarra de piel. El frío húmedo se colaba súbitamente por mi suéter, haciéndome titiritar mientras mis dientes chasqueaban, generando el único ruido que se escuchaba en medio del silencio de la noche. Para entonces me había acostumbrado por completo al uso de la prótesis, permitiéndome arreciar el paso en medio de aquellas calles que apenas se iluminaban con las farolas, cubiertas con la típica bruma londinense.

Al llegar al antiguo edificio victoriano donde vivía, noté que el portón de hierro se encontraba entreabierto. Pensé que seguramente alguno de los vecinos, distraídos, había olvidado cerrarlo. Empujé la puerta detrás de mí, pero la cerradura se había atascado, volviendo a abrirse de par en par. Luego de varios intentos por cerrarla, me di por vencido y caminé hacia el recibidor, donde esperé un largo rato a que el ascensor descendiera de alguno de los pisos superiores. Al ver mi reloj recordé que no le había dado de comer a Morris y me sentí culpable. El pobre gato ya casi no podía moverse por la artritis en las patas traseras y dependía totalmente de mí para alimentarse.

Al llegar a mi piso, caminé por el corredor hasta llegar a mi departamento, tomé el llavero de mi bolsillo e inserté la llave en el picaporte, empujando lentamente la puerta. Pero al encender la luz del vestíbulo, un chispazo del techo me dejó a oscuras. Sin cerrar la puerta detrás de mí —para aprovechar la luz del pasillo— descubrí un sobre en el piso junto a la entrada. Lo levanté y me dirigí hacia el estudio, donde el viento soplaba a través de la ventana, que extrañamente se encontraba abierta. Alcancé a ver en la penumbra, la delgada cortinilla ondear por los aires.

—Morris, Morris… —lo llamé varias veces, a la vez que encendía la lámpara del escritorio, en donde encontré un reguero de hojas tiradas por todos lados. También descubrí el portarretratos, con la fotografía de Marie, hecho añicos en el piso. Me arrodillé, pensativo, lo tomé entre mis manos y separé los restos de vidrio que lo cubrían. Luego de limpiar aquel desastre, cerré la ventana y sujeté la fotografía con fuerza, al tiempo que miraba el destinatario del sobre. Con una sonrisa de oreja a oreja, vi que era de Marie. Lo abrí y leí en silencio.

Mi adorada francesita me contaba de los avances en la construcción del nuevo pabellón que ampliaría la clínica y las jaulas interiores. Me contaba, con lujo de detalles, que Nina había crecido una enormidad, que su personalidad y su carácter, aparentemente más humano que simio, la habían convertido en la consentida de Gambala, que siempre andaba en busca de unos brazos que la mantuvieran arropada la mayor parte del día, a lo que infaliblemente, nadie se podía resistir. Concluyó, con cierta preocupación, que su futuro en libertad no se veía nada alentador. Por otro lado, notificaba que la UMAG parecía colapsarse, día con día, debido a la presión política y a los medios de comunicación que bombardeaban las estaciones de radio, por lo que me alentaba tanto a mí, como a Peter y a Mike, a no darnos por vencidos, pues sabíamos que tanto nuestro compromiso, como el poder y la fuerza que "Amigos Unidos por Tanzania" había logrado en tan solo unos cuantos meses, nos llevaría a ganarle la batalla al oro y contribuir a la recuperación del ecosistema de aquella región.

Pude constatar una vez más que mi amada Marie en verdad era la activista número uno del equipo. Para terminar la carta confesó que me echaba mucho de menos, que extrañaba los momentos que habíamos pasado juntos y que ansiaba mi pronto regreso a Gambala, terminando con un posdata que decía: Te amo.

Doblé la carta en medio de un melancólico suspiro, tomé el portarretrato con la cara sonriente de Marie y, mirándolo por unos instantes, deseé estar a su lado para decirle esas mismas dos palabras que retumbaron dentro de mí. Luego me puse de pie para seguir buscando a mi viejo gato.

—Ya llegué, viejo… ¿dónde estas? —dejé la carta de Marie sobre la mesa y prendí la luz—. Anda, Morris, sal de donde estés. Vamos para que te de algo de cenar. Me imagino que has de estar hambriento, amigo.

El viejo Morris, que siempre salía a mi encuentro con entusiasmo, no apareció por ningún lado. Lo busqué detrás de los muebles, dentro del armario, en la cocina y debajo de mi cama —su escondite preferido—, pero al parecer no estaba por ningún lado. Mi preocupación se acrecentó al suponer que había escapado por la ventana y no había encontrado el camino de regreso a casa. Volví de prisa al despacho, abrí nuevamente la ventana para revisar los pretiles que bordeaban el edificio y, repasando con la mirada la oxidada escalera de emergencia que corría a lo largo de los pisos, grité una y otra vez su nombre en medio del silencio de la noche, donde solo se escuchaba el caer del agua de la fuente de piedra del patio interior. Tras varios minutos de vociferar como un verdadero desquiciado, me quedé parado frente a la ventana, dejándola entreabierta, por si Morris en algún momento decidía regresar.

Contrariado ante su inusual desaparición, me

desplomé en el sillón de la sala. Sostenía aún la fotografía de Marie en mi mano y me sentía aún más culpable por haber dejado a Morris sin comer aquel día. Cerré los ojos, suspiré, apesadumbrado, e imaginé con horror que posiblemente se encontraría perdido en algún lugar, con hambre y frío; que quizá sus patas traseras le habrían impedido trepar por donde había salido. Froté mi cara con desesperación. No sabía si debía salir a buscarlo o esperar a que regresara. Y mientras decidía qué hacer, encendí el televisor, tomé el control remoto y, luego de saltar de un canal a otro sin lograr prestar atención a nada, terminé por volver a contemplar el destrozado portarretrato que permanecía sobre mis piernas. Melancólicamente tracé con la punta de mi dedo el rostro de Marie, que tanta falta me hacía. Ella era mi única ilusión, el verdadero sentido de mi vida y su lejanía me generaba un vacío difícil de soportar. Aquellos largos meses sin ella me confirmaban la necesidad de estar a su lado.

Después de un tiempo indefinido de haberme refugiado en mis recuerdos, perdido en mis fantasías, un crujido de la duela de madera del corredor me sobresaltó. Exaltado y sintiendo intensos latidos que martillaban dentro de mi cabeza, abrí los ojos, percatándome de que había alguien detrás de mí.

Capítulo 34

Salté del sillón y giré decididamente hacia mis espaldas, con la intención de enfrentar al intruso. Pero lo que descubrí, me dejó aún más desconcertado y completamente mudo.

—Lo siento, John, no fue mi intención asustarte —Jackie se dirigió hacia mí para darme un beso en la mejilla.

—¿Qué haces aquí, Jackie? Es muy tarde —suspiré profundamente, perturbado ante lo inesperado de su visita—. ¿Cómo entraste?

—Dejaste la puerta abierta —comentó—. Dale gracias al cielo de que solamente fui yo. Toqué el timbre, pero al parecer no funciona.

Traté de serenarme, señalándole el sofá contiguo: —Por favor siéntate, Jackie. ¿Y a qué se debe este milagro? —tomé asiento después de ella y noté que no podía quitarle la vista de encima a la fotografía de Marie, que permanecía sobre la mesa de centro.

Sin lograr disimular su interés, se recargó en el sofá cómodamente, antes de confesar: —Dudé mucho antes de tomar la decisión de venir a verte, John. Pero te confieso que no he dejado de pensar en tu repentina aparición el otro día en el hospital. Creo que es momento de aclarar muchas cosas que quedaron en el aire.

—Te agradezco que te hayas tomado la molestia de venir hasta acá a verme —admití.

—No lo hago por ti, John; lo hago por Sophie —precisó—. Realmente nunca esperé volver a verte de nuevo, pero por lo visto no fue así. Vine porque quiero que te quede claro que para Sophie, tú estás...

—¿Muerto? ¿Le dijiste que había muerto? —cuestioné impulsivamente.

—No, John —negó, ladeando la cabeza—. A pesar de que te odié y te amé como a nadie en mi vida, te confieso que no tuve el valor de matarte ni con la palabra. Cuando ella me preguntó quién eras, estuve tentada a decirle toda la verdad, pero sencillamente le dije que eras solo un buen amigo de la adolescencia. Ella sabe que su papá existe, como también que la tuvimos siendo aún muy jóvenes y que en aquel entonces eras muy inmaduro para hacerte cargo de una familia, así que decidí criarla yo sola.

Mis ojos se hicieron cada vez más grandes hasta dejar caer la mandíbula en completo asombro.

—Así fue, John —aseguró—. Y aunque ha tenido un buen padre en Thierry, Sophie supo desde un principio que él no era su papá —suspiró con la barbilla temblorosa, reprimiendo las lágrimas que se empeñaban en brotar de sus ojos.

—¿Y por qué no dijo nada cuando me llamaste por mi nombre en el hospital? —repuse, confundido.

—Ella únicamente te conoce como Jonathan. Tal vez no lo asoció y no volvió a tocar el tema. Pero estoy aquí porque algo dentro de mí necesitaba aclarar esto. Y te quiero pedir, por el amor que un día nos tuvimos, que no te acerques a Sophie. He dedicado mi vida entera a que sea una niña feliz. Y el hecho de que aparecieras a estas alturas le crearía un caos interno que no estoy dispuesta a permitir. ¿Lo entiendes, verdad?

Asentí: —Desgraciadamente lo entiendo y sé mejor que nadie que ni siquiera merezco que me llame papá. ¿Con qué cara me presentaría ante ella, sabiendo que las abandoné a las dos en el momento que más me necesitaban? —sentí una culpabilidad que me impidió mirarla a los ojos—. Perdóname, Jackie. Fui un verdadero patán, un completo egoísta que solamente pensaba en mí mismo, pero ten por seguro que lo he pagado con creces. Mi vida no ha sido fácil, créeme. Además —suspiré apesadumbrado—, cometí el mismo error que mi padre y reconozco que todo se paga tarde o temprano. —Contemplé sus ojos por unos instantes antes de proseguir—: Me has dado una lección sobre la vida que nunca olvidaré, Jackie. Fuiste y seguirás siendo una gran mujer que no se merece que le hagan daño. Lo único que espero de todo corazón es que algún día puedas perdonarme o por lo menos que puedas recordarme sin resentimiento.

Jackie apretó los labios y guardó un largo silencio, para luego finalizar, diciendo: —Te perdoné hace mucho tiempo, John, porque gracias a ti hoy tengo el tesoro más grande: a mi hija y sobre todo, nunca cambiaría aquella decisión que tomé en aquel entonces, aunque solo fuese por el simple hecho de escucharla decirme mamá todos los días —luchó por contener el llanto—. Me das más pena tú, John, por haberte perdido este privilegio que Thierry ahora goza siendo padre de la niña más linda del mundo.

Sentí un intenso dolor, quizá el más grande de toda mi vida. Y al ver mi expresión de dolor, expresó, tomándome suavemente de la muñeca: —Te libero de la culpa, John. Ahora los dos somos adultos, responsables de nuestras propias vidas. Dejemos atrás el pasado que tanto daño nos hizo a ambos. Y de verdad, te deseo que encuentres la felicidad.

Entre más la escuchaba hablar con esa envidiable madurez, me di cuenta de lo que había perdido. Bajé la mirada, atraído por la fotografía de Marie, que parecía estar escuchando aquella conversación.

—Jackie—subí la mirada después de unos momentos de reflexión—, gracias por venir a decirme todo esto. No puedo hacer otra cosa más que darte la razón, pero… —me aventuré a pedirle, sabiendo que quizás me daría una negativa—, por lo que más quieras en la vida, dame una esperanza que me permita saber que algún día tendré la oportunidad de acercarme, aunque sea un poco, a Sophie.

—Ya te dije que… —rebatió, al mismo tiempo que la interrumpía, antes de que pudiera negarse una vez más a aquello que le pedía con el corazón.

—Espera, Jackie. Te lo ruego —supliqué, entrelazando mis manos—. Comprendo que no me quieras tener cerca ni de ti ni de Sophie, pero te juro que todos estos años han sido un infierno para mí. Sin saberlo, siempre soñé que tenía una hija, a la que necesitaba pedirle que me perdonara y darle todo aquello que le negué. Y con el paso del tiempo me rompió el alma saber que esa niña jamás conocería el rostro de su padre.

—No sé qué decirte, John —suspiró, cerrando los ojos por unos instantes—. Me pides algo que no sé si podré darte algún día.

—Lo entiendo —traté de mostrarle la mayor empatía posible—, pero piénsalo, por favor. No me digas un "no" ahora. Quizá más adelante, sin presionarte en lo absoluto, puedas hacer a un lado el pasado y nos des a Sophie y a mí la oportunidad de conocernos, solo te pido eso. Si quieres, me comprometo contigo a guardar para siempre el secreto de que soy su papá y seré únicamente un amigo para ella.

Jackie apretó los labios, exhaló la tensión que al parecer le causaban mis palabras y luego de unos minutos de silencio, añadió: —Déjame pensarlo, John. No contaba con esto que me acabas de decir y no quiero precipitarme a darte una respuesta ahora. ¿Lo entiendes verdad?

—Más de lo que quisiera… —reconocí—. Pero te conozco y sé que eres una mujer que no se dejaría arrastrar por el rencor toda la vida; me lo has demostrado. Y a pesar de que nuestras vidas tomaron diferentes rumbos, quiero que sepas que siempre tendrás un lugar muy especial dentro de mi corazón. Y tengo que confesar que me da gusto el que hayas encontrado en Thierry, al hombre que no pude ser para ti.

En ese momento, las palabras estaban de sobra. Sin más que decir, Jackie se puso de pie, tomó su bolso y se dirigió hacia mí, dio unas plamaditas suaves en mi hombro y dijo: —Vamos a ver qué nos dice el tiempo, John. Nada está escrito —alargó las comisuras de sus labios, me dio un beso en la frente y se despidió, no sin antes indicarme desde la entrada—: Y no vuelvas a dejar la puerta abierta. Nunca se sabe qué tipo de persona anda por ahí rondando —dio media vuelta y cerró la puerta detrás de ella, dejándome petrificado en mi asiento. La visita de Jackie me había dejado una sensación de alivio que de alguna manera agradecí.

Después de reflexionar un buen rato sobre aquella conversación, me asaltó nuevamente la preocupación sobre Morris y decidí salir a buscarlo a la calle, temiendo que algo malo le hubiera sucedido. Caminé sin rumbo fijo algunas cuadras, adentrándome en la oscuridad del parque cercano a la casa. Esperaba encontrarlo agazapado dentro de algún recoveco e imaginé que estaría esperando a que lo rescatara. Lo llamé incontables veces, cuando de repente, escuché un crujido de ramas que se rompieron a corta distancia de donde me encontraba. Paré mi paso y miré en todas direcciones, pero solo alcancé a ver una sombra que se perdió entre la penumbra de los arbustos. Sin querer ahondar más en mi paranoia —la cual había incrementado desde la platica con Peter— y después de casi hora y media de incansable búsqueda, regresé a mi departamento con un hueco en la boca del estómago. Deseaba que Morris hubiera aparecido en mi ausencia, pero todos mis intentos fueron en vano. Mi viejo gato parecía haber desaparecido por completo.

Me tumbé en la cama y mi cabeza siguió dando vueltas con un torbellino de pensamientos y sentimientos encontrados que me mantuvieron despierto por horas enteras. Estaba harto de no encontrar la paz que tanta falta me hacía. Aquella visita de Jackie, contrario a lo que había creído esa misma noche, me había confundido más de lo que hubiera imaginado. Tanta bondad y nobleza no podían ser reales. ¿Cómo era posible poder perdonar y olvidar algo tan humillante como lo que yo le había hecho? ¿O sería que me estaba proyectando en mis propios resentimientos hacia mi padre? Esa duda me desconcertó todavía más hasta que, completamente abatido, comprendí que Jackie era diferente a mí, que simple y sencillamente era una buena mujer que había tenido la sabiduría de dejar la puerta abierta a lo que la vida nos pudiera presentar.

—————

Tras una larga noche de angustia y enfrentamiento conmigo mismo, la luz del sol comenzó a filtrarse por la ventana de mi habitación, devolviéndome un poco de serenidad. Hasta entonces no me había dado cuenta de que ni siquiera me había tomado la molestia de cambiarme de ropa. Me levanté y al mirar el reloj, me percaté que era tardísimo. Eran pasadas las once de la mañana y tenía que haber llegado a *Geo World* hacía veinticinco minutos, para una junta que tendríamos con los representantes de la AGP (Anti Gold-Predators), una asociación de resistencia pacífica, de carácter social y político, enfocada primordialmente a la defensa y soberanía de los ciudadanos afectados en países mineros. En la junta se plantearía una estrategia para acorralar y exponer públicamente a los dirigentes de Gajha y a sus secuaces. Con esto se pretendía que el gobierno tanzano, pese a estar vinculado corruptamente con la actual administración minera de Gajha, se viera forzado social e internacionalmente a exigir a todas las minas del territorio, un estricto control de emisiones contaminantes del medio ambiente. Sabíamos que con esto desataríamos la ira de los demonios del oro.

Como un resorte, me paré de la cama, saqué mi ropa del clóset y corrí al baño, introduciendo mi mano por un costado de la cortina de la ducha. Abrí el grifo y, dejando correr el agua caliente mientras me desvestía, escuché sonar el teléfono varias veces, hasta que colgaron. No tenía tiempo para contestarle a nadie. Eché mi ropa sucia en el cesto, pero al meter un pie dentro la ducha, me quedé paralizado y sentí unas náuseas intensas que culminaron con una dolorosa opresión en el pecho. Luché desarticuladamente por retroceder, pero tropecé con el pretil y caí de espaldas al piso, estrellando mi cabeza contra la pared.

Capítulo 35

Después de algunos segundos, aún desorientado y angustiado por el golpe, recobré el conocimiento, sintiendo un dolor sordo que recorría la parte trasera de mi cabeza. Me llevé la mano a la nuca para luego retirarla con algunos rastros de sangre. Luché por ponerme de pie y, aún perturbado, me arrastré una vez más hasta el borde de la tina. Abrí lentamente la cortinilla, descubriendo aquella horripilante escena que me perturbó una vez más: un bulto oscuro flotaba en medio de un enorme charco de sangre...

Tembloroso, cerré el grifo, viendo cómo el agua se iba esparciendo, debajo del cuerpo mutilado de mi viejo Morris. Este yacía con un cuchillo insertado en el pecho, que sostenía un papel empapado de sangre. Un espasmo nauseabundo se apoderó de mí. Me acerqué a la taza a vomitar compulsivamente hasta quedar postrado, con la cabeza entre mis manos. Todo parecía girar a mi alrededor. Jadeé con fuerza, traté de contener mi ataque de ansiedad hasta lograr mirar hacia atrás y atrapar de nuevo aquella imagen grotesca.

En ese preciso momento recordé cuando Peter había tomado aquellas imágenes escalofriantes de Thabo en su lecho de muerte. Estas habían llegado a ser claves para el contraataque a Gajha. Así que con lágrimas que empañaban mis ojos, me armé de valor y me levanté del piso en busca de mi cámara. Sabía que aquel hecho no podía quedar impune, por lo que decidí tomar un par de fotos con el objetivo de tener una prueba en contra de quien fuese responsable de aquella crueldad. Puse la cámara a un lado, estiré mi mano hasta el cuerpo sin vida de Morris, lo sostuve en el aire frente a mí y extraje el cuchillo de su pecho. Tomé el pedazo de papel entre mis dedos, percatándome que había algo escrito en él. Agarré la toalla, lo sequé lo más posible y traté de descifrar aquel mensaje que dejaba ver únicamente una frase que decía: "Si no paran la guerra, el río de sangre seguirá corriendo".

Habida cuenta de todos los hechos insólitos que habían ocurrido desde unos meses atrás, fue claro que se trataba de una amenaza más por parte de los miserables mineros, quienes estaban dispuestos a llegar hasta las últimas consecuencias para forzarnos a detener el ataque en su contra. Contrariado ante tal brutalidad, enrollé a Morris dentro de la toalla que yacía en el piso, oficié un ritual de despedida, para luego romper en un llanto silencioso. La pérdida de mi viejo gato había sido, sin duda, una de las más fuertes que había soportado en mi vida. Seguido de un profundo dolor, la ira explotó dentro de mí, latiendo violentamente en el interior de mi cabeza. Desesperadamente maquiné la manera de vengar su muerte. Juré que ahora menos que nunca me rendiría en la lucha que meses atrás habíamos emprendido. ¡No tenía nada más que perder! Y si la guerra había comenzado, como mencionaba la nota anónima, estaba dispuesto a llegar hasta las últimas consecuencias. Pero sabía que nuestros enemigos eran mucho más astutos y despreciables de lo que suponíamos, por lo que no se les ablandaría el corazón ante nada, ni nadie.

Luego de algunos días de haber asimilado su muerte —y a pesar de ser consciente del amarillismo con el que serían vistas las aberrantes fotografías de Morris— decidí exponer la historia a Peter, a Mike, a Charles Myers y a diversas agrupaciones involucradas en el proyecto, con el propósito de arremeter, sin misericordia alguna, en contra de Gajha. Pero desgraciadamente, por haberse tratado de un anónimo, no era una prueba contundente para incriminarlos. Una vez más, me sentí víctima de la frustración.

Capítulo 36

Casi tres semanas más tarde —después de haberme sobrepuesto un poco a la muerte de Morris y de haber viajado con Peter y Mike a Alemania para inaugurar la Primera Cumbre del Medio Ambiente y Derechos Humanos de los poblados aledaños a las minas de países africanos— recibimos una llamada de las oficinas de *Geo World* en Londres para convocarnos a una junta esa misma tarde. Unos minutos antes de las cuatro nos encontrábamos los tres reunidos en una antesala, preguntándonos el porqué de tan importante reunión. A los pocos minutos, Charles apareció por una puerta de vidrio, con el rostro sombrío, nos hizo señas con la mano y nos invitó a pasar a un salón de reuniones donde había otras cinco personas sentadas alrededor de una mesa ovalada.

—Tomen asiento, por favor —Charles señaló las sillas que permanecían vacías—. Los citamos el día de hoy porque esta misma mañana nos llegó un comunicado muy importante, que me temo cambiará el rumbo de las cosas.

Peter, Mike y yo nos miramos unos a otros, desconcertados ante el tono solemne de Myers.

—¿Qué pasó, Charles? —preguntó Peter, con el semblante descompuesto.

—Las cosas se han puesto feas… —respondió sin hacer la menor expresión.

Suspiré profundamente y cuestioné con evidente malestar: —Habla ya Myers; al grano.

Sin poder contenerse, sonrió abiertamente: —¡Gajha está muerta!

—¿De qué hablas? ¿Qué quieres decir con eso? —los tres preguntamos al unísono.

Para sorpresa nuestra, todos los presentes se levantaron de la mesa y comenzaron a aplaudir, dejándonos a los tres atónitos.

—¿Qué sucede? —Mike frunció el ceño, mirando a su alrededor.

—Hemos ganado la guerra, amigos —aseguró Charles, alzando su puño—. Después de casi cinco meses de espera, Interpol nos ha dado la información que necesitábamos sobre McMahon y Dormonth.

—¿Y…? ¿Qué hallaron? —preguntó Peter, entrelazando sus manos debajo de su barbilla.

—Ambos resultaron tener un pasado bastante más escabroso de lo que imaginábamos —aclaró Charles—. Resultó que McMahon fue estadounidense antes que inglés.

—¿De qué hablas? —pregunté, sin comprender media palabra de lo que decía.

—Así como lo escuchan —afirmó—. Déjenme explicarles con más detalle. Antes que nada, el hombre combatió en la guerra de Vietnam en los años sesenta. Pero al parecer, el muy cobarde desertó a media batalla, para luego huir quién sabe cómo hasta Inglaterra, donde pidió asilo al gobierno. Unos años más tarde se nacionalizó como inglés, residiendo aquí desde entonces.

—¿Estadounidense, eh? —froté mi barbilla, sorprendido—. Pues adquirió hábilmente el acento *posh* como si perteneciera a la alta sociedad inglesa.

—Muy vivo el hombre —admitió Mike—. Por algo llegó hasta donde está ahora.

—Esperen, que todavía hay más… —Charles levantó la mano sin despegar la vista del expediente que sostenía—. El muy astuto, a unos meses de residir en Londres, logró imitar el acento a la perfección, ya que según estos papeles, se fue mezclando poco a poco con la alta sociedad hasta lograr enamorar y casarse más tarde con Penélope Radcliffe, hija de Sir William Radcliffe, un destacado empresario y socio mayoritario de la mina Marren Gold en Ghana. A través del apoyo y los contactos de su suegro multimillonario se adentró en el mundo del oro.

Irrumpió Peter, molesto: —Sea lo que sea, sabemos que desde entonces era un asqueroso tramposo y si traicionó a su propio país en medio de una de las peores crisis que sufrió Estados Unidos y se arrastró como una alimaña dentro de la sociedad, ¡imagínense lo que el muy infeliz haría con el poder que tiene ahora!

—Efectivamente, ¿pero de Dormonth y Phillipe, el belga? ¿Encontraron algo? —pregunté con curiosidad.

—Sí, por supuesto. Pero de los dos mineros, no sé cuál esté peor —comentó Charles. Luego bajó la vista y continuó leyendo el reporte—: Se dice aquí que Dormonth fue abandonado por sus padres en una casa cuna en Dublín y permaneció allí hasta los siete años de edad, cuando fue adoptado por una familia irlandesa, cuyo padre trabajaba entonces en un puesto administrativo en una mina de carbón de Escocia. También se cita aquí que Dormonth tuvo fama de ser un joven ambicioso y despiadado con la gente que estaba por debajo de él. Siempre estuvo en busca de poder —prosiguió—. Cuando cumplió veintiocho años, ingresó al mercado negro del oro y tráfico de armas, y de este modo, logró introducirse en el mundo de las minas de oro, apoyando a otros países mineros con armamentos que eran utilizados para sobornar a los gobiernos de dichos países. Además, se menciona en estos documentos —alzó el fólder azul—, que únicamente Dormonth es el responsable del tráfico de armas y al parecer, McMahon está al margen de este negocio. Sin embargo, a McMahon se le atribuyen los mayores abusos y muertes perpetuadas en contra de civiles africanos, siendo, inclusive, el responsable de llevar a cabo las revisiones periódicas de las plantas procesadoras de residuos tóxicos de Gajha. Siempre evitó a toda costa invertir en la compra y mantenimiento de bombas, siendo el principal responsable en aceptar sobornos por parte del gobierno. Por supuesto, cada uno se llevó "grandes tajadas de las ganancias gigantescas que dejaban la corrupción de estos negocios…"

—¿Y qué más dicen? —insistió Mike.

—Sobre el tal Phillipe Deneuve —citó—, solo se sabe que proviene de una familia belga de clase media, que nació y vivió casi toda su vida en una comunidad en la costa llamada De Haan, cerca de Brujas, y estudió en la Universidad de Ghent, en Bélgica. Además de ser un reconocido médico veterinario, especialista en enfermedades infecciosas, vive actualmente en Bruselas con su mujer y sus dos hijos jóvenes: uno de veintitrés y otro de dieciocho —hizo una pausa mientras mordisqueaba el interior de su labio—. Por otra parte, también presta sus servicios a varias reservas naturales en África y entre las más importantes se encuentra Gambala. Al parecer no hay nada borrascoso en su pasado.

A pesar de aquel historial de Phillipe que Charles mencionaba, yo estaba seguro de que tenía que haber algo sucio detrás de toda esa fachada, por lo que no descarté averiguar sus verdaderas intenciones y llegar a desenmascararlo por mi cuenta en algún momento.

—La mejor noticia de todo esto y por lo que decidimos reunirnos con ustedes… —Charles hizo una pausa y repasó las miradas atentas de todos los presentes—, es que hace cinco días, para ser exactos, el presidente Cofy Mangandi accedió bajo presión internacional a clausurar Gajha, después de haber salido a la luz el historial de

McMahon y Dormonth, y retiró temporalmente la licencia para operarla, ya que dentro de todo el caos ambiental que esta genera, se halló gran cantidad de anomalías en la contabilidad, los contratos, las adquisiciones y los permisos correspondientes. También se descubrió que en los últimos años no han pagado ningún impuesto sobre la renta al gobierno de Tanzania. Esta y otras minas de la región actualmente se están procesando en la Corte Suprema de aquel país. Pero Gajha, específicamente, fue la primera a la que se le emitió una orden de cierre inmediato hasta lograr un sistema fiscal transparente y demostrar que sus residuos serán desviados de los afluentes del lago Victoria para ser procesados bajo estrictas normas legales. A partir de estos cambios y de ser reinstaurada la nueva administración, se verán comprometidos a recibir visitas periódicas de expertos extranjeros, quienes diagnosticarán y verificarán el continuo y buen funcionamiento de dichas plantas de tratamiento.

—¡Por fin! —se escuchó un suspiro al unísono que salía de todos nosotros.

Según mencionaba Charles, al exponer su relato, McMahon y Dormonth habían sido relevados de sus cargos directivos, aparte de que se había confiscado un impresionante cargamento de armas que se encontraba escondido en Gajha, por lo cual seguirían las investigaciones.

—Y ahora con la información que sacó a la luz Interpol —opinó Peter— supongo que Dormonth y McMahon no seguirán mucho tiempo en libertad.

Por lo que respectaba a Cofy Mangandi, según las palabras de Charles, y con el poder que le concedía el ser presidente de Tanzania, no le quedó otra alternativa que hundir a ambos ingleses y culpar a otros tantos de su propio gabinete por cometer arbitrariedades y llevar a cabo contratos secretos con estos, a la vez que se desentendió por completo de cualquier conexión con la mina. Su astucia le permitió quedar como un héroe nacional.

—¿Y su sobrino Kassim, el director de la mina? ¿Qué pasó con él? —pregunté.

—Ha de haber salido de la jugada como un fantasma para no verse involucrado en todo este lío —supuso Charles, sin tener mayor información al respecto—. Seguramente a su tío se le ablandó el corazón y extraoficialmente lo liberó de toda acusación, ya que de todas maneras al presidente tampoco le convenía estar metido en este escándalo.

—Es increíble ver lo que puede llegar a hacer un hombre cuando alcanza tanto poder —dijo Peter, incrédulo, y agitó la cabeza.

—Y principalmente lo que puede llegar a hacer el miedo —contestó Mike—. Los Mangandi no son unos estúpidos, por esto mismo supongo que decidieron hundir a los otros antes de que los expusieran a ellos. Por lo visto, supieron manejar perfectamente bien las cosas desde un principio para que nadie pudiera imputarles nada.

—No obstante —agregó Ian, de Amnistía—, lo que más me preocupa es el impacto que esto acarreará a los miles de trabajadores que permanecerán sin trabajo indefinidamente. Ellos quedan a merced del tiempo que tomará solucionar el caso. La gente resentida y con hambre es capaz de hacer cualquier locura.

—Quién sabe lo que va a suceder durante este proceso, pero definitivamente, es la mejor noticia que pudimos recibir. Gracias, Charles —expresó Peter, frotando sus manos, emocionado.

—Mil gracias, *Geo World* —Mike agradeció a todos los presentes—. Nada de esto hubiera sido posible sin su apoyo.

A partir de aquella maravillosa noticia y de saber que nuestros enemigos estarían fuera de circulación, decidí mandarle un telegrama a Marie esa misma tarde para reseñarle la reunión. Estaba seguro de que celebraría igual o más que nosotros. También le diría que Peter, Mike, y yo, viajaríamos en las próximas semanas a Tanzania para festejar a su lado. Le pedí de igual manera que les avisara cuanto antes a Mummbar y a Turner, que serían los primeros en descorchar con nosotros la botella de champaña.

Luego de tantas buenas noticias, esa misma noche, Mike y Peter vinieron a mi departamento para ultimar los detalles de nuestro próximo viaje a Gambala y brindar por el éxito de nuestro proyecto, que sin duda alguna, nos había caído del cielo.

—¿Y qué has pensado hacer con respecto a Marie? —Mike se dirigió hacia mí, encendiendo un cigarrillo. Se reclinó sobre el respaldo del sofá y volvió a preguntar—: ¿Estás dispuesto a dejarlo todo, pero realmente todo, para irte a vivir a la jungla? ¿Entre simios, polvo, sin un maldito bar a miles de kilómetros a la redonda y sin un solo teléfono? —indagó, divertido.

Peter soltó una batiente carcajada, diciendo: —Mucho amor debe haber de por medio, ¿no crees, Mike? Aunque si te soy sincero, John —fijó su mirada en mí y alzó su copa —, creo que Marie en verdad lo vale.

—Supongo que nadie te va a aguantar tanto como tu francesita, hermano —Mike sonrió—. Y me consta que ella es de carácter fuerte. Es recia, apasionada, con muchas agallas y mandona como nadie.

Reí ante aquel comentario, reconociendo que Marie de alguna manera me había domesticado.

—Justo lo que siempre has necesitado, mi querido amigo —dijo Peter, arrugando la boca—. Y perdona que te lo diga, pero tu vida sentimental no ha sido muy prometedora que digamos. Yo creo que ya es hora de sentar cabeza, ¿no crees?

—Lo sé, Pete —admití, recorriendo por unos segundos mis recuerdos al lado de Marie—. Confieso que nada ni nadie me ha hecho sentir lo que ella —hice una pausa—. En verdad la quiero. Es más, me atrevo a confesarles que le voy a pedir que se case conmigo.

—¡Bravo! —exclamó Mike, a la vez que Peter levantaba las cejas con sorpresa.

—¿Estás hablando en serio, John? —Peter preguntó, una vez más incrédulo, reprimiendo una sonrisa.

Apreté los labios y, meneando la cabeza, volví a

asegurarles que me casaría con ella: —Así como lo oyen. Durante estos meses y el tiempo que pasé en la reserva junto a Marie, me hicieron darme cuenta de que la simplicidad, la belleza de la vida y la naturaleza son demasiado buenas como para dejarlas ir. Y no quiero perder la oportunidad de estar al lado de la mujer que amo.

—Me sorprende escucharte hablar así, John —expresó Mike sin poder creer lo que oía—. De verdad Marie te ha transformado. Te felicito de corazón, hermano. Esa sí que es una buena noticia.

—Sin duda alguna —comentó Peter, dirigiendo su mirada a Mike—. John algún día sentará cabeza —levantó su copa para brindar por ello.

Era obvio que ellos no creían que pudiera dar aquel paso después de haber llevado una vida inestable sentimentalmente. Pero yo estaba convencido de que era eso lo que más deseaba en ese momento de mi vida. Marie estaba presente en mi primer y último pensamiento de cada día. No podía pensar en mi vida sin ella.

—Peter, ¿te imaginas la familia que tendrán John y Marie? —Mike seguía inmerso en su exaltado sentido del humor—. Me encantaría ver eso: bebés y babuinos yendo de la mano. Y por cierto —preguntó, reacomodándose en el sillón—, ¿qué será de la pequeña Nina? ¿Has sabido algo de ella?

—Sí —asentí—. En una de las cartas de Marie, me dice que está muy bien y que es la que domina a los más pequeños. Por lo visto los trae a todos de cabeza.

—Tenía que ser —manifestó Mike, extendiendo su mano hacia mí, divertido—. Tal como sus padres; todo se hereda, compañero.

No fue hasta esa noche que pude relajarme completamente. Los meses anteriores habían estado llenos de tensión, pero finalmente podía disfrutar de la paz que tanto había estado buscando.

Capítulo 37

Una semana después de la noticia, leí un artículo sobre la desintegración del sistema actual de la UMAG, en el que se hacía mención al completo desacuerdo entre partidarios y simpatizantes de los mineros, que contraatacaban al presidente Mangandi junto a su "pandilla" de políticos corruptos. Manifestaban sin temor ni escrúpulo alguno, los constantes atropellos y abusos de los que habían sido víctimas durante su régimen. Argumentaron que, gracias a las persistentes amenazas recibidas durante años, habían tenido que actuar en defensa propia, violando a su vez los derechos que les eran negados arbitrariamente. Expresaron de igual manera, y con absoluta repulsión, la desvergüenza del mandatario que había estado involucrado desde un principio en aquel escándalo y que luego de haberlos hundido a todos, junto a su propia gente, descaradamente se convertía en un héroe nacional.

Definitivamente aquella bomba había detonado la cloaca que se abría como la caja de Pandora, lo que desató la rabia y el resentimiento de los involucrados en el caso Gajha, que por lo visto, no descansarían hasta que se reinstituyera la nueva administración y los trabajadores regresaran a sus puestos. Era evidente que muchos habían dejado de recibir de una u otra manera sus ganancias, convirtiéndose poco a poco en aves de rapiña para luego despedazarse entre ellos. Estaba impactado al ver el alcance que tenía el poder y el dinero sobre los principios y valores de la gente; un día eran hermanos y amigos, y al siguiente, enemigos hasta la muerte. Durante aquellas semanas me cercioré que entre más riqueza, menos lealtad. Unos tenían que pasar por encima de otros y pisarlos para llegar a ser los amos: los dueños del oro.

Al tiempo que desenmarañaba aquel rompecabezas, de quién era el bueno y quién el malo, sonó el teléfono.

—¿Sí? —levanté el auricular.

—¿John? —una voz ronca preguntó del otro lado de la línea.

—Sí, ¿quién habla?

—Mummbar… —respondió con seriedad—. ¿Cómo estás, John?

—¡Qué milagro, hombre! ¡Qué gusto escucharte de nuevo! —exclamé, incorporándome de mi cama—. Qué bueno que llamaste porque no sé si ya te enteraste de la buena nueva…

—Sí, por eso te llamamos, amigo. Aquí está Bill Turner a mi lado y quiere hablar contigo. Un fuerte abrazo, John… —sin más palabras, me lo pasó.

—John… —escuché la inconfundible voz de mi interlocutor.

—Bill, qué gusto escucharte de nuevo. Llamaron en el momento más oportuno. Todo resultó como esperábamos. Las organizaciones involucradas en este exitoso desenlace han estado escribiendo artículos, como el que tengo ahora en mis manos, que confirman que Gajha se ha colapsado del trono. No sabes la alegría que tenemos por haber contribuido en esta causa. Supongo que por allá igual, ¿no es así?

—Así es, John… —afirmó parcamente—. Por eso

me atreví a llamarte, para pedirles a los tres que vengan cuanto antes a Gambala.

—Encantado —aseguré—. Tenemos que celebrar. Ya compré una gran botella de champaña que beberemos hasta la última gota. E incluso, ya habíamos planeado hacer este viaje en dos semanas, ya que Peter y Mike tienen algunos asuntos personales pendientes. Yo por mi parte, me muero por regresar a Gambala.

—Me lo imagino, John —expresó sin ahondar en el tema—. Pero, ¿sería posible que por lo menos tú adelantaras tu vuelo para esta misma semana? —insistió—. Creo que sería bueno que lo hicieras.

—¿Pasa algo? —pregunté, sintiendo un fuerte tirón en el cuello—. Me asustas, hombre... ¿Cuál es la urgencia?

—Relájate, John —dijo con voz serena—. Confío en que tomarás el primer avión. Y por favor, hazme una llamada a mi oficina de Shinyanga con la fecha y hora de tu llegada para que Sansón esté ahí esperándote.

—Pero, Bill... —insistí, preocupado por su actitud evasiva.

—Tengo que colgar, John —indicó—. Casi no te escucho; hay mucha interferencia en la línea. Me dio gusto saludarte y saber que te veremos por aquí pronto —colgó sin dar mayor explicación.

Descansé el auricular sobre mi hombro, suspiré profundamente, sintiendo cómo mi mente volvía a imaginar cosas a una velocidad increíble. Me recosté unos instantes sobre las almohadas apiladas a mis espaldas y, preocupado, me levanté de un salto para salir de inmediato a la calle hacia la agencia de viajes cercana a la estación Victoria, donde compraría mi boleto para volar a Tanzania cuanto antes. Tanta insistencia por parte de Turner me había alarmado, pero quizá todos por allá estarían tan entusiasmados e impacientes como yo por festejar. Además, pensé con optimismo, pronto volvería a ver a Marie y el festejo no podía esperar por dos largas semanas más.

Me encaminé a la oficina de *Geo World*, para concluir algunos asuntos pendientes con Charles Myers, ya que quizás no regresaría por algún tiempo a Londres. Luego decidí hacer una corta parada en la joyería de Singh, un renombrado joyero hindú, con el propósito de comprarle un anillo de compromiso a Marie. Definitivamente estaba completamente decidido a hacerla mi mujer. La sola idea de pararme frente al aparador, junto a cientos de anillos de compromiso, me despertó emociones que jamás imaginé llegar a sentir. Este estaba repleto de brillantes y piedras preciosas, montadas en toda clase de sofisticadas sortijas que iban desde lo más clásico hasta lo más exótico. Aquel mundo de responsabilidad y compromiso, del que siempre había huido, por primera vez se había convertido en un placer y no en una obligación.

Tras mucho tiempo de ir y venir de una vitrina a otra sin lograr decidir cuál comprar, por fin escogí un delicado zafiro montado en un sencillo aro de oro blanco, que me recordó al de mi abuela, lo cual le dio un mayor significado a mi adquisición. Deseaba más que nada en la vida, llegar a tener una relación tan fuerte y apasionada como la que Manny había tenido con mi abuelo, al que conocí muy poco, ya que murió cuando yo apenas era un bebé. Y a pesar de que Mark, su eterno pretendiente, la había rondado como un viejo zorro por años, ella vivió enamorada del recuerdo de su viejo amor. Y yo, de igual manera, estaba dispuesto a amar a Marie y a encargarme de hacerla feliz hasta el fin de nuestros días.

Capítulo 38

Tras arreglar algunos detalles antes de partir, empaqué esa misma tarde mi maleta. Metí uno que otro libro, mi pequeña grabadora de música, un sombrero, mi cámara, la botella de champaña con la que brindaríamos al llegar a Gambala, y por supuesto, lo más importante de todo: el anillo de compromiso que le daría a Marie en un momento muy especial.

Llamé a Gwyn, quien se había marchado a vivir hace unos meses a Manchester, y le previne que quizá no regresaría en algunos meses de África. Sabía que a ella lo único que le interesaba era mi bienestar. Me deseó mucha suerte y me dio una vez más el pésame por la muerte de mi viejo Morris, que también había sido su mascota durante mis esporádicos viajes de trabajo. Después de despedirme de la gente que había sido importante en mi vida durante aquellos momentos, cerré la puerta de mi departamento, suspiré profundamente y emprendí camino a la estación de Picadilly, en medio de un terrible aguacero que me empapó de pies a cabeza. Luego tomé el metro hasta el aeropuerto de Heathrow.

Caminé entre la gente que subía y bajaba de los vagones. Casi una hora más tarde de lo planeado arribé a la terminal, donde, una vez más, tuve que hacer una larga fila frente al mostrador de la aerolínea. Sin lograr controlar mis nervios, miré incontables veces el reloj, preocupado por no perder el vuelo que saldría en menos de cuarenta minutos. Afortunadamente, uno de los empleados de la aerolínea anunció, a través de un altavoz, que los pasajeros que faltaban por presentar la documentación pasaran de inmediato al frente, donde entregué mi maleta y mis documentos, ante la mirada risueña de una mujer negra que me pidió que mantuviera la calma.

Cuando terminé de presentar la documentación, corrí de prisa rumbo a la sala, entre un tumulto de gente que deambulaba por los interminables corredores, aglomerándose frente a las puertas de embarque que los llevaría a distintos destinos. Al llegar a la sala, permanecí de pie, como si fuese el primero en abordar el avión. Y como un niño ansioso por subirse al primer avión en su vida, deseaba emprender el largo viaje a Dar es Salaam. Esperaba dormir durante las siguientes horas para sentir que el trayecto era mucho más corto.

Segundos después, dos azafatas aparecieron detrás del mostrador de la sala e indicaron el procedimiento de abordaje. En ese instante, introduje mi mano en el bolsillo para sacar mi pase a bordo, cuando con sobresalto, me percaté de que no aparecía. Suspiré con evidente nerviosismo, registré todos los compartimentos de mi chamarra, mi pantalón y por último, un pequeño portafolio que llevaba al hombro, pero nada... Al parecer, lo había perdido en el camino del mostrador de la aerolínea a la sala. Agité la cabeza, froté mi cara con desesperación, traté de recapitular mi recorrido por el aeropuerto e intenté recordar el último momento que lo había tenido en mis manos. Pero me encontraba ofuscado por mi descuido y mi memoria terminó por bloquearse. Di un paso atrás, tomé aire y regresé corriendo como una liebre, entre el gentío, por el mismo camino por el que había llegado, pero nada.

Después de varios minutos de preguntar si alguien lo había visto, comprobé que el pase a bordo se me había extraviado. Cabizbajo, regresé de nuevo a la sala que se encontraba ya vacía y me detuve frente a la puerta de embarque, donde estaban las mismas azafatas que revisaban la lista de pasajeros.

—¿Se le ofrece algo, señor? —preguntó cortésmente una de ellas que se percató de mi presencia.

—Perdí mi pase a bordo, señorita. Ya lo busqué, pero por desgracia no lo encontré por ningún lado... —suspiré resignado.

En tanto le explicaba lo sucedido, la aeromoza que verificaba la lista de pasajeros, levantó la mirada y preguntó: —¿Es usted el señor John Carmichael?

—Sí, así es, ¿por qué? —respondí de inmediato.

—Uno de los pasajeros encontró su pase a bordo en el piso, señor —me lo mostró, sujetándolo entre las puntas de sus dedos—. ¿Podría mostrarme su pasaporte, por favor?

Completamente feliz y agradecido, exhalé una bocanada de aire para tranquilizarme. Saqué mi pasaporte y se lo mostré; por fin subiría al avión que me llevaría a África. Con el pase a bordo en la mano, caminé hasta el avión, donde todos los pasajeros estaban ya sentados y listos para el despegue. Cerraron las compuertas y sin más demoras, se inició el vuelo en medio de una fuerte ventisca que azotó violentamente las ventanillas del avión. Suspiré, agotado, incliné el respaldo de mi asiento y acomodé la almohadilla debajo de mi cabeza, con el afán de relajarme y olvidarme de la tensión que me producían los aeropuertos. Todo había sido un verdadero martirio, desde el principio.

———

Tras haber hecho una larga escala en el aeropuerto de Jomo Kenyatta, en Nairobi, mi larga pesadilla de casi trece horas de vuelo había llegado a su fin. Habíamos aterrizado en al caótico aeropuerto de la capital de Tanzania, donde por largos minutos, busqué mi maleta entre aquellas montañas de equipaje que se encontraban desperdigadas por todos lados. Luego de aquella proeza, que me tomó casi una hora, salí a la calle y en seguida encontré a Sansón parado frente a la portezuela de su camioneta. Estaba leyendo, distraído, un descolorido periódico de notas amarillistas.

—¡Hola, Sansón! —me acerqué a él, saludándolo a solo unos cuantos pasos.

Al escucharme, pegó un brinco, doblando desorganizadamente el fajo de papeles que sostenía entre sus manos. Aproximándose a toda velocidad para ayudarme a subir la maleta a la cajuela, preguntó: —¿Cómo le fue en el viaje, joven John? Se ve muy cansado.

—Solo un poco, amigo —dije—. El viaje es largo, pero... ¿qué me cuentas de nuevo? ¿Cómo están las cosas por acá? —pregunté, subiendo al asiento delantero junto a él.

Arrugó los labios, apretó la quijada y expresó parcamente: —Las cosas se pusieron algo feas por aquí después de que se supo la noticia.

—¿De que hablas, Sansón? ¿Cuál noticia?

Me miró vacilante antes de proseguir: —Todo esto del presidente Mangandi, la mina y...—pareció arrepentirse de lo que estaba a punto de decir y respondió rápidamente—. Ya tendrá tiempo para que el señor Turner y Mummbar le platiquen en detalle. La avioneta lo está esperando para llevarlo a Shinyanga. Y por cierto, ¿cómo va su pierna? Por lo que veo, ya trae una nueva.

Reí, estirando la pierna: —Así es, Sansón. Por momentos ni me acuerdo que no es la mía. Definitivamente uno se acostumbra a todo.

—Así es la vida —agregó—. Me da gusto que esté caminando sin sus palos.

—A mí también, Sansón. Y por fortuna aprendí rápido a caminar sin muletas y eso me ha ayudado a olvidarme un poco de lo ocurrido.

—Lo felicito. Usted y yo estamos hechos de la misma madera —declaró dignamente, sin apartar la mirada del camino. Sonreí y giré mi cabeza hacia él, cuando volvió a comentar, deslizando la mirada lentamente hacia mí—: Nunca nos daremos por vencidos por tan poca cosa, ¿no es así, joven John?

Asentí, dándole algunas plamaditas amistosas en su hombro.

Al llegar al aeropuerto donde me esperaba la avioneta que me llevaría a Shinyanga, Sansón se bajó. Apresurándose a bajar mi maleta, estrechó mi mano y se despidió efusivamente: —¡Dios proveerá, mi señor! ¡Que Dios lo ilumine! No pierda la fe.

Por unos instantes me desconcertó la emotividad de su comentario. Fruncí el entrecejo y, dejando escapar una leve sonrisa, le di las gracias.

Ya dentro de la avioneta descubrí de inmediato que la cabina se encontraba desolada, flanqueada por asientos vacíos. Era el único pasajero que haría aquel viaje. Tomé asiento, ajusté mi cinturón de seguridad y coloqué el portafolio a mi lado. En el momento del despegue, un bombardeo de recuerdos de aquel accidente en la sabana se volvió a apoderar de mí. Con gran malestar, agité la cabeza para sacudir aquellos malos momentos que se habían quedado clavados en mi mente y, suspirando profundamente, opté por sacar el reproductor de música de mi portafolio. Lo coloqué sobre la mesita reclinable e introduje los audífonos en mis oídos. La canción de inmediato me transportó en dirección opuesta a lo que había sido mi escalofriante estancia en la sabana. Me llevó unos momentos al lado de Marie y soñé que en pocas horas tendría la posibilidad de estar a su lado para siempre.

Estiré la mano, la metí de nuevo en el portafolio, hurgué por unos instantes y extraje la pequeña caja forrada de terciopelo gris con el anillo que le había comprado a Marie en Londres. Levanté la tapa, lo tomé entre la punta de mis dedos y colocándolo a contraluz frente a la ventanilla, vi cómo miles de destellos azules parecían explotar del delicado zafiro. Después de contemplarlo por unos momentos volví a meterlo en la cajita, que introduje posteriormente dentro el bolsillo de mi chamarra. Cansado del ajetreo del viaje, cerré los ojos por unos momentos...

Repentinamente, el piloto me informó que llegaríamos en escasos minutos a un poblado cercano a Gambala. Me aclaró que no había sido posible aterrizar en Shinyanga por culpa del mal tiempo; había comenzado a llover a cántaros y el agua inundaba ya gran parte de la pista. El piloto bajó mi maleta en medio de aquella tempestad y se dirigió con paso veloz hacia una camioneta, que permanecía estacionada a corta distancia de la avioneta. Luego de esperar en vano a que mi chofer apareciera, me entregó las llaves del vehículo y sugirió que me pusiera en camino cuanto antes para evitar quedarme atrapado en aquel lugar. Sin tener otra alternativa —y luego de recibir una serie de instrucciones— me encaminé por una larga brecha que se había transformado en un verdadero lodazal. El cielo se había encapotado por un denso nubarrón negro que dejó caer sus primeras gotas y a escasos metros más adelante, una cortina de agua me impidió ver con claridad el camino. Concentrado en la vereda que se había convertido ya en un río, mi tensión se acrecentó al pensar que al paso que iba, en cualquier momento me quedaría atascado a medio camino y aún estaba bastante lejos de Gambala.

De pronto e insólitamente desaparecieron las nubes y se alzó ante mi vista un imponente arcoíris en medio de un sinfín de rayos de sol que resplandecieron en la inmensidad de la sabana. Ya había dejado atrás aquella tempestad implacable que aún se divisaba por el espejo retrovisor. Al volver mi vista al frente, advertí en la lejanía, una persona que agitaba su mano, parada a un costado del camino. Al ir acercándome cada vez más descubrí con sorpresa que se trataba de Marie. Apreté el acelerador a fondo hasta detenerme a su lado y al bajar la ventanilla, vi que cargaba a Nina en su regazo. Descendí de la camioneta y las tomé a ambas entre mis brazos, sintiendo una alegría indescriptible. Nos miramos fijamente a los ojos. Las palabras parecían sobrar en esos momentos y ella, sin retraer las comisuras de sus labios, me guió en silencio hasta la cima de una hondonada, bajo la amplia copa de una acacia. Tomados de las manos, bajó a Nina al suelo, para verla alejarse retozando entre el exuberante verdor de la hierba que se iluminaba por el cálido manto del atardecer.

Parados frente a aquel paisaje —desde donde se apreciaba a corta distancia la Reserva de Gambala y en el lejano horizonte se reflejaba el resplandor del Urekewe— Marie pasó su brazo por mi espalda y dijo con voz suave: —Me has hecho tanta falta, Johnny... —sus ojos cristalinos parecían hablar por sí mismos. Ladeó la mirada y, atrapando los últimos rayos del sol, murmuró—: Estaba esperando tanto este día para decirte que te amo.

Ante tanta belleza envuelta en un halo de luz, con delicadeza la acerqué a mi pecho, arrastré mi mano por su espalda hasta atrapar su cuello, mientras mi boca recorría el contorno de su mejilla, inhalando una vez más, el perfume que su piel había dejado grabado en mis recuerdos. Sentí que los latidos de mi corazón se aceleraban, cuando de repente, con un destello cegador, su cara fue desvaneciendo entre mis manos...

Capítulo 39

Agitado y con la respiración entrecortada, levanté mi cabeza. Me percaté con pesar, a través de la ventanilla, que todo había sido un espejismo. Con gran desasosiego miré hacia fuera y me di cuenta de que habíamos aterrizado ya en el aeropuerto de Shinyanga. Inhalé profundamente para tratar de deshacerme de aquel sueño, cuando escuché que el piloto —el mismo que me había llevado a Dar es Salaam la última vez— abría la compuerta de la avioneta. En tanto, yo apresuradamente me colgué el portafolio al hombro y me bajé detrás de él, que ya venía con mi maleta. Luego comentó: —Qué bueno que descansó durante el vuelo, señor. Fue un placer verlo nuevamente después de tanto tiempo.

—Muchas gracias —le extendí la mano. En ese momento vi a Bantú parado junto a la furgoneta, como una espigada figurilla de ébano. Al encontrarme junto a mi chofer, este me abrazó, apretando los labios con una vaga sonrisa.

—Bienvenido, John —expresó con familiaridad y cortesía, a las cuales correspondí de inmediato.

—Me da gusto verte de nuevo, Bantú. ¿Qué cuentas?

—No mucho, John —colocó mi maleta en la caja trasera y bordeó la camioneta para subir por el otro lado.

Durante el camino, Bantú encendió el radio, subió el volumen y cantó a todo pulmón una canción en swahili. Pero casi un kilómetro antes de llegar a Gambala, guardó un silencio absoluto. Apagó el radio solemnemente y suspiró, desviando la mirada del camino. Por lo visto, tanto Sansón como él tenían algo en común: podían pasar hábilmente de la euforia a la pasividad en tan solo un segundo. Lo repasé con la mirada, guardé silencio y lo noté carraspear nervioso, frotándose su barbilla al tiempo que nos íbamos aproximando al retén de la reserva. Al llegar, reparé en la reja principal que se encontraba desvencijada y abierta de par en par. Extrañado, pregunté de inmediato: —¿Qué pasó aquí, Bantú?

Sin hacer comentario alguno, se encogió de hombros y ahuecó la boca, mientras nos íbamos adentrando por el camino. Con un golpe sordo en la boca del estómago, descubrí con horror que aquello parecía haber sido un campo de guerra. Miré en todas direcciones, divisando a lo lejos gran parte de los pabellones en ruinas, llenos de ceniza. Además, casi la mitad de las jaulas exteriores se encontraban destrozadas y vacías, sin aquellos cientos de babuinos que albergaban. Y sentí una intensa opresión en el pecho...

Finalmente paramos frente a una de las alas que se encontraban aún en pie, pero quedé postrado en el asiento delantero de la camioneta.

—Hemos llegado, John... —dijo, bajando la mirada.

—¿Qué es esto, Bantú? ¡Dímelo ya! —exclamé, llevándome el puño a la boca.

Antes de que este pudiera abrir la boca, Turner y Mummbar aparecieron a lo lejos. El primero se adelantó y caminó hacia nosotros con semblante sombrío, dejando a Mummbar atrás, con la mirada agachada. Todo indicaba que habían estado esperando mi llegada. Abrí la portezuela y descendí del auto, tratando de desprenderme de la angustia que quemaba mi garganta. Apenas logré preguntar: —¿Qué pasó aquí, Bill?

Este posó su mano sobre mi espalda y guardó un silencio sepulcral. A lo lejos descubrí a Phillipe parado en el descanso de la escalera, sosteniendo una brocha en la mano. Sintiendo que la sangre me subía a la cabeza, me dirigí hacia él con paso decidido, pues tenía la intención de enfrentarlo. Al tenerlo delante de mí, y sin poder contenerme, lo sujeté violentamente por la playera, gritándole que era un farsante, un asqueroso traidor. Presupuse que él había tenido algo que ver con aquel incendio y con todas las desgracias que habían ocurrido durante los últimos meses. Sin dejarlo siquiera defenderse, llevé mi puño hacia atrás, casi al mismo tiempo que Turner alcanzó a sujetar mi brazo con fuerza, antes de que pudiera estrellárselo en la cara.

—¡Espera, John! ¿Qué te pasa? ¿Por qué quieres golpearlo? —preguntó.

Luché por zafarme para acabar de una buena vez con Phillipe, cuando Turner exclamó enérgico: —¡Basta ya, John! No quería que vinieras para eso. Serénate, hombre.

—¡Phillipe es una basura que los ha engañado a todos, pero a mí no me engaña! —le lancé una mirada aniquilante, deseando desenmascararlo en ese instante. Mummbar se aproximó y aguardó unos pasos detrás de Turner sin emitir palabra, en tanto yo dirigía mi mirada hacia él—. ¿Qué nos sabes, hermano? ¿Que durante quién sabe por cuánto tiempo este sujeto ha estado jugando en ambos bandos? Es un espía. Este hombre, por si no lo sabes, tiene tratos con la UMAG —aclaré—. Además, estoy seguro de que era el mismo Phil con el que habló McMahon el día que estuvimos en la mina.

299

¿A ver Phillipe…? Niégalo si eres tan hombre como aparentas ser.

—No es lo que tú piensas… —Phillipe trató de explicar, pero Turner lo interrumpió, dando un paso al frente.

—Hablaré yo —increpó, al tiempo que sujetaba con firmeza mi brazo—. Todos lo saben ya, John. Yo te lo explicaré, vamos.

Pasmado ante las palabras de Turner y sin creer aún lo que había escuchado, me dejé guiar hacia el campo, bajo la mirada atenta de Mummbar y Phillipe, quienes permanecieron parados como dos estatuas de piedra en el portal de la casa.

Al llegar a donde había unas bancas hechas con troncos de madera, desde donde se divisaba la espectacular hondonada, recordé por unos momentos mi sueño, al tiempo que Turner me pidió que tomara asiento. Titubeó por unos instantes, apretó los labios y exhaló un largo suspiro antes de romper aquel silencio martirizante:

—Phillipe no es lo que tú piensas, John. Te lo aseguro… Hace ya tiempo que nos confesó a Mummbar, a Marie y a mí, que se había hecho pasar como espía para que la UMAG le diera cabida en sus planes secretos. Solo de esa manera confiarían en él al cien por ciento, estaría al tanto de sus jugadas y podría saber las verdaderas intenciones que tenían hacia nosotros. Te puedo decir, incluso, que gracias a él, varios dirigentes de la UMAG cayeron como ratas en la trampa. En fin, John —ultimó—, es una larga y compleja historia que Phillipe decidió mantener en secreto hasta asegurarse primeramente, que la UMAG se desintegrara antes de poder abrir la boca. En verdad lo siento, John. Pero cómo podrás ver —deslizó sus ojos hacia los pabellones que permanecían cubiertos de ceniza—, no todo salió como lo habíamos planeado. Por un lado, afortunadamente la mayoría de los integrantes de la UMAG fueron a la prisión; y por el otro, Dormonth y McMahon seguirán su proceso.

Pero… —tragó saliva, visiblemente afectado—, Galijha no murió como creíamos.

—¿Qué? —fruncí el entrecejo con desconcierto—. ¿De qué hablas? Galijha murió en la mina junto con Thabo, yo lo vi con mis propios ojos —aseguré.

—Pues por lo visto el hombre resucitó… —aclaró con árido sarcasmo—, parece que la noche que los llevó a la estación 38, les quiso hacer creer que había muerto.

—Bueno, ¿y qué tiene que ver él con todo esto? —repliqué, impaciente por escuchar el verdadero motivo de tal destrucción.

Turner se llevó la mano al cuello, suspiró nervioso y explicó con semblante sombrío: —Dos días después de que se diera a conocer la noticia de la situación de Gajha, el encarcelamiento de los dirigentes que te mencioné y luego de que miles de mineros quedaron sin trabajo… —hizo una pausa—, se desató la guerra, John. Pues se dio a conocer públicamente que Gambala había promovido derrocar la actual administración de la mina y éramos el gatillo que había disparado la primera bala en su contra. Galijha, en cambio, discrepaba especialmente con McMahon y Dormonth sobre el manejo de la misma y lo amenazaron con matar a su mujer y a sus tres hijos si seguía conspirando en su contra. Y tal cual, dieron el primer paso. Mataron a su hijo menor, por lo que sospecho que posiblemente en el fondo no era un mal hombre y sus intenciones habrán sido buenas en un principio, pero su debilidad y su miedo lo volvieron completamente vulnerable. Es más, hace unos días confesó que mandó a uno de sus cómplices a Londres para tratar de detenerlos a los tres.

—Ahora lo entiendo todo —gruñí, apretando con fuerza la quijada.

—¿De qué hablas, John?

—Del hombre del que estás hablando —precisé—. Estoy seguro de que es el mismo que robó unos papeles de mi auto, el que trató de asesinar a Peter en el hospital hace un tiempo y el desalmado que mató a mi gato —por unos instantes reviví aquel terrible momento.

—Lo siento en verdad, John —posó su mano sobre mi hombro con mirada solemne—. Lamento de corazón haberlos metido en este infierno, donde todos, sin exclusión, se han visto afectados de una u otra manera. Si hubiera sabido que ocurrirían tantas desgracias y el alcance de tanta maldad, jamás los hubiera involucrado, tenlo por seguro.

Turner guardó silencio, internándose por unos momentos en sus recuerdos. Era evidente que aún llevaba a cuestas el dolor de la pérdida de Roger.

—Te entiendo, pero te juro que cuando vea a ese criminal, ¡yo mismo lo voy a despellejar vivo con mis propias manos! —repliqué con rabia.

—Pues creo que este individuo también está detenido ya, John —comentó, para luego retomar su relato—. Y volviendo a lo anterior… Phillipe fue el que atrapó a Galijha el día del incendio y el que terminó por declarar durante el proceso de su ejecución que…

—¿Phillipe lo atrapó? —irrumpí—. ¿Mataron a Galijha?

—En esas está… —asintió—. Según su testimonio, lo tenían atado de manos, obligándolo a perpetrar un crimen tras otro, junto con un grupo que concertó la UMAG para que acabaran con la reserva.

—¿Galijha hizo todo esto? No puedo creerlo. Supuestamente estaba en contra de toda esa violencia —contemplé aquella devastación sin dar crédito a lo que escuchaba.

—Así es, John —aseguró—. Él mismo, junto con otros trabajadores de la mina, llevaron a cabo el incendio que destruyó gran parte de la reserva. Fue en la madrugada y nos tomó a todos por sorpresa. Destrozaron casi todas las jaulas. Algunos animales huyeron, otros murieron, pero por fortuna y gracias a Phillipe, pudimos parar el incendio antes de que arrasara con todo. Logramos rescatar a tiempo a varios animales y trabajadores con vida… —su barbilla se contrajo y, reprimiendo algunas lágrimas que luchaban por emerger, prosiguió—: Incendiaron los primeros pabellones y Phillipe, quien fue el primero en darse cuenta de lo ocurrido, activó la alarma. Pero ya era demasiado tarde; el fuego se había diseminado por varias salas y por desgracia para muchos fue demasiado tarde…

Masculló con la quijada tensa: —¿Dónde está Marie? ¿Dónde está Nina?

Turner se mordió los labios, desvió la mirada hacia el horizonte y dijo: —Nina tuvo algunas quemaduras, pero afortunadamente se está recuperando bien, ya la verás. Y sobre Marie… —agitó la cabeza con la mirada agachada—. Lo siento, John…, Phillipe pudo rescatarla de su cuarto aún con vida, pero…

Capítulo 40

Mi corazón dejó de latir, apreté los ojos y llevé ambas manos a mi pecho, deseando apagar el fuego que me calcinaba por dentro. Empecé a llorar desconsoladamente, como no lo había hecho jamás, como el hombre que ha perdido a la mujer de su vida. Por largos minutos, la muerte me había dejado sentir su ira, destrozando lo poco que aún me quedaba de ilusión y de esperanza.

Turner dio un paso atrás. Retrocedió en silencio, dejándome unos momentos a solas para enfrentar aquella dura realidad. Lloré lágrimas que se atropellaban por salir. Vociferé como una fiera a punto de morir, deseando despertar de aquella asfixiante pesadilla. Cuando ya estaba exhausto y sin más fuerza para seguir, Turner regresó a mi lado, sosteniendo una pequeña caja gris metálica en su mano.

—John —irrumpió en medio del silencio—, Marie murió tres días después del incendio.

—¿Por qué no me avisaste? ¡Carajo! —espeté con desesperación—. Mi lugar estaba junto a ella.

—Lo sé, John —reconoció—. Pero Marie me hizo prometerle que no lo haría. Ella sabía que moriría de un momento a otro y no quería que la vieras en ese estado. Deseaba que la recordaras tal como la conociste. Además —extendió su mano hacia mí, mostrándome un viejo toca cintas—, Marie sabía que vendrías, por lo que me pidió que grabara su mensaje para ti antes de partir. Toma, John —me entregó la cajita metálica—. Pero antes que nada, te llevaré a un lugar donde creo que necesitarás estar a solas —concluyó.

Sin preguntar adónde nos dirigíamos, caminamos por unos minutos sin cruzar palabra hasta llegar a una hermosa llanura que comenzaba a iluminarse con el mismo atardecer que había aparecido en mis sueños. Con una sacudida de tristeza, me vi frente a un montículo de tierra, bajo el cual reposaba el cuerpo de mi amada francesita de ojos azules, y sobre este, una cruz de madera en la que colgaba una corona de hojas verdes, cuya inscripción decía: "Marie Louise Dubois 1966–1995" y bajo su nombre: "Amada por África".

Llorando, caí de rodillas al pie de su tumba. Turner volvió a desaparecer, dejándome respetuosamente a solas con mi dolor. La luminosidad de la tarde fue transformándose en un rojo incandescente que abarcó la inmensidad de la sabana. Todo el paisaje rebosaba de un verde encendido, mientras que algunas gotas de agua comenzaron a caer sobre la tierra. Me encontraba en el lugar más bello y más triste de mi vida. Me incorporé lentamente, me senté sobre una roca junto a la tumba de Marie y, con un nudo en la garganta, sujeté la grabadora sobre mis piernas, hasta que luego de vencer mis miedos, me atreví a encenderla.

Comenzó con la canción de Los Beatles, "Yesterday", que me hizo sentir desolado. Súbitamente se interrumpió y escuché la voz frágil de Marie: —Johnny... —suspiró—, cuando escuches mi voz, sabrás que mi corazón está contigo y el tuyo conmigo. Cierra tus ojos y déjame estar a tu lado... —cerré mis ojos, luchando por visualizarla junto a mí—. El tiempo que la vida nos permitió estar juntos, me dio la oportunidad de descubrir que hay algo más allá que nos unirá por siempre. La vida no es lo que vemos, sino lo que sentimos, lo que me has hecho sentir... Y a pesar de la distancia, Johnny... —hizo una pausa, retomó el aire que parecía atraparse en su pecho y prosiguió—, te llevaré conmigo adonde vaya...

Volvió a guardar silencio, el cual me arrebató un hilo de voz que apenas se escuchó de mi boca: —No, Marie, por favor no calles ahora...

Como un chispazo, escuché nuevamente su voz, devolviéndome una vez más el aliento: —Johnny, me llevo tu voz, tu sonrisa, tus caricias y tus besos... Te recordaré noche tras noche que te quiero, que la muerte únicamente es una ilusión del vacío, de un vacío que duele..., pero el alma y nuestra esencia permanecerán por siempre... Sonríe, querido... —trató de reír, dejando escapar un débil suspiro—. No desperdicies los momentos preciosos en tristezas, que solo nos separan de lo que somos y de lo que pretendemos ser. Sé feliz... —su voz se transformó en un murmullo—. Todo tiene una razón de ser y..., cuando quieras sentirme a tu lado, me encontrarás en tu corazón. Te amo, Johnny. Siempre te amaré...

Con una tristeza apabullante, saqué la cajita de paño gris de mi bolsillo, tomé el anillo entre mis dedos y, aún con los ojos inundados en un silencioso llanto, lo coloqué sobre el montículo de tierra, hundiéndolo con la punta de mi dedo. Alcé el rostro hacia los últimos resplandores rojizos de aquel atardecer que comenzaba a desvanecerse tras el horizonte y con los ojos cerrados, la vi entre mis brazos, acariciándola con infinita ternura. Mi amor por ella era mucho más grande que lo que mi corazón podía soportar. Se lo entregué a manos llenas y ella, presente en mi pensamiento, con una sonrisa que brilló como una estrella en medio de la noche, se acurrucó en mi pecho, cerró los ojos y durmió para siempre a mi lado.

Durante aquellos cuatro meses posteriores a la muerte de Marie, decidí permanecer en Gambala, dedicado a la recuperación de Nina y volcado en la reconstrucción de la reserva. Después de haber vivido intensamente aquella época de duelo, aparecieron Peter y Mike tres semanas más tarde, siendo de gran apoyo y compañía durante ese tiempo, pues participaron activamente en la restauración de aquel lugar paradisíaco que nos había unido fraternalmente, no solo a los tres, sino a todos los que habíamos compartido aquella experiencia de nuestra vida.

Sabía que tenía esa deuda con Marie. No podía marcharme y abandonarlo todo, abandonar aquello por lo que "mi mujer" había ofrendado su vida entera. Gambala tenía que resurgir de entre sus cenizas, ponerse en pie y continuar con más fuerza aquella misión: la misión de preservar la vida…

Seguido de largos meses de ardua labor física y habiendo serenado un poco el inmenso dolor que me consumía por dentro, al fin mi alma encontró un remanso de paz en aquel lugar. Cuando llegaron las lluvias a la sabana y con ellas la época de Pascua comprendí que era tiempo de cerrar ese capítulo de mi vida y seguir adelante. Era tiempo de regresar a casa.

De la presente edición:
El fotógrafo inglés
por Mónica Corcuera
producida por la casa editorial CBH Books
(Massachusetts, Estados Unidos),
año 2010.
Cualquier comentario sobre esta obra
o solicitud de permisos, puede escribir a:
Departamento de español
Cambridge BrickHouse, Inc.
60 Island Street
Lawrence, MA 01840
U.S.A.

www.ingramcontent.com/pod-product-compliance
Lightning Source LLC
Chambersburg PA
CBHW030343020726
47493CB00003B/655